JN180674

Play
back

Raymond Chandler

プレイバック

レイモンド・チャンドラー／村上春樹〔訳〕

早川書房

プレイバック

PLAYBACK

by

Raymond Chandler

1958

ジーンとヘルガに

目次

登場人物

フィリップ・マーロウ……………………………私立探偵
エリザベス（ベティー）・メイフィールド
　＝エレノア・キング…………………………尾行対象の女
クライド・アムニー……………………………弁護士
ヘレン・ヴァーミリア…………………………アムニーの秘書
ラリー・ミッチェル……………………………ゆすり屋
クラーク・ブランドン…………………………ホテルのオーナー
ジャック
ルシール}……………………………………ホテルのフロント係
ジャヴォーネン…………………………………ホテルの警備担当
ロス・ゴーブル…………………………………私立探偵
アレッサンドロ…………………………………警察署長
リンダ・ローリング……………………………富豪の娘

1

電話の声はいかにも鋭く、横柄だった。しかし何を言っているのかよく聞き取れなかった。ひとつにはまだ目がよく覚めていなかったからだし、ひとつには受話器を逆さまに持っていたからだ。私はそれを手の中でぎこちなく回し、もそもそと唸《うな》った。

「聞こえているのかね？　私はこう言ったんだ。こちらはクライド・アムニー、弁護士だと」

「クライド・アムニー、弁護士。どちらにもいくつか心覚えがあったもので」

「君はマーロウ。そうだね？」

「ああ、どうやらそのようです」と私は言って腕時計を見た。午前六時半、私の頭が見事に冴え渡る時刻ではない。

「私に生意気な口をきくんじゃない。お若いの」

「すみませんね、ミスタ・アムニー。しかし私はもう若くはありません。年を取っていて、疲れていて、コーヒーもまだ飲んでいない。それでどのようなご用件なのでしょう？」

「駅に行って、八時に『スーパーチーフ』が到着するのを待ち、乗客の中から一人の若い女を見つけ、どこかに宿泊するまでを見届けてもらいたい。そして私に結果を報告してほしい。わかったかね？」

「いや」

「何がわからんのだ？」と彼はぴしゃりと言った。

「それだけでは、依頼を引き受けていいかどうかもわからないということです」

「私はクライド・アー――」

「それはわかりました」と私は相手を遮《さえぎ》った。「もうよくわかっています。それよりは基本的事実を教えてください。私なんかよりもっとその仕事に適した探偵が、他にいるかもしれません。私はFBIに勤めた経験もありませんし」

「ああ、私の秘書のミス・ヴァーミリアが半時間以内に、そちらのオフィスにうかがう。必要な情報は彼女が君に与える。彼女は有能だ。君もまた有能であることをこちらとしては望んでいるが」

「朝食をとったあとではもう少し有能になりますよ。彼女をこちらに寄越してください」

「こちらというのは?」

ユッカ・アヴェニューの住所を彼に教えた。家の見つけ方も。

「よろしい」と彼は面白くなさそうに言った。「ただ、はっきりさせておきたいことがひとつある。尾行していることをその女性に気づかれては困る。これはとても重要な点だ。私はきわめて影響力の大きなワシントンの弁護士事務所の依頼を受けて動いている。ミス・ヴァーミリアは君にしかるべき必要経費と、二百五十ドルの着手金を渡すことになる。君が飛び抜けて有能であることを期待している。余計な話をして時間を無駄にするのはよそう」

「ご希望に添いたく思います、ミスタ・アムニー」

彼は電話を切った。私は転がり落ちるようにベッドを出て、シャワーを浴びて髭を剃り、三杯目のコーヒーを飲もうとしていた。そのときに玄関のベルが鳴った。

「ミス・ヴァーミリア、アムニー弁護士の秘書です」、どちらかといえばけばけばしい声がそう言った。

「お入りなさい」

なかなかあでやかな女だった。ベルトつきの白いレインコートを着て、帽子はかぶらず、プラチナ・ブロンドの髪はきれいに手入れされていた。レインコートにマッチしたブーツを履き、畳まれたビニールの雨傘を持っていた。その青みがかった灰色の目は、まるで汚らしい言葉を口にした男でも見るように私に向けられていた。私は彼女がレインコートを脱ぐのを手伝った。ずいぶん素敵な匂いがした。彼女の脚は、私が見る限りにおいては、眺めるのに苦痛を感じるような種類の脚ではなかった。その脚は淡く透き通ったストッキングに包まれていた。私はその脚をかなり熱心に見つめていた。とりわけ彼女が脚を組み、煙草に火をつけてもらうべく前に身を乗り出したときには。

「クリスチャン・ディオール」と彼女は言った。私の心を読むのはさぞや簡単だったに違いない。「それしか身につけないの。火をお願いできる？」

「今日はもっと多くのものを身につけておられるようだが」と私は言った。彼女のためにライターの火をつけながら。

「朝早くから、よくそんなちゃらいことが言えるわね」

「どの時間であればいいのだろう、ミス・ヴァーミリア？」

彼女は少しばかり棘《とげ》のある微笑を浮かべ、ハンドバッグの中を探り、マニラ封筒を私の方に放った。「あなたが必要とするものは、すべてそこに入っているはずです」

「さて、すべてではないと思うけれど」

「いいから、その封筒を早く開けなさい。あなたの噂はあちこちで聞かされたわ。どうしてミスタ・アムニーがあなたを選んだと思うの？　彼が選んだわけじゃない。私が選んだのよ。それから私の脚をじろじろ見るのはもうよしてちょうだい」

　私は封筒を開いた。その封筒には封をした別の封筒が入っており、それから私宛の二枚の小切手が入っていた。一枚は二百五十ドルで「着手料。依頼案件に対する報酬の前渡しとして」と書き込みがあり、もう一枚は二百ドルで「フィリップ・マーロウに必要経費の前渡し分として」とあった。

「必要経費に関しては、使った内訳を具体的に細かく私に報告してもらいます」とミス・ヴァーミリアは言った。「飲んだ酒代は自分で払って」

　もう一枚の封筒を私は開けなかった。まだ開けない。「私がこの依頼を引き受けると、どうしてアムニーにはわかったのだろう？　まだ依頼の内容も聞いていないというのに」

「あなたはそれを引き受けることになる。これはおかしな裏のある話じゃない。私が個人的に保証します」

「それだけかい？」

「それについてはいつか雨の降る夜に、一杯やりながら話し合ってもいいわ。私がそれほど忙しくないおりにね」

「そいつは悪くない」

　私は封筒を開いた。中には娘の写真が一枚入っていた。ポーズはごく自然な寛《くつろ》いだものだった。あるいはよほど写真を撮られ慣れているか、どちらかだ。暗い色合いの髪――あるいは赤毛かもしれない。すっきりとした広い額、生真面目《きまじめ》な目、高い頬骨、神経質そうな鼻孔、簡単には引き下がるものかというしっかりした口。繊細で、硬さのうかがえる顔立ちだった。あまり幸福そうには見えない。

「裏返してみて」とミス・ヴァーミリアは言った。

裏側には情報がくっきりとタイプされていた。

「名前エレノア・キング。身長百六十センチ。年齢はおおよそ二十九歳。髪は黒みを帯びた赤毛。髪の量は多く、自然なウェーブがかかっている。姿勢はまっすぐで、明瞭な低い声。着こなしは上手だが、過度に着飾ることはない。化粧は控えめ。目に見える傷はなし。特徴的な癖・部屋に入るとき、顔を動かさずに目だけを動かして見る。緊張したとき、右の手のひらを掻《か》く。左利きだが、うまくそれを隠す。テニスの腕は良い。水泳と飛び込みも得意。酒には強い。前科はないが、指紋は登録されている」

「警察に挙げられたということかい」、顔を上げてミス・ヴァーミリアを見ながら私は言った。

「そこに書かれている以上の情報を私は持ち合わせていない。ただ指示に従ってください」

「名前はたぶん違っているよ、ミス・ヴァーミリア。二十九歳でこれほどの美人なら、普通は結婚のひとつもしているはずだ。結婚指輪についての、またそれ以外の宝石についての言及もない。いささか妙だな」

彼女は腕時計に目をやった。「あれこれ考えるのは、ユニオン・ステーションでやってちょうだい。あまり時間の余裕はないわよ」。彼女は立ち上がった。私は彼女に白いレインコートを着せてやり、ドアを開けた。

「自分の車で来たのかい？」

「そうよ」、彼女は半分ばかり行ったところで振り返った。「あなたに関してひとつ気に入ったところがある。あなたはみだりに人に触ったりしない。そして礼儀正しくもある——ある意味ではね」

「愚かなやり方だ。触るなんてね」

「そしてあなたに関してひとつ好きになれないところがある。なんだかあてでごらんなさい」

「すまないが、わからないな。世間には私が生きているというだけで、頭に来る連中もいるみたいだけれど」

「そういうことじゃなく」

私は彼女のあとから階段を降り、車のドアを開けてやった。安物の車だった。ただのキャディラック・フリートウッドだ。彼女は私に向かって短く肯《うなず》き、坂道を下っていった。

私は家に戻り、オーバーナイト・バッグに身の回りのものを詰めた。万一の用意に。

2

　仕事はすらすらと運んだ。スーパーチーフ号は、いつもおおむねそうであるように、定刻に到着したし、目当ての女はディナー・ジャケットを着たカンガルーみたいに容易《たやす》く見つかった。彼女が手にしていた荷物はペーパーバック一冊だけで、彼女はそれを最初に目についたゴミ箱に捨てた。それから座り込んで、じっと床を見ていた。どうみても幸福そうには見えなかった。しばらくして彼女は立ち上がり、本の売り場に行った。しかし何も買わずにそこを離れた。壁の大時計に目をやり、それから電話ボックスに入って、扉を閉めた。電話機に硬貨をひとつかみ入れ、誰かと話をしていた。そのあいだ彼女の表情はまったく変化を見せなかった。電話を切り、雑誌スタンドに行って、『ニューヨーカー』を買い求めた。腕時計に再び目をやり、腰を下ろしてその雑誌を読んだ。

彼女は白いブラウスの上に、濃紺のテイラード・スーツを着ていた。襟《えり》にはサファイア・ブルーのラペルピンがついており、どうやらそれはイヤリングと対《つい》になっているらしかったが、耳までは見えなかった。髪はくすんだ赤毛だった。写真のとおりに見えたが、思っていたより背は少し高かった。ダークブルーのリボン付き帽子には短いヴェールがついていた。手には手袋をはめていた。

少しあとで彼女はタクシー乗り場に通じる、アーチ型の通路を横切った。左手のコーヒーショップに目をやったが、向きを変えて中央待合室に入り、ドラッグストアと雑誌売り場と案内所の方を見て、次に清潔な木のベンチに腰掛けている人々を眺めた。切符売り場のいくつかは開いていたが、それ以外は閉まっていた。彼女は窓口には興味がないように見えた。もう一度腰を下ろし、壁の大時計に目をやった。そして右手の手袋をとり、腕時計の時刻を合わせた。さっぱりとしたプラチナの、まるで玩具のように小さな時計だ。宝石はついていない。私は頭の中で、ミス・ヴァーミリアを彼女の隣に置いてみた。彼女は決してやわで気取った澄まし屋には見えなかったが、その隣にあっては、かのヴァーミリア嬢はただのお手軽な街の娘だった。

彼女も今度はそれほど長く腰を下ろしてはいなかった。席を立ってうろうろと歩き始めた。パティオの中に入り、また戻ってきて、ドラッグストアのペーパーバックの書棚の前でしばらく時間を潰した。二つのことが明白だった。もし誰かが彼女と待ち合わせをしていたとしても、それは列車の時刻にあわせた約束ではなかった。そして彼女は、乗り継ぎの時間を潰している若い女としか見えなかった。彼女はコーヒーショップに入った。プラスチック・トップのテーブルに座り、メニューに目を通し、それから持っていた雑誌を読んだ。ウェイトレスがおきまりのアイス・ウォーターとメニューを持ってやってきた。女は注文し、ウェイトレスは去っていった。女は雑誌を読み続けた。時刻はおおよそ九時十五分だった。

私は外に出て、アーチ型の通路を抜け、タクシー係の隣で客待ちをしている赤帽のところに行った。「君はスーパーチーフの仕事をしているのかな？」と私は尋ねた。

「ああ、それもあたしの仕事のうちですよ」。彼はさして興味もなさそうに、私が指先でいじっている一ドル札をちらりと見ながら言った。

「ワシントン発サン・ディエゴ行きの列車でやってくる人を待っているんだが、誰かここで降りなかったかな？」

「つまりここで完全に下車したということですか？　荷物も全部降ろしたということ？」

私は肯いた。

彼はそれについて考えた。利口そうな栗色の目で私を細かく観察しながら。「一人だけ降りた乗客がいます」と彼はやっと言った。

「あなたのお友だちはどんな見かけですか？」

私は男の説明をした。俳優のエドワード・アーノルドに似た男の特徴を並べた。赤帽は首を振った。

「あなたのお役には立てそうにないですね。降りたのはまるで違う見かけの人だから。お友だちはまだ列車に乗っているんじゃないかな。このまま先まで行く乗客は、ここで車両から降りる必要がありませんからね。そのまま74番列車に連結され、十一時半にこの駅を出発します。まだ出発準備は整っていませんが」

「どうもありがとう」と私は言って、一ドル札を彼に渡した。あの女の荷物はまだ列車の中にあるのだ。それが私の知りたかったことだった。

私はコーヒーショップに戻り、ガラスの仕切りの中を覗き込んだ。件《くだん》の女は雑誌を読みながら、コーヒーカップと渦巻き型の菓子パンをもてあそんでいた。私は電話ボックスに行って、知り合いの自動車修理工場に電話をかけ、もし十二時までにもう一度電話をかけなかったら、誰かに私の車を取りにこさせるようにと頼んだ。これまでにもそういうことをしばしば頼んできたので、車のスペア・キーをそこに預けっぱなしにしてあるのだ。私は自分の車のところに行って、中からオーバーナイト・バッグを取り、コインロッカーに入れた。広々とした待合室で私はサン・ディエゴまでの往復切符を買い、急ぎ足でまたコーヒーショップに戻った。

女性はまだ同じ席に座っていたが、もう一人ではなかった。男が一人、彼女の向かいの席に座って、微笑みを浮かべ、話をしていた。彼女がその男のことを前から知っており、知らないままでいられればよかったのにと悔やんでいることは、一目《ひとめ》で見て取れた。男はそのポートワイン色のローファーの先端から、粗いクリーム色のスポーツ・ジャケットの中に着た茶色と黄色のチェックのシャツ（ネクタイはなし、ボタンは首までとめられている）に至るまで、絵に描いたようなカリフォルニア人種だった。身長は百八十センチを超え、痩せていて、うぬぼれの強そうな顔つきで、歯の数が少し多すぎるように見えた。彼は手の中で紙片をねじっていた。

胸ポケットには黄色いハンカチーフが、まるで水仙の小さな花束みたいに派手にあしらわれていた。誰が見てもはっきりわかることがひとつあった。この娘は彼との同席を決して望んでいないという事実だった。

男は話し続け、手の中で紙片をねじり続けた。最後に彼は肩をすくめ、椅子から立ち上がった。手を伸ばし、彼女の頬を指で撫《な》で下ろした。彼女は後ろに身をさっと引いた。すると男はねじられた紙片を伸ばし、彼女の前に意味ありげに置いた。そして微笑みを浮かべたまま待った。

彼女はとてもとてもゆっくり視線を落とした。その目は紙片の上に釘付けになった。彼女はそれを取ろうとしたが、男の手の方が速かった。彼は紙片をポケットにしまった。微笑みを絶やすことなく。それから男はよくあるミシン目のついた手帳を取り出し、クリップ付きのペンで何かを書き込み、ページを破り取って彼女の前に置いた。これは持っていっていい、というように。彼女はそれを手に取り、読み、パースにしまった。そしてやっとその男の顔をまっすぐ見た。そしてなんとかその男に向かって微笑みかけた。そうするにはずいぶん努力を要したように私には思えた。彼はテーブル越しに手を伸ばし、女の手をとんとんと叩いた。そして席を立ち、店から出ていった。

男は電話ボックスに入ってダイアルを回し、かなり長いあいだ誰かと話していた。ボックスから出ると赤帽に声を掛け、一緒にロッカーまで行った。そして淡いオイスター・ホワイトのスーツケースと、お揃いのオーバーナイト・バッグと共に出てきた。赤帽がその二つを持って駐車場に通じるドアを抜け、男の後ろに従ってぴかぴかのツートーンのビュイック・ロードマスターのところまで運んだ。コンバーティブルのように見せかけてあるが、実際には屋根は開かない。赤帽は傾けたシートの背後に荷物を入れ、金を受け取って引き下がった。スポーツ・ジャケットと黄色いハンカチーフの男は車に乗り込み、バックで車を出し、そこでいったん停止してサングラスをかけ、煙草に火をつけた。それから去っていった。私は車のナンバーを書き留め、駅に戻った。

そのあとの一時間は三時間くらいの長さがあった。女はコーヒーショップを出て、待合室で雑誌を読んでいた。しかし読むことに意識を集中できないようだった。前のページをめくって、しばしば前に読んだところをもう一度読み返さなくてはならなかった。まったく何も読んでいないこともあった。彼女はただ雑誌を手に持って、虚空《こくう》を見ていた。私は夕刊の早刷りを持ち、その背後に顔を隠して彼女を観察し、彼女についての知識を増やしていった。確かな事実と呼べるほどのものは得られなかったが、それでも暇は潰せる。

彼女のテーブルの向かいに座っていた男は、列車から降りてきたに違いない。荷物がその証拠だ。それが彼女が乗ってきたのと同じ列車で、男がその列車から降りたという可能性もある。彼女にそばに来てほしくないと娘が思っていたことは、その態度を見ればかなり明らかだ。そして男の態度は、「そいつは気の毒にね。しかしもしここに書かれているものを目にしたら、君の気持ちも変わるんじゃないかな」というものだった。そしてどうやら実際にそのとおりになったようだ。そのやりとりが、二人が列車を降りたあとで起こったところを見ると（もっと穏便なかたちでその前に車中で行うことだってできたはずなのに）、男は列車に乗っていたときにはその紙片を手にしていなかったということになる。

そのとき女は唐突に立ち上がり、雑誌売り場に行って煙草を一箱買い、戻ってきた。箱の封を切り、一本に火をつけた。彼女が煙草を吸う手つきは、喫煙に馴染《なじ》んでいない人のようにぎこちなかった。そして煙草を吸っているときの彼女の態度は、前とは違って見えた。より派手で、タフそうに見えた。まるで何かの目的のために、わざと自分をはすっぱに見せているみたいだった。私は壁の時計に目をやった。十時四十七分だった。私は頭を働かせ続けた。

ねじられていた紙片は新聞の切り抜きのように見えた。彼女はそれをひったくろうとしたが、男はそうはさせなかった。男は白紙にいくつかの単語を書き付け、それを彼女に与えた。彼女は男の顔を見て微笑んだ。結論・その洒落男は何かしら彼女の弱みを握っており、彼女はそれが気に入っているというふりをしている。

もうひとつ推測できるのは、男は列車を降りたあと駅を離れ、そのあいだどこかに行っていたということだ。車を取りに行ったか、あるいは切り抜きを取りに行ったか、そこまではわからない。しかし要するに男は、自分が目を離している隙《すき》に、その女性がどこかに姿を消してしまうかもしれないという心配はしなかったわけだ。そしてそれは、男はその時点ではまだ手の内のすべてを晒《さら》してはいなかったにせよ、そのいくぶんかは仄《ほの》めかしていたはずだという、私の推測を裏付けていた。自分でもまだ全面的には確信が持てなかったのかもしれない。確認する必要があったのだ。しかし今では間違いのない切り札を彼女に示し、彼はビュイックに荷物を載せて立ち去った。男としてはもう彼女を失うおそれがなくなったわけだ。二人を結びつけていたものが何であれ、それは二人をこの先も結び続ける力を有するものなのだ。

十一時五分に私はこれらすべての仮説を窓から放り出し、新しい前提条件のもとに思考を開始した。でもどこにもたどり着けなかった。十一時十分に構内放送があり、74番列車が11番ホームで乗車準備を整えており、行き先はサンタアナ、オーシャンサイド、デル・マー、そしてサン・ディエゴと告げた。それで一群の人々が待合所を離れた。そこには件《くだん》の女も含まれていた。別の一群の人々は既にゲートを通りすぎていた。私は彼女の姿を目で追いつつ、後戻りして電話ボックスに入った。十セント貨を入れ、クライド・アムニーのオフィスの番号を回した。

ミス・ヴァーミリアが出て、電話番号だけを告げた。

「マーロウだ。ミスタ・アムニーはおいでかな?」

彼女はフォーマルな声で言った。「申し訳ありませんが、ミスタ・アムニーは出廷中です。伝言を承りましょうか?」

「女を見張っている。これからサン・ディエゴ行きの列車に乗るところだ。あるいは途中のどこかの駅で降りるかもしれない。それはまだわからない」

「ありがとうございます。他には?」

「ああ、良い天気で、我らが友人には君と同様、逃亡中の犯人のような気配はまるでない。彼女はコンコースから丸見えの、ガラス張りのコーヒーショップで朝食をとった。待合室で百五十人くらいの人々と一緒に座っていた。人目につかないように、列車の中に座って待っていることもできたのにね」

「すべて承知しました。ありがとうございます。連絡がつき次第、ミスタ・アムニーに伝えます。確かなことはまだ何もわからないということね？」

「ひとつだけ確かにわかっていることがある。それは君が私に何か隠しごとをしているということだよ」

彼女の声ががらりと変化した。誰かがオフィスを出ていったに違いない。「ねえ、よくお聞きなさい。あなたは仕事をするために雇われているのよ。うまく仕事を片づけた方がいいわよ。クライド・アムニーはこの街にたくさんの水脈を持っているんだから」

「いったい誰が水なんてものを必要とするんだい、ビューティフル？　私はストレートでやるし、チェイサーはビールで済ませる。そしてその気にさせてくれれば、もっと美しい音楽を奏でるかもしれない」

「あなたは報酬を受け取ることになるのよ、探偵さん。もし職務を首尾よく果たせればね。だめなら、報酬はなし。わかってくれた？」

「それは君がこれまで口にした中でいちばん心温められる台詞《せりふ》だ、スイートハート。それでは」

「聞いてちょうだい、マーロウ」と彼女は急に慌てたように言った。「なにもあなたにきつくあたるつもりはないのよ。でもこれはクライド・アムニーにとって、とても大事な意味を持つ案件なの。もしこれをしくじったら、彼は非常に重要なコネクションを失いかねない。私はそれが言いたいだけ」

「そいつはいいね、ヴァーミリア。私の潜在意識はぐっとかき立てられたよ。機会を見つけて連絡を入れよう」

私は電話を切り、入り口からスロープを降りた。11番ホームにたどり着くには、ヴェンチュラ郡までくらいの距離を歩かなくてはならなかった。乗り込んだ列車には、既に煙草の煙がもうもうと漂っていた。とても喉に優しくて、うまくいけば片方の肺くらいは使用可能なまま残してくれそうな煙だ。私はパイプに煙草を詰めて火をつけ、及ばずながらその空気の悪さに寄与した。

列車は緩慢に動き出し、ゆっくりと駅の構内を抜け、イースト・ロサンジェルスの裏手を横切りながら、徐々にスピードを上げていった。最初の停止駅はサンタアナだったが、女は降りなかった。オーシャンサイドでもデル・マーでも同じことだった。サン・ディエゴに着くと、私は急いで列車を降りてタクシーを確保し、そのスペイン風の駅舎の外で、荷物を持った赤帽が出てくるまで八分ばかり待った。それから荷物の持ち主である女が姿を見せた。

彼女はタクシーには乗らなかった。彼女は通りを横切って角を曲がり、レンタカーのオフィスに入ったが、しばらくあとで、がっかりした顔つきでそこから出てきた。運転免許証がなければ、車を借りることはできない。それくらいはわかっていそうなものだが。

結局はタクシーに乗ることになった。タクシーはUターンをして、北に向かった。私の乗ったタクシーもそのあとを追った。彼女の車を尾行するにあたっては、一悶着《ひともんちゃく》があった。

「そういうのは、本の中で読むことはあるかもしれんが、サン・ディエゴではやっておらんですよ」

私は五ドル札と、探偵免許証のコピーを彼に渡した。彼は両方をまじまじと見ていた。それからブロックの先に目をやった。

「わかった。ただしこのことは報告しなくちゃならない」と彼は言った。「配車係はそれを警察に通報するかもしれない。ここではそういう規則になっているものでね、お客さん」

「そういう街に住みたいものだ」と私は言った。「そして君は尾行するはずの車を見失ったぜ。二ブロック先を左折したじゃないか」

運転手は私に財布を返した。「心配しなさんなって」と彼はこともなげに言った。「世の中には無線電話ってものがありましてね」。彼はそれを手に取り、相手と何ごとかを話していた。

彼はアッシュ・ストリートを左折し、ハイウェイ一〇一号線に乗った。車の流れに合流して、時速七十キロ以下でのんびりと進んだ。私は彼の後頭部をじっと見ていた。

「心配することは何もないよ」と運転手は肩越しに言った。「この五ドルは料金にプラスしてもらえるんだろうね？」

「そのとおりだ。しかしいったいどうして、私が何も心配する必要はないんだろう？」

「あのお客はエスメラルダに向かっている。ここから二十キロほど北にある、海辺の町だ。目的地は、もし途中で変更がなければ、そしてもし変更があればすぐに知らせてもらうことになっているが、ランチョ・デスカンサードというホテルだ。スペイン語で『リラックス』という意味さ。お客さんも安心してリラックスしているといいよ」

「やれやれ、じゃあわざわざタクシーに乗る必要もなかったわけだ」

「サービスを受けるには、報酬を払う必要があるのさ、ミスタ。食べ物を買うにも金は必要だからね」

「君はメキシコ人か？」

「おれたちは自分たちのことをそういう名前では呼ばないよ、ミスタ。スペイン系アメリカ人って呼ぶんだ。おれたちはアメリカで生まれてアメリカで育った。中にはもうほとんどスペイン語を話せない連中もいる」

「**Es gran lástima**（そいつはまったく残念だ）」と私は言った。「**Una lengua muchísima hermosa**（とても美しい言語なのに）」

彼は後ろを向いて笑みを浮かべた。「**Tiene Vd. razón, amigo. Estoy muy bien de acuerdo**

（そのとおりだ、アミーゴ。おれも実に同感だよ）」

我々はトーランス・ビーチに出た。そこを通り抜け、向きを変えて目的地に向かった。時折、運転手は無線機に向かって何かを喋っていた。彼はまた首を曲げて私に語りかけた。

「こっちの姿を見られないようにしたいかね？」

「あちらの運転手はどうなんだ？　まさか乗せた女に『あなたは尾行されてますよ』とか言ってないだろうね？」

「運転手には何も言っていない。だからあんたに尋ねている」

「できればその車を追い越して、先に目的地に着くようにしてくれ。そうしてくれればあと五ドル上乗せする」

「まかせとけって。向こうにはわからないようにやってやるよ。あとでビールでも飲みながらからかってやろう」

我々は小さなショッピングセンターを通り過ぎた。それから道路はぐっと広くなった。道路の片側に並んだ家々は豪華で、古くからそこにあるもののように見えた。反対側に並んだ家々はずいぶん新しそうだが、それでも決して安っぽくはなかった。道路は再び狭くなり、制限時速は四十キロになった。運転手は右にハンドルを切り、くねくねとした狭い裏通りを走った。停止サインは無視し、いったいどこに向かっているのか見当もつかないうちに、とある渓谷の中に滑り込んだ。そこからは長く連なる狭い砂浜を隔《へだ》てて、左手に眩しく輝く太平洋を臨むことができた。ライフガードの詰め所が二つ、金属製の開放式タワーの上にあった。渓谷のいちばん低くなったところにゲートがあり、運転手はそれを抜けて中に入ろうとしたが、私は制止した。大きな看板があり、緑色をバックに金色の字で「エル・ランチョ・デスカンサード」と書かれていた。

「姿を隠してくれないか」と私は言った。「いちおう確認しておきたいから」

運転手は反転してハイウェイに出ると、素速くスタッコ塗りの壁の先まで行き、反対側にある狭く曲がりくねった道に入って停まった。二つに割れた幹を持つ、瘤《こぶ》だらけのユーカリの木が頭上を覆っていた。私は車から降り、サングラスをかけ、ハイウェイの方にゆっくり歩いていった。そしてガソリンスタンドの名前がペイントされた鮮やかに赤いジープに寄りかかった。一台のタクシーが坂を下りてきて、ランチョ・デスカンサードへの道に入った。三分が経過した。空《から》のタクシーが出てきて、坂を上っていった。私は運転手のところに戻った。

「タクシーの登録番号は四二三だ」と私は言った。「それで間違いないかな?」

「それがあんたのお目当ての客が乗った車だ。で、どうするね?」

「待つんだ。中はどんな配置になっているのかな?」

「カーポートのついたバンガローだ。シングル用とダブル用がある。正面に小さなオフィスがある。このシーズン、部屋代はかなり安くなっている。このあたりは今の時期、とことん暇だからな。おそらくは通常の半額だが、それでも空き部屋はたくさんあるだろう」

「五分間待つ。それからチェックインする。スーツケースを置いて、レンタカーを探しにいく」

問題ないよ、彼は言った。エスメラルダにはレンタカーのオフィスは三つあり、時間制でも距離制でも、どんな車でも選び放題だ。

我々は五分間待った。三時を少し過ぎたばかりだった。犬の餌でも盗みたくなるくらい腹が減っていた。

私は運転手に代金を払い、彼が去っていくのを見ていた。それからハイウェイを横切って、受付のオフィスに行った。

3

私はカウンターに上品に肘《ひじ》をつき、その向こう側にいる水玉模様のボウタイを結んだ青年の、幸福そうな顔を見ていた。それから横手の壁に据えられた小さな交換台の前に座っている娘に視線を移した。彼女はどちらかといえばアウトドア・タイプで、明るいメイキャップを施《ほどこ》していた。程よい色合いの金髪がポニーテイルにされて、首の後ろから顔をのぞかせていた。しかしそのつぶらで優しげな美しい瞳は、カウンターの青年を見るときにきらりと光った。私は青年に目を戻し、声を荒らげたくなるのをぐっと抑えた。交換台の娘はくるりとポニーテイルを振り、私にも目をやった。

「どんな部屋が空いているか、喜んでお見せしたいと思います、ミスタ・マーロウ」と青年は丁寧な口調で言った。「ここにご宿泊になると決まったら、そこで登録していただきます。ところで何日ほどご逗留《とうりゅう》の予定なのでしょう？」

「ある女性が逗留している期間だけ逗留したい」と私は言った。「ブルーのスーツを着た若い女だよ。さきほどチェックインしたばかりのね。どういう名前を使ったか、私にはわからないが」

彼と交換台の娘はじっと私を見た。どちらの顔も、不信感と好奇心が入り混じった表情を浮かべていた。こういう状況をどのように乗りきればいいか、数え切れないほどのやり方がある。しかし私はこれまでにやったことのない方法を試すことにした。大都市のホテルなら、こんなやり方はまず通用しない。しかしここでならうまくいくかもしれない。どうなってもいいという、やけっぱちな気持ちになっていたせいもある。

「君たちはきっとそういうのは気に入らないだろうね？」と私は言った。

彼は微《かす》かに首を横に振った。「少なくともあなたは隠しだてをしなかった」

「抜け目なく立ち回るのに疲れたんだ。もうくたくただよ。彼女の左手の薬指を見たかい？」

「いいえ、見ていませんが」。彼は交換台の娘に目を向けた。彼女は首を振り、私をじっと見続けていた。

「結婚指輪ははめてなかっただろう」と私は言った。「もうはめていないんだよ。すべてはもう終わってしまった。なにもかもね。こんなに長いあいだ——ああ、なんていうことだろう。

私はずっと彼女のことを追ってきたんだ。はるばる――いや、場所なんてどうでもいい。彼女はもう口もきいてくれない。私はいったいここで何をしているのだろう？　まったくなんて意味のないことをしているんだ」。私は慌てて顔を背け、洟をかんだ。私は彼らの関心をうまく惹きつけていた。「どこかよそに行った方がよさそうだ」と私は言って、背を向けた。

「あなたは仲を修復したいんだけど、彼女はそうじゃないということですね」と交換台の娘は静かな声で言った。

「そうだ」

「お気の毒に思います」と青年が言った。「でもこちらの立場もわかっていただきたいのです、ミスタ・マーロウ。ホテルはその手のことに用心深くならなくてはなりません。そういう問題は深刻な事態を招きかねません。発砲事件みたいなことだって起こりかねません」

「発砲だって？」と私は驚きの表情で彼の顔を見た。「参ったな、いったいどんな人間がそんなことをするんだ？」

彼はデスクに両腕をついて、前に身をかがめた。「あなたは何を求めておられるのですか、ミスタ・マーロウ？」

「私は彼女の近くにいたいだけだよ。彼女が私を必要としたときのためにね。彼女に話しかけたりはしない。ドアをノックするつもりもない。しかし彼女は、私がそこにいたことをやがて知るだろう。そしてなぜそこにいたかも。私はただ待っているだけさ。この先もずっと待ち続けるだろう」

娘はそれが気に入ったようだった。そんな甘ったるい陳腐きわまりない台詞が功を奏するのだ。私はゆっくりと深く息を吸い込み、肝心の的《まと》をめがけて勝負をかけた。「そして私としては、彼女をここに連れてきた男の外見がどうにも気に入らないんだ」と私は言った。

「誰も彼女をここに連れてきたりしませんでしたよ。タクシーの運転手を別にすれば」とフロント係は言った。しかし私が言わんとすることが彼にはちゃんとわかっていた。

交換台の娘は含み笑いをした。「この方はそういうことを言っているんじゃないのよ、ジャック。おっしゃっているのは予約のことでしょう」

ジャックは言った。「僕にもそれくらいはわかるさ、ルシール。それほど馬鹿じゃないからね」。彼は唐突にデスクの抽斗《ひきだし》から一枚のカードを取り出し、私の前に置いた。宿泊登録カードだった。隅《すみ》のところに斜めに名前が書かれていた。ラリー・ミッチェル。そしてまったく違った書体で、正しい場所に「(ミス) ベティー・メイフィールド、ウェスト・チャタム、ニューヨーク州」と書かれていた。そして左手の隅にはラリー・ミッチェルというのと同じ字で、日付と時刻と値段と部屋番号が書かれていた。

「どうもありがとう」と私は言った。「彼女は結婚前の姓を使っている。そいつはもちろん違法じゃない」

「どんな名前を使っても違法じゃないんです。詐欺行為をおこなうつもりでない限り。彼女の隣の部屋をお望みですか？」

私は大きく目を見開いた。その目は少しばかり輝いていたかもしれない。それほど目を輝かせようと奮闘努力した人間はいなかったはずだ。

「どうだろう」と私は言った。「親切にしてくれるのはありがたいが、君にも立場というものがあるだろう。私としてはトラブルを起こすつもりはない。でも何が起こるかはわからない。君の職を危うくするようなことになっては申し訳ない」

「かまいません」と彼は言った。「こんなことをするべきではないのかもしれないが、あなたはまともな方のように見えます。ただこのことは誰にも言わないでください」。彼はカップからペンを取って、それを私に差し出した。私は名前を書き、ニューヨーク市のイースト六一丁目の住所を記した。

ジャックはそれを見た。「セントラル・パークのあたりですね、たしか？」と彼はなんでもなさそうに尋ねた。

「三ブロックと少し離れている。レキシントンと三番街のあいだだよ」

彼は肯いた。その場所を知っているのだ。私は合格し、彼は鍵に手を伸ばした。

「ここにスーツケースを置いていきたい」と私は言った。「どこかで食事をとって、それからできればレンタカーを借りてきたいんだ。荷物は部屋に運んでおいてもらえるかな」

彼はその頼みを快く引き受けた。私を外に連れ出し、若木の木立の向こうを指さした。コテージはそっくりこけら板でできていて、白塗りで、屋根は緑色だった。手すりのついたポーチが前面にあった。彼は木立越しに私の泊まるコテージを示した。私は礼を言った。オフィスに帰ろうとする青年に私は言った。「ひとつ問題があるんだ。もし私がいることに気づいたら、彼女は即刻チェックアウトするかもしれない」

彼は微笑んだ。「そのとおりです。でもそればかりは止めようがありません、ミスタ・マーロウ。多くの宿泊客は一泊か二泊しかしないんです。夏場を別にすればね。この季節には満員になることなんて、まずありませんから」

彼はオフィスのあるコテージに戻っていった。娘が彼に言う声が聞こえた。「あの人なかなか素敵よね、ジャック？　でもちょっとやり過ぎじゃなかったかしら」

彼の声も聞こえた。「僕はあのミッチェルっていうやつが大嫌いなんだ。たとえ彼がオーナーの友だちだとしてもね」

4

部屋はなんとか許容できるという程度のものだった。例によってコンクリートでできたようなかちかちのカウチがあり、クッションなしの椅子が何脚かあり、正面の壁に向かって小さな机が置かれ、作り付けのチェストがついたウォークイン・クローゼットがあり、ハリウッド式の浴槽のあるバスルームがあった。洗面台の鏡の隣には小さなシェービング用ライトがついていた。狭い簡易キッチンには冷蔵庫と、白いレンジがあった。レンジは電気式で、火口《ひぐち》が三つあった。シンクの上の壁付きの食器棚には食器やら、その類《たぐい》が不足なく入っていた。私は冷蔵庫から氷をいくつか取り、スーツケースから酒を出して、飲み物をつくった。それをすすり、椅子に腰を下ろして耳を澄ませ、窓は閉めたまま、ベネシアン・ブラインドを暗くしておいた。隣室から物音はまったく聞こえなかった。しかしやがてトイレの水を流す音が聞こえた。彼女は部屋の中にいるらしい。私は酒を飲み終え、煙草を消し、隣室とのあいだの壁についたウォール・ヒーターを点検した。金属製のボックスの中に、曇りガラスの長い熱電球のようなものが二本入っている。大して温かみを与えてくれそうにはない。しかしクローゼットの中にはサーモスタットのついたファン・ヒーターがあった。三つ叉《また》のプラグがついた二百二十ボルトのものだ。私はウォール・ヒーターについたクロミウムのガードをはずし、曇りガラスの熱電球を抜き取った。スーツケースから医師の使う聴診器を取り出し、裏側の金属の壁面にそれをあてた。もし向こう側の部屋にも同じヒーターがついているとすれば（だいたいはそうなっているのだが）、二つの部屋を隔てているのは一枚の金属パネルと、多少の——おそらくは最低限の——断熱材だけということになる。

数分間、何の音もしなかった。それから電話のダイアルを回す音が聞こえた。音はとてもクリアに聞こえた。女の声が言った。「エスメラルダ4-1499をお願いします」冷静で乱れのない声だった。高くもなく低くもない。疲れてはいるようだが、ほとんど表情の読み取れない声だ。これだけ長く彼女のあとを尾行していて、声を耳にしたのはそれが初めてだった。

それから長い間があって、彼女は言った。「ラリー・ミッチェルさんをお願いします」

再び間があったが、今度は短いものだった。彼女は言った。「ベティー・メイフィールドよ。

ランチョ・デスキャンサードからかけているの」。本来は「デスカンサード」というべきところだ。それから言った。「ベティー・メイフィールドって言ったのよ。頼むから馬鹿なことを言わないで。スペリングまで教えてもらいたいわけ?」

相手が何かを言った。彼女はそれを聞いていた。少しして彼女は言った。「アパートメント12Cよ。でもそれくらいはもうわかっているわよね。あなたが予約をとったんだから……なるほど……ええ、わかった。じゃあ、ここで待っているから」

彼女は電話を切った。沈黙があった。完璧な沈黙だった。それからいかにも空虚な声でゆっくりつぶやいた。「ベティー・メイフィールド、ベティー・メイフィールド、ベティー・メイフィールド。哀れなベティー。あなたもかつてはまともな娘だったのにね。ずっと昔のことだけれど」

私は縞模様のクッションを尻の下に敷き、壁に背中をもたせかけて、床に座っていた。そっと立ち上がり、聴診器をクッションの上に置き、長椅子に横になった。しばらくしたら男が訪ねてくるだろう。彼女はそこで男を待っている。なぜならそうしなくてはならないからだ。彼女がここまでやって来なくてはならなかったのも、やはり同じ理由からだ。それがいかなる理由なのか、私としては知りたかった。

男はおそらく柔らかい底の靴を履いていたのだろう、隣の入り口のブザーが鳴るまで、誰かがやって来たことに私は気づかなかった。そしてまた、彼はコテージの前まで車では来なかったのだ。私は床に座って、再び聴診器を用いた仕事にかかった。

彼女はドアを開け、男は入ってきた。彼は言った（その顔に浮かんだ微笑みがありありと想像できる）。「やあ、ベティー。ベティー・メイフィールドという名前にしたんだ。悪くないぜ」

「もともとがそういう名前なの」。彼女はドアを閉めた。

男はくすくす笑った。「変名を使うくらいの頭はあったようだ。しかし鞄についたイニシャルはどうするんだい？」

私は彼の声が、その微笑み以上に気に入らなかった。声は高く、軽快で、とってつけたような上機嫌さでほとんどはちきれんばかりだった。そこには冷笑的なものはなかったが、それに十分に近いものは聞き取れた。思わず歯を食いしばりたくなった。

「それはたぶん、あなたが最初に気がついたことなのね」と彼女は乾いた声で言った。

「違うね、ベイビー。最初に気がついたのは君そのものさ。結婚指輪の跡があるのに指輪がないというのが二番目。鞄のイニシャルは三番目だ」

「私のことをベイビーと呼んだりしないで。安物のゆすり屋のくせに」と彼女は言った。その押し殺された声にははっとする怒気が含まれていた。

それを聞いても男はまったくひるまなかった。「おれはたしかにゆすり屋かもしれないよ、ハニー。でもな」、そしてまたくすくす笑いがあった。「でも決して安くはないぜ」

彼女の足音が聞こえた。たぶん男から離れたのだろう。「一杯やりたいの？　お酒を持っているみたいだけど」

「酒は人を好色にするかもしれない」

「あなたに関して私が恐れることはひとつしかないのよ、ミッチェルさん」と女は冷静な声で言った。「それはね、あなたのその緩い大口《おおぐち》よ。あなたは喋りすぎるし、自己愛が強すぎる。私たちはもっとお互いを理解し合わなくては。私はエスメラルダが好きよ。前にもここに来たことがあるし、もう一度来たいと思っていた。ここにあなたが住んでいて、ここに来る列車にあなたがたまたま乗り合わせていたというのは、不運としか言いようがない。そしてあなたが私の顔を見て誰だかわかったというのは、まさに悪運中の悪運よ。でも結局のところ、それは運が悪かったというだけのことでしかない」

「でもそいつがこちらにとっては幸運ってことになるんだよ、ハニー」と男はだらんと引きずるような声で言った。

「おそらくは」と彼女は言った。「あなたがそこに力を加えすぎない限りはね。ひとつ間違えたら、それはあなたの顔の前で破裂しかねないわよ」

短い沈黙があった。私は彼らの姿を想像した。きっと二人でじっと睨《にら》み合っているのだろう。男の微笑みはいくらかこわばったかもしれない。しかしそれもほんの少しだ。

「こちらはただ」と男は静かな声で言った。「サン・ディエゴの新聞社に電話を一本かければいいだけだ。君は自分の名前を世間に広めたいのかな？　それならまかせてくれ」

「それを避けたいからここに来たのよ」と彼女は苦々しそうに言った。

男は笑った。「ああ、今にも死にそうなおいぼれ判事のおかげでな。判事が陪審の評決をひっくり返せる、合衆国でも唯一の州において。そのことはしっかり調べておいたよ。君は二度も名前を変えた。そしてもしこの土地の新聞にそのことが載ったら――そいつはきっと素敵な読み物になるはずだが――もう一度名前を変えなきゃならんことになるぜ、ハニー。そしてまた旅に出ることになる。そろそろ旅にも疲れてきたんじゃないかな？」

「だから私はここにいるのよ」と彼女は言った。「そして、だからあなたもここにいる。で、いくらほしいの？　それだけで済まないことはわかっているけど」

「これまでに金のことをちっとでも口にしたかい？」

「するに決まっている」と彼女は言った。「それから、あまり大きな声を出さないでくれる？」

「このコテージには君しかいないよ、ハニー。ここに入る前にまわりをぶらりと歩いてみた。

ドアも窓も閉まっていたし、ブラインドも下ろされていた。カーポートにも車はなかった。もし気になるようなら、オフィスに問い合わせてみてもいい。おれはこのあたりに何人か友だちを持っている。ここで暮らす上で知っている必要がある人々だ。知っていれば何かと便利な人々だ。この街には階級社会が存在して、その内輪に入り込むのはとてもむずかしい。そしてただ外側から眺めている限りでは、面白くもなんともない街だ」

「どうやってあなたはそこに入り込めたのかしら、ミッチェルさん」

「うちの親父はトロントではちょっとした顔なんだ。父親とはそりが合わなくて、父親は自分の近くにおれを置きたくなかった。しかし何といっても彼はやはり父親だし、力も持っている。おれを遠くにやるために小遣《こづか》い銭まで与えてくれているとしてもさ」

彼女はそれについて何も言わなかった。彼女の足音が遠ざかっていった。キッチンに立って、製氷皿から氷を取り出す音が聞こえた。水の音がして、それからまた足音が戻ってきた。

「私も一杯いただこうかしら」と彼女は言った。「あなたに少しきつくあたったかもしれない。疲れているのよ」

「もちろん」と彼は平板な声で言った。「君は疲れている」。そしてやや間があった。「じゃあ、疲れていない君のために乾杯しよう。今夜七時半に『グラス・ルーム』で、というのはどうだい？　ここに迎えに来るよ。夕食をとるにはいいところだ。ダンスもできる。静かだ。いまどきにしてはかなりしっかりした会員制でね、ビーチクラブに属しているんだ。一見《いちげん》さんには席を用意してはくれない。おれは身内みたいなものだが」

「高いのかしら？」と彼女は尋ねた。

「少しばかりね。ああ、そうだ――それでひとつ思い出した。来月の小遣いの小切手が届くまで、数ドルでいいから用立ててしてくれないかな」。彼は笑った。「まったく自分でも驚いちまうな。結局は金のことを口にするんだから」

「数ドルって言った？」

「数百ドルの方がいいかもな」

「今は六十ドルしか持ち合わせていない。銀行で口座を開くか、旅行小切手を換金するまではね」

「ここのオフィスで換金はできるよ、ベイビー」

「そうするわ。ここに五十ある。あなたを甘やかすことにならないといいけれど、ミッチェルさん」

「ラリーと呼んでくれ。堅苦しいのは抜きで」

「どうしたものかしら」、彼女の声が少し変化した。誘いかけるような響きがそこにはあった。

男の顔に愉悦の笑みがゆっくり広がっていく様を、私は思い浮かべた。それに続く沈黙は、男が彼女の身体をつかみ、女が黙ってそうさせているところを推測させた。やがて女のくぐもった声が言った。「そのへんにしておいてくれる、ラリー。そろそろ行ってちょうだい。七時半に用意して待っているから」

「出がけの一杯をやらせてもらうよ」

少ししてドアが開けられ、男が何かを言ったが、それは聞き取れなかった。私は立ち上がって窓際に行き、ブラインドの隙間からこっそりと外を見た。高い木のひとつにつけられた投光器があたりを照らしていた。その光の下、男が坂道を歩いて上り、消えていくのが見えた。私はヒーター・パネルの前に戻ったが、それからしばらくは何も耳にできなかったし、自分がいったい何を聞くことを求めているのかもわからなかった。でもやがてそれが明らかになった。前後に行き来する素速い動きがあった。抽斗が開けられ、鍵がかけられ、蓋が何かにぶつかるばたんという音だった。

彼女はここを引き上げる用意をしているのだ。

私は細長い、曇りガラスの熱電球をまたそこに差し込み、金属のグリルを元に戻した。聴診器をスーツケースにしまった。夕方の空気は冷え込み始めていた。私は上着を着て、部屋の真ん中に立っていた。もう暗くなっていたが、明かりはつけなかった。私はそこに立って、頭を働かせた。電話のあるところまで行って、報告することはできるが、そのあいだに女はどこかのタクシーに乗って出て行き、どこかの列車に乗るか、どこかの飛行機に乗るかして、どこか違う場所に行ってしまうかもしれない。彼女はどこにでも好きなところに行くことができる。しかしそこには常に、ワシントンに控える大物の指示に沿って、到着する列車に目を光らせている私立探偵がいることだろう。そこには常にラリー・ミッチェルのような男や、記憶力に優れた新聞記者がいることだろう。彼女には常に何かしら少し人目につくところがあり、誰かが必ずそれに目を留めることだろう。人は自らから逃げおおせることはできないのだ。

私はあまり好意を抱けない人々のために、安っぽくこそこそした覗き仕事をしてきた。でもそれがなんといっても私の生業《なりわい》なのだ。彼らが金を支払い、私が地面を掘る。しかし今回、私はそれをけっこう楽しむことができた。彼女は身持ちの悪い女にも見えなかったし、悪党にも見えなかった。それが意味するのは、身持ちのよくない悪女に見えるよりは見えない方が、より有利に立ちまわれるというだけのことに過ぎないのだが。

5

私はドアを開け、隣に行って小さなブザーを押した。中ではまったく動きはなかった。足音も聞こえなかった。それからドア・チェーンを差し込む音が聞こえ、ドアがほんの少しだけ開いた。その隙間からは、明かりの他には何も見えない。ドアの裏側から声が聞こえた。「誰なの？」

「砂糖をお借りできないかな？」

「砂糖はないわ」

「じゃあ、小切手が届くまで、数ドル用立ててしてもらえないだろうか？」

更に沈黙があった。それからドア・チェーンの許す限りドアが開かれ、顔が現れた。影になった両目が私をじっと見つめた。暗黒のプールを思わせる一対の目だった。樹上の投光器がその瞳を斜めからきらりと光らせた。

「あなたは誰なの？」

「私はあなたの隣に滞在しているものです。昼寝をしていたんだが、声がして目が覚めた。言葉も聞き取れた。戸惑うような話だったが」

「どこか別のところに行って、勝手に戸惑っていて」

「もちろんそうすることもできますよ、ミセス・キング――いや、失礼、ミス・メイフィールドだったかな。でも本当にそうしてかまわないのですか？」

彼女は身動きしなかった。目もまったくひるまなかった。私は煙草を一本箱から振って出し、親指でジッポーの蓋を開け、ホイールを回そうとした。片手で決してできないことではない。しかし動作はけっこうぎこちないものになる。でもなんとかうまくやりとげ、煙草を吹かした。あくびをし、鼻から煙を吐いた。

「アンコールには何をしてくれるのかしら？」と彼女は尋ねた。

「厳密に言えば、私はロサンジェルスに電話をかけ、雇い主に報告しなくてはならないところだ。しかし話次第では、それをやめることも可能だ」

「やれやれ」と彼女は耐えかねたように言った。「お昼からあとだけで、これで二人よ。私はなんてついていているのかしら」

「事情がわからない」と私は言った。「何ひとつわからないのだよ。私はただカモとして利用されているみたいだが、それも確かじゃない」

「ちょっと待ってちょうだい」。女は私の顔の前でドアをばたんと閉めた。彼女はどこかに行ったが、すぐに戻ってきた。防犯用のチェーンがはずされ、ドアが開けられた。

私がゆっくり室内に入ると、彼女は後ずさりして私から離れた。「あなたはどれくらい話を聞かされたの？　それからドアを閉めてくださらない」

私は肩を使ってドアを閉め、そこに寄りかかった。

「愉しげとは言えない会話の端々《はしばし》を耳にしたよ。ここの壁は浮浪者の財布のように薄いものでね」

「あなたはショービジネスの人なの？」

「いや、ショービジネスとは対極にある商売だ。かくれんぼや捜し物を生業としている。名前はフィリップ・マーロウ。君は前に私を見たことがある」

「あなたを見たことがある？」、彼女はいくらか用心深い足取りで私から離れて、開いたままのスーツケースのそばに行った。そして椅子の肘掛けにもたれた。「どこで？」

「ロサンジェルスのユニオン・ステーションで。我々は列車の乗り継ぎを待っていた。君と私と一緒に。私は君に興味を持った。君とミッチェル氏とのあいだでおこなわれていることに興味を持った。ミッチェルというのが彼の名前だよね？　話の内容はまったく聞こえなかった。よく見えないところもあった。なにしろコーヒーショップの外にいたものだから」

「じゃあ、いったい何があなたの興味を惹いたのかしら？　あなたはただの心優しい、罪のない大男さんなのかしら」

「それについて一部は話したばかりだ。もうひとつ興味を惹かれたのは、あの男と話をしたあとで君の態度が一変したことだ。なかなかのものだったよ。君は意図してそれを行った。君は自分をいかにも当世風の、ハードボイルドで世慣れた娘に作り替えてしまった。それはどうしてだろう？」

「それ以前の私はどんなだったの？」

「穏やかで品の良い良家の子女だ」

「そっちが演技だったのよ」と彼女は言った。「もうひとつの方が私の本来のパーソナリティーなの。こういうやつだってきっと似合うんじゃないかしら」、彼女は脇に持っていた小型の自動拳銃をあげた。

　私はそれを見た。「ああ、拳銃か」と私は言った。「私を銃で脅すことはできないよ。なにしろこれまでの人生を銃と共に生きてきたようなものだからね。デリンジャー拳銃をおしゃぶりがわりにして育った。リヴァーボートの賭博師が持ち歩いていたような、シングル・ショットの小さなピストルだ。もっと大きくなったらそれを卒業して、軽量級の狩猟用ライフルを持つようになった。それから・三〇三インチ弾を使ったターゲット・ライフルに続く、という具合だ。一度スコープなしで、八百メートルほど離れた的《まと》の真ん中を撃ち抜いたことがある。知っているかどうか知らないが、八百メートルも離れると、的全体が郵便切手くらいの大きさにしか見えないんだ」

「素敵な育ち方だこと」と彼女は言った。

「銃ではなにごとも解決しない」と私は言った。「銃というのは、出来の悪い第二幕を早く切り上げるためのカーテンのようなものだ」

彼女は淡く微笑み、銃を左手に持ち替えた。右手でブラウスの襟《えり》の端をつかみ、それをぐいと思い切りよく、腰のところまで引き裂いた。

「次はね」と彼女は言った。「とくに急ぐ必要もないんだけど、銃をこんな風に別の手に渡すの」。彼女は銃を右手に戻した。しかしその手は銃身を握っていた。「そして銃把で自分の頬骨を思い切り叩くわけ。美しい傷がつくことでしょうね」

「そしてそのあとで君は」と私は言った。「拳銃をしかるべき位置に構え、安全装置をはずし、引き金を引く。でもその頃には私は、新聞のスポーツ面のリード記事を読み終えているよ」

「あなたにはドアまでの距離の半分も行けないわ」

私は脚を組み、背を後ろにもたせかけ、椅子の脇にあるテーブルから緑色のガラスの灰皿を持ち上げた。それを膝の上に載せてバランスを取り、右手の人差し指と中指のあいだにはさんだ煙草を吸っていた。

「どこに向かっても走るつもりはないよ。ここにこのまま座っているさ。なかなか居心地がいいし、落ち着けるからね」

「ただ少々死んでいるだけ」と彼女は言った。「私は射撃の腕はいいいし、あなたは八百メートル先の的じゃない」

「そして君は、私に襲いかかられて、銃で身を護ることになったという話を警官に売り込むつもりだ」

彼女はスーツケースに拳銃を放り投げ、声を上げて笑った。本当におかしがっているような笑い方だった。「ごめんなさいね」と彼女は言った。「あなたはそこに脚を組んで座っていて、頭に穴を開けていて、私は自分の貞操を護るためにあなたを撃たなくちゃならなかったと説明している。そういう光景を想像すると、おかしくてたまらなくなったの」

彼女はどすんと椅子に腰を下ろし、前屈みになり、顎を両手の上に載せた。両肘を膝の上についた。その顔はこわばり生気を欠いていた。顔のまわりの暗みを帯びた赤い髪は、顔に比べていささか豪勢にすぎた。おかげで彼女の顔は実際以上に小振りに見えた。

「あなたは私にいったい何をしようとしているわけ、マーロウ？　あるいは言い方を逆にするべきかしら？　あなたがまったく何もしないでいてくれるお返しに、私はあなたに対していったい何をすればいいのかしら、と」

「エレノア・キングというのは誰なんだ？　ワシントンDCにいるというその女性はいったい何ものなんだ？　なぜ彼女はどこかで名前を変え、バッグからイニシャルを剝《は》ぎ取ったんだ？　その事情について話してくれればそれでいい。たぶん話してはもらえないだろうが」

「さあ、どうかしら。ポーターがイニシャルを取ってくれたのよ。私は彼に言ったの。私はとっても不幸な結婚をしていて、離婚して、その結果、結婚前の姓に戻る権利を手にすることができたんだと。つまりエリザベスか、あるいはベティー・メイフィールドにね。それで話の筋は通るでしょう。どう？」

「ああ、でもそれはミッチェルのことを説明していない」

彼女は背中を後ろにやり、リラックスした。その目は相変わらず怠りのない色を浮かべていた。「旅行中に知り合っただけの人よ。同じ列車に乗り合わせて」

私は肯いた。「しかし彼は自分の車に乗ってここまでやってきた。君のためにこのホテルの予約も取った。彼はここの人々にはあまり好かれていないが、どうやら大きな影響力を持つ誰かさんの友人であるらしい」

「列車や船で出会った人と急速に仲が深まることって、よくあるじゃない」

「どうやらそうらしいね。彼は君に借金まで申し込んでいる。ずいぶんな話の進み具合だ。そして私の受けた印象では、君はあの男のことがそれほど好きではないようだ」

「ふうん」と彼女は言った。「だからなんだっていうの？　でも本当のところ、私は彼にぞっこんなのよ」。彼女は手を裏返し、それを見下ろした。「あなたは誰に雇われたのかしら、マーロウさん。そして何のために？」

「ロサンジェルスの弁護士が、東部にいる誰かの指示に従って私を雇った。君を尾行し、行く先を確かめることが役目だった。それを私は実行した。しかし今、君は宿替えしようとしているし、そうなるとまた最初からやり直しということになる」

「でも今では私は、あなたが私をつけていることを知ってしまっている」と彼女は棘のある声で言った。「だからあなたの仕事はいっそうむずかしいものになる。あなたは私立探偵とかそういう仕事の人なのね？」

そのとおりだと私は言った。少し前に煙草の火は消していた。私は灰皿をテーブルに戻し、立ち上がった。

「私にとってはむずかしいものになる。しかしこういう仕事をする人間は山ほどいるんだよ、ミス・メイフィールド」

「ええ、きっとたくさんいるのでしょうね。その手のたくさんの、感じの良いちっぽけな男たちがね。その中にはひょっとしたら、まずまず清潔な人もいるかもしれない」

「警官たちは君を追い求めてはいない。警官ならもっと簡単に君を捕まえられるだろうから。君の乗る列車はわかっていた。君の写真と外見的特徴のリストも渡された。しかしミッチェルは自分の好きなように君を動かすことができる。そして彼の狙いは金だけじゃあるまい」

彼女は少し頬を赤らめたように見えたが、明かりは彼女の顔をまっすぐとらえてはいなかった。「そうかもしれない」と彼女は言った。「でもそんなことはどうでもいいかもしれないわよ」

「いいはずはなかろう」

彼女は唐突に立ち上がり、私の方にやってきた。「そんな仕事をしていても、大したお金にはならないのでしょう、ねえ？」

私は肯いた。我々は今ではずいぶん接近していた。

「だとすれば、あなたがここから立ち去って、私を見たことなんて忘れちゃうには、どれくらいの値段がつくのかしら？」

「ここから立ち去ることに関しては無料だ。ただし報告はしなくてはならない」

「いかほどになるのかしら？」。彼女は生真面目な顔でそう言った。「私はまとまった依頼料を支払うことができる。あなたがたはたしかそういう名前で呼ぶのよね。恐喝というよりは言葉の響きがずっといいもの」

「内容が同じというわけではない」

「同じかもしれないわよ。本当よ。結局中身は同じってことになってしまう。相手が弁護士や医者であったとしてもね。そういうのを目にしてきた」

「運が悪かったんだな」

「とんでもないわ、探偵さん。私くらい幸運な人間はほかにいない。だってまだこうして生きているんだもの」

「私は君と対立する側にいるんだぜ。言葉には気をつけた方がいい」

「さあ、あなたがいったい何を知っているっていうの」と彼女は気怠《けだる》そうに言った。「良心の呵責《かしやく》に苦しむ探偵さん。笑わせてくれるじゃない。そんなの、私にとってはただの戯言《たわごと》に過ぎない。さあ行きなさいよ、私立探偵のマーロウさん。さっさと電話をしてくればいいわ。大事なお電話なんでしょう？　とめやしないわよ」

彼女はドアの方に行きかけたが、私はその手首を摑んで、こちらを向かせた。裂けたブラウスは驚くほどの裸身を見せていたわけではない。少しばかりの肌と、ブラジャーの一部、そんな程度だ。ビーチにいけばもっと盛大に肌を露出している女にお目にかかれる。しかしブラウスの裂け目から見える肌とはいささかわけが違う。

私の目に少しばかり好色な光を認めたのかもしれない。彼女は急に指を曲げて、私に爪を立てようとした。

「私はさかりのついた牝犬《めすいぬ》じゃない」と彼女は歯を食いしばるようにして言った。「そのいやらしい手を離してよ」

私はもう一方の手首も摑んで、こちらに引き寄せようとした。彼女は私の股間を膝《ひざ》で蹴ろうとしたが、そうするには近くに寄りすぎていた。それで彼女は身体をぐったりさせ、頭を後ろにそらせて、目を閉じた。口はまるで冷笑するように歪んで開いていた。涼しい夜だった。海辺では更に冷え込んでいるかもしれない。しかし私のいるところはちっとも寒くなかった。

少しあとで、彼女はため息混じりに、夕食に出かける支度をしなくちゃならないと言った。

「そうだったね」と私は言った。

また少し間を置いてから、「この前男の人にブラジャーをはずされてから、ずいぶん長い時間が経つわ」と彼女は言った。我々はゆっくり向きを変え、二人用の寝椅子の方に向かった。そこにはピンクとシルバーのカバーがかかっていた。人は妙に細かいところに目を留めるものだ。

彼女の目は見開かれ、戸惑いの色を浮かべていた。私はその目をひとつずつ検証した。というのは近くにありすぎて、一度に両方は見られなかったからだ。その二つはきれいなひと揃いになっていた。

「ハニー」と彼女は言った。「あなたはとっても素敵だけど、残念ながら時間がないのよ」

私は彼女の口を優しくふさいでやった。ドアの外側からキーが差し込まれたような気配があったが、私はべつに気にしなかった。かちりと音を立てて錠がはずされ、ドアが開き、ラリー・ミッチェル氏が部屋に入ってきた。

我々は身体を離した。私が振り向くと、彼はしょげたような目で私を見た。身長およそ百八十三センチ、いかにもタフそうで、痩せてはいるが筋肉はついている。

「念のためにオフィスでチェックしようと思ったんだ」と彼はほとんど放心した声で言った。「すると12Bは今日の午後に貸し出されていた。それも君がチェックインしたすぐあとにな。それでちょいと気になった。この時期、ほかに空いている部屋はいくらでもあるというのに。だからこのキーを借りたんだ。で、このでかい男はいったい誰なんだ、ベイビー？」

「なあ、『ベイビー』って呼ばないでくれと、彼女にさっき言われたんじゃないのか？」

その言葉にはっとしたとしても、彼はそれを顔には出さなかった。握りしめた拳をさりげなく身体の脇にやった。

女は言った。「彼は私立探偵で、名前はマーロウ。誰かに雇われて、私をここまで尾行してきたの」

「そこまでくっついて尾行する必要があったのか？　まるで美しい友情の交流の邪魔をしちまったみたいに見えるけれどな」

彼女は私からさっと身をふりほどき、スーツケースの中から銃を摑んだ。「私たちが話し合っていたのはお金のことよ」と女は彼に言った。

「そいつは常に大きな間違いだ」とミッチェルは言った。顔色は紅潮し、目はいささか明るく輝きすぎていた。「とくに君のような立場にあってはな。銃なんて必要ないはずだぜ、ハニー」

ミッチェルは私に向かって右のストレートを繰り出してきた。バネのきいたスピードのあるパンチだ。私は素速くその内側にステップした。冷静で賢明な対応だ。しかしその右は本命のパンチではなかった。彼は左利きだったのだ。私はロサンジェルスのユニオン・ステーションでそのことを目に留めておくべきだった。なにしろ年季を積んだ観察者なのだから、細部を見落としてはならない。私は右のフックを繰り出したがそれをはずし、相手の左をもろにくらってしまった。

それは私の頭をのけぞらせた。私はバランスを崩し、そのあいだにミッチェルは横向けに女のところに突進し、拳銃を手からもぎ取った。それはしばらく宙を踊っているように見えたが、やがて彼の左手に収まった。

「おとなしくするんだ」と彼は言った。「嘘くさい台詞に聞こえるかもしれんが、おれはあんたを撃ち殺し、罪を逃れることもできる。本当にできるんだぜ」

「オーケー」と私は詰まった声で言った。「一日五十ドルの報酬で撃ち殺されちゃ、あわない。そのためには七十五はもらわなくちゃな」

「あっちを向いてくれ。札入れを見させてもらうのが楽しみだ」

私はミッチェルに向かって突進した。銃をものともせず。よほどのパニックに襲われなければ、引き金を引いたりしないはずだ。彼は自分のホームグラウンドにいるわけだし、パニックに襲われる理由は何もない。しかしその娘はきっと判断がつかなくなっていたのだろう。視野のいちばん端っこで、私は彼女の姿をぼんやりとらえた。彼女はテーブルの上のウィスキーの瓶に手を伸ばしていた。

私の拳はミッチェルの首の脇に命中した。相手は悲鳴を上げた。彼は私のどこかを叩いたが、威力はなかった。私のパンチの方が強く相手をとらえた。しかし私が勝利をおさめることはなかった。というのはその瞬間、軍用ラバの後ろ足キックが、私の後頭部を直撃したからだ。私は暗い海の上で見事に意識を失い、燃えさかる一幅《いっぷく》の炎の中に崩れ去った。

6

まず最初に感じたことは、もし今誰かに厳しい口調で話しかけられたら、私はどっと泣き伏してしまうだろうということだった。二番目は、この部屋は私の頭には小さすぎるということだった。頭の正面は、後頭部の遥か先にあった。頭の両側はお互いとんでもなく離れていた。それでいながらこめかみからこめかみへと、ずきずきする鈍い痛みがせわしなく行き来していた。最近では距離というのはまったく意味を持たないらしい。

三番目に感じたことは、ここからあまり遠くないところで、ぶうんという唸りに似たノイズが切れ目なく聞こえることだった。四番目の、そして最後のものは、氷水が首筋をつたって流れている感覚だった。寝椅子のカバーのおかげで、自分がそこに顔をつけて寝そべっていることがわかった。もちろんまだ私にちゃんと頭がついていればということだが。私はそっと身体を回し、椅子の上に身を起こした。どすんと何かが落ちて、からからという物音が止《や》んだ。からからという物音や、どすんという音を立てたのは、溶けかけた氷を入れて、ぎゅっとしぼられたタオルだった。私に大いに好意を持つ誰かが、私の首筋を冷やしてくれていたのだ。そして私にそれほど好意を持っていない誰かが、私の頭蓋骨の後ろを思い切りどやしたのだ。あるいはそれは同じ人物かもしれない。人の心というのは変わりやすいものだ。

私は立ち上がって、ヒップ・ポケットに慌てて手をやった。財布はそこに入っていたが、フラップが開けられていた。中身を調べてみた。なくなっているものはなかった。そこから私についての情報を得ただけだ。しかしそんなものはもう秘密でもなんでもない。寝椅子の足もとにあるスタンドの上で、私のスーツケースが開けられていた。ということは、私は自分の部屋に戻っているわけだ。

鏡の前に行って、顔を点検した。見慣れた顔だった。戸口に行って、ドアを開けてみた。ぶうんという唸りが大きくなった。私の前には小太りの男がいて、手すりに寄りかかっていた。中くらいの太り方で、とくにしまりがないという印象はない。眼鏡をかけて、鈍い灰色のソフト帽の下に大きな両耳が見えた。トップコートの襟が立てられ、両手はコートのポケットに突っ込まれている。頭の両側からのぞいている髪は軍艦のような鉄灰色だった。いかにも頑丈そうに見えた。太った男はだいたいそう見えるものだ。私の背後の開いたドアから洩れる明かりが、彼の眼鏡に反射した。彼は小さなパイプを口にくわえていた。「トイ・ブルドッグ」と呼ばれているものだ。頭はまだぼんやりしていたが、その男には何かしら気になるものがあった。

「やあ、こんばんは」と彼は言った。

「何かご用かな?」

「ある男を捜していてね。あんたではない人を」

「ここには私しかいない」

「そうだな」と彼は言った。「ありがとう」。彼は私に背を向け、腹をポーチの手すりにもたせかけた。

私はポーチに沿って、唸りの聞こえる方に行ってみた。12Cのドアが大きく開いて、明かりが灯っており、緑色の制服を着た女が真空掃除機をかけていた。

私は中に入り、まわりを見回してみた。女は掃除機のスイッチを切って、私をじっと見つめた。「何かご用かしら?」

「ミス・メイフィールドはどこだろう?」

彼女は首を振った。

「この部屋に滞在していた女性だよ」と私は言った。

「ああ、あの方ね。もうチェックアウトなさいました。半時間ばかり前に」。彼女はまた掃除機のスイッチを入れた。「オフィスで聞いてみてくださいな」、その騒音越しに彼女は怒鳴った。「この部屋を片づけているところですから」

私は背後に手を伸ばしてドアを閉めた。そして黒い蛇みたいな掃除機のコードを壁まで辿っていって、それをむしり取るように抜いた。緑色の制服を着た女は怒ったように私を見た。私はそちらに行って、一ドル札を渡した。彼女の怒りは少し後退したようだった。

「ちょっと電話をかけたいんだ」と私は言った。

「ご自分の部屋にも電話はあるでしょう」

「余計なことは考えないでいい」と私は言った。「一ドルぶんでいいから」

私は電話の前に行って、受話器をとった。娘の声が聞こえた。「オフィスです。何のご用でしょう？」

「こちらはマーロウだ。私はとても不幸な気持ちだよ」

「なんですって？　……ああ、マーロウさんね。何かご用かしら？」

「彼女は行ってしまった。話をすることもできなかったよ」

「ああ、それはとてもお気の毒です、マーロウさん」、彼女は本気でそう言っているみたいだった。「ええ、もう出ていかれました。私たちとしても、それは……」

「どこに行くとか言っていなかったかね？」

「勘定を払って、出ていかれただけです。ほんとに藪から棒に。行き先なんかはまったく聞いていません」

「ミッチェルと一緒に？」

「いいえ、そうじゃありません。お一人でした」

「何か気づいたことがあるはずだよ。彼女はどうやってここから出ていったんだい？」

「タクシーに乗って。残念ながら——」

「わかった。どうもありがとう」。私は自分の部屋に戻った。

中くらいの太り方をした男は脚を組んで、気持ちよさそうに椅子に座っていた。

「立ち寄っていただけて嬉しいけれど」と私は言った。「どのようなご用の向きなんだろう？」

「ラリー・ミッチェルの行く先を教えてもらえないだろうか？」

「ラリー・ミッチェル」と私は言って、注意深く思案した。「それはどういう人なのかな？」

彼は札入れを開き、そこから名刺を出した。そしてもそもそと立ち上がり、それを私に渡した。名刺には「ゴーブル・アンド・グリーン、探偵社、ミズーリ州カンザス・シティー、プリューデンス・ビルディング310」とあった。

「面白そうなご職業だね、ミスタ・ゴーブル」

「なめた口をきくんじゃないよ。おれはけっこういらつきやすいんでね」

「面白い。いらついたところを見たいものだ。いったい何をするのかな。髭でも嚙むのかい？」

「髭なんてはやしちゃいないぜ、この間抜け」

「はやせばいいじゃないか。待っててやるから」

今度は前より素速く立ち上がった。彼は自分の拳を見下ろした。彼の手の中には突然銃があった。「これまでにピストルで殴られたことはあるか、間抜け野郎？」

「よしてくれ。あくびが出そうだ。血の巡りの悪いやつを相手にすると、いつもあくびが出る」

彼の手は震え、顔が紅潮した。それから彼は銃をショルダー・ホルスターに戻し、よろよろとドアに向かった。「このままじゃすまないぜ」と彼は肩越しに捨て台詞を吐いた。

私はそれを無視した。言い返すほど気の利いた台詞でもない。

7

少しあとで私はオフィスまで降りていった。

「どうもうまくいかなかったみたいだ」と私は言った。「ひょっとして君たちのどちらか、彼女を乗せていったタクシーの運転手を知らないか？」

「ジョー・ハームズ」と娘がすかさず言った。「グランド・ストリートの真ん中あたりにあるタクシー乗り場で、彼を見つけられると思う。でなければ、オフィスに電話をすればいいわ。けっこういいやつよ。一度私に言い寄ったことがあるけど」

「そしてここからパソ・ロブレスくらい遠くまで的をはずした」と受付の青年が馬鹿にしたように言った。

「さあ、どうかしら。あなたはそのときここにいなかったみたいだけど」

「ああ」と青年はため息をついた。「家を買うために金を貯めようと、一日に二十時間働かなくちゃならない。そしてその金が貯まる頃には、十五人くらいの男が彼女に言い寄っているんだ」

「心配は無用だ」と私は言った。「君をからかっているだけさ。君を見るたびに、彼女の目は輝いているからね」

にっこりと互いを見つめ合っている二人を残して、私はそこを立ち去った。

小さな町が大抵そうであるように、エスメラルダにはメインストリートが一本あり、その両側に商店が一ブロックばかり、短く穏やかに続いている。そしてその雰囲気をほとんど変えることなく、住宅地へと移行していく。しかしおおかたのカリフォルニアの小さな町とは違って、そこには張りぼてのフロントもなく、派手な広告看板もなく、ドライブイン・ハンバーガーもなく、葉巻カウンターもビリヤード・ホールもなかった。町の不良たちがたむろしている街角もなかった。グランド・ストリートの店は古いかあるいは狭いかだったが、けばけばしくはなかった。ある店は正面を板ガラスとステンレス・スティールで、またある店はくっきりとした洒落た色合いのネオン照明で、うまく現代風に装飾されていた。エスメラルダに住むすべての人が裕福なわけではない。すべての人が幸福なわけではないし、キャディラックやジャガーやライレーに乗っているわけでもない。しかし裕福な暮らしをしている人が占める割合がかなり高いことは、一目でわかった。高級品を売る店は、ベヴァリー・ヒルズのその手の店に負けず劣らず小綺麗で、豪華に見えた。そしてより控えめだった。それからもうひとつ小さな違いがあった。エスメラルダでは古いものはどれも清潔だったし、往々にして趣《おもむき》があった。他の小さな町にあっては、古いものはだいたいうらぶれて見えるものだが。

そのブロックの真ん中あたりに車を駐めた。電話局が正面にあった。電話局はもちろん閉まっていたが、入り口のところがセットバックになっていて、金になる場所を見栄えのためにあえて犠牲にしたその窪みには、衛兵詰め所のような形をした、深い緑色の電話ボックスが二つ設置されていた。道路の向かい側には淡い黄褐色のタクシーが一台、敷石に斜め向きに駐まっていた。赤く塗られた仕切りがあって、その中に収まっている。白髪の男が車内に座って、新聞を読んでいた。私はそちらに近づいていった。

「ジョー・ハームズかい？」

彼は首を振った。「やつはもうちょっとしたら戻ってくる。タクシーが必要なのかね？」

「いや、そうじゃない」

私は彼から離れて、店のウィンドウを見ていた。ウィンドウの中には茶色とベージュの格子柄のスポーツシャツが飾られていて、それは私にラリー・ミッチェルを思い出させた。胡桃《くるみ》色の革靴、輸入物のツイードの上着、二、三本のネクタイ、それらにマッチしたシャツ、そういうものがたっぷり余裕をとって陳列されていた。店の上にはかつて有名だった運動選手の名前が掲げられていた。その名前は手描き文字で、レッドウッド材に浮き彫りで描かれ、彩色されていた。

電話のひとつが鳴り出し、運転手はタクシーを降りて歩道を横切り、受話器をとった。彼は話をし、電話を切り、タクシーに乗り込み、バックで仕切りから出ていった。彼が行ってしまうと、通りは少しのあいだ完全に空っぽになった。それから二台ほど車が通り過ぎていった。やがて身なりの良いハンサムな黒人の青年が、めかしこんだ可愛い娘と一緒にウィンドウを覗き、楽しげにお喋りをしながら、のんびり通りを歩いていった。緑色のホテルのボーイの制服を着たメキシコ人が誰かのクライスラー・ニューヨーカーを運転してやってきた。あるいはそれは彼の車かもしれない。彼はドラッグストアに入り、煙草のカートンボックスを手に出てきた。そしてホテルに戻っていった。

「エスメラルダ・キャブ・カンパニー」という名前のついたベージュのタクシーが角をゆっくり曲がってやってきて、赤い仕切りの中に駐まった。厚い眼鏡をかけたいかつい大男が車から降りてきて、壁付きの電話機をチェックした。それから車に戻り、バックミラーの後ろから雑誌をとった。

私は彼の方にゆっくり歩いていった。彼がその当人だった。上着は着ておらず、シャツの袖を肘の上までたくし上げていた。ビキニ水着のシーズンはもう終わっていたのだが。

「ああ、おれがジョー・ハームズだ」。彼は唇に煙草をくわえ、ロンソンで火をつけた。

「ランチョ・デスカンサードのルシールに君のことを聞いた。何か情報がもらえるかもしれないと彼女は言っていた」。私は彼のタクシーにもたれかかり、彼に向かってとびっきり大きな微笑みを顔に浮かべた。しかしむしろ縁石でも蹴飛ばした方がよかったかもしれない。

「何についての情報だね？」

「今日の夕方、そこのコテージから客を乗せただろう。12Cという部屋から。赤毛の、ちょっと背の高い女だ。スタイルもいい。名前はベティー・メイフィールド。たぶん名前までは名乗らなかったはずだが」

「だいたいの人間は行き先以外、おれには何も言わないよ。面白いだろう、なあ？」。彼はフロント・ウィンドウに向かって大きく煙を吐いた。それが広がって、車の中に漂っていくのを眺めていた。「要点はなんだ？」

「ガールフレンドが黙って出ていってしまった。ちょっと言い合いをしてね。悪かったと謝りたいんだ」

「ガールフレンドはどこかに家を持っているだろうよ」

「家はここからずいぶん遠くにある」

彼は煙草を口にくわえたまま、小指でたたいて灰を落とした。

「彼女は意図してそうしたのかもしれない。自分がどこに行ったか、あんたには知られたくないのかもしれない。あるいはあんたにとっても、その方がラッキーだったかもしれない。この町じゃ、女をホテルに連れ込むことは罪に問われかねないからね。そういうのはあまりみっともいいことじゃないだろう」

「あるいは私は嘘つきかもしれない」と私は言った。そして札入れから名刺を出した。彼はそれを読み、返してくれた。

「こっちの方がいい」と彼は言った。「少しはましだ。しかしそいつは会社の規則に違反する。おれはただ筋肉を鍛えるためにこのタクシーを運転しているわけじゃないからね」

「五ドル札みたいなのに興味はあるかい？　それともそいつも会社の規則に反するのかな？」

「おれの父親がタクシー会社を経営していてね。おれが袖の下を受け取ったと知ったら、かんかんになるだろう。なにも金に興味がないってわけじゃないが」

壁付きの電話が鳴り出した。彼はタクシーを降りて、歩幅の広い三歩ばかりでそこまで行った。私は唇を嚙みながら、そこにじっと立っていた。彼は話をして、タクシーに乗り込み、ハンドルの前に座った。それだけをひとつの動作でやってのけた。

「行かなくちゃならん」と彼は言った。「悪いが急いでいるんだ。デル・マーから戻ってきたばかりでね。七時四十七分のロサンジェルス行きだよ。ここは信号停止駅（合図のあるときだけ停車する駅）になっているんだ。ここを出ていく人間はだいたいそれに乗る」

彼はエンジンをかけ、吸っていた煙草を捨てるために窓から身を乗り出した。

「ありがとう」と私は言った。

「何のことだね？」と彼は言って、バックして行ってしまった。

私はまた腕時計に目をやった。そして距離と時間を計算した。デル・マーまで二十キロはある。誰かをデル・マーまで送って、鉄道駅で彼なり彼女なりを降ろし、ここに戻ってくるには一時間近くはかかるだろう。彼は自分なりの言い方で私にそれを教えてくれたのだ。意味がなければわざわざそんなことは口にしないはずだ。

彼が視界から消えるのを見届けてから、通りを横切り、電話会社の外にある電話ボックスに入った。そしてボックスのドアを開け放しにしたまま、十セント硬貨を入れ、ゼロを回した。

「コレクトコールで西ロサンジェルスにかけたいんだが」と私は言って、彼女にブラッドショー局の電話番号を告げた。「指名通話で、ミスタ・クライド・アムニー。私はマーロウ。こちらの番号はエスメラルダの４‐２６７３。公衆電話だ」

私がそれだけのことを告げるよりもずっと短い時間で、彼女は電話を先方につないでくれた。アムニーは鋭い口調の早口で言った。

「マーロウ？　連絡が遅いじゃないか。それでどうなったね？」

「私はサン・ディエゴにいます。彼女を見失いました。昼寝をしているあいだに姿を消してしまったのです」

「やれやれ、ずいぶん腕利きの探偵を私は雇ったものだな」と彼は不愉快そうに言った。

「それほどひどいことにはなっていません、ミスタ・アムニー」と私は言った。「彼女の行き先はおおよそわかっています」

「おおよそというのはどうも気に入らないな。私が誰かを雇うとき、私は相手が言われたことをそのままきちんと実行してくれることを期待しているんだ。で、行き先がおおよそわかっているというのは、いったいどういうことなんだね？」

「これはいったいどういう事情になっているのか、だいたいのところを教えていただくことはできませんか、ミスタ・アムニー？　私は今回、列車の到着が近いからということで、急ぎの依頼を受けました。あなたの秘書の女性は相手の人物の特色を詳しく教えてくれましたが、前後の事情はほとんど知らされていません。あなただって、私に幸福な気持ちで仕事をしてほしいと思っておられるのではありませんか、ミスタ・アムニー？」

「ミス・ヴァーミリアは必要な情報はすべて君に与えたはずだと、私は理解している」と彼は不機嫌そうな声で言った。「私はワシントンのさる有力な法律事務所の依頼を受けて行動しているんだ。そして現在のところ、彼らの依頼主は匿名であることを望んでいる。君の仕事はその女性の落ち着き先をつきとめることだ。落ち着き先というのは、ハンバーガー・スタンドや化粧室みたいなところのことじゃない。ホテルだとか、アパートメント・ハウスだとか、あるいは彼女の知り合いの家だとか、そういうところのことだ。ただそれだけだよ。いったいどこまでシンプルにすれば君の気は済むんだ？」

「私が求めているのはシンプルさではありません、ミスタ・アムニー。私が求めているのは背景にあるものごとです。あの娘はいったい誰なのです？　彼女はどこからやってきて、このような調査を必要とする、どんなことをやらかしたと考えられているのですか？」

「必要とするだと？」と彼は吠えたてた。「何が必要かなど、君がとやかく言うべきことじゃない。娘を見つけ出して、行く先を確認し、その居場所を私に電話で連絡すればいいんだ。そしてもし報酬を期待しているのなら、急いでそれをやった方がいいぞ。期限は明日の朝の十時だ。それが過ぎたら、私は次の手だてを考えなくてはならない」

「わかりました、ミスタ・アムニー」

「君の今の正確な居場所と電話番号を教えてくれ」

「私は今のところ移動中です。ウィスキーのボトルで頭をどやされましてね」

「ああ、それは気の毒に」と彼は辛辣な声で言った。「中身はきっと君がもう空けてしまっていたのだろうが」

「もっと悪いことになっていたかもしれませんよ、ミスタ・アムニー。それはあなたの頭だったかもしれないのですから。朝の十時頃にあなたのオフィスに電話を入れます。誰かが誰かを見失うというようなご心配は無用です。私の他に二人の人間が通りの同じ側で仕事をしていますからね。一人はミッチェルという地元の人間で、もう一人はゴーブルというカンザス・シティーから来た私立探偵です。彼は拳銃を所持しています。それではおやすみなさい、ミスタ・アムニー」

「待て！」と彼は怒鳴った。「ちょっと待ってくれ。いったいどういうことなんだ？　他に二人の人間がこの件に絡んでいるというのか？」

「私にそれを尋ねているのですか？　尋ねているのは私の方だと思っていたのですがね。どうやらあなたもこの件については、つんぼ桟敷に置かれているようだ」

「ちょっと待ってくれ！　いいから待ってくれ！」、そして沈黙があった。声が落ち着き、居丈高な口調も消えた。「明日の朝いちばんでワシントンに電話をかけてみよう、マーロウ。もし私が無礼なことを言ったとしたら、許してくれ。どうやらこの件に関しては、私としてももう少し情報を収集した方がよさそうだ」

「そのようです」

「もしまたコンタクトがとれたら、ここに電話をしてくれ。何時でもかまわない。いつでも電話をくれ」

「わかりました」

「それではおやすみ」。そして彼は電話を切った。

私は受話器を戻し、深いため息をついた。頭はまだ痛んでいたが、目眩《めまい》はなくなっていた。海霧を含んだ冷ややかな夜気を私は吸い込んだ。電話ボックスのドアを押して出て、通りの向かいに目をやった。私がやって来たときに、タクシーの仕切りで客待ちをしていた老人がまたそこに戻っていた。私はぶらぶらとそちらに歩いていって、「グラス・ルーム」にはどうやっていけばいいのか尋ねた。ミッチェルがミス・ベティー・メイフィールドを夕食に連れて行くと約束していた店だ。彼女がそれを喜んだかどうかはともかく。老人は行き方を教えてくれて、私は礼を言った。もう一度人気《ひとけ》のない通りを横切って、レンタカーに乗り込み、もと来た道を引き返した。

ミス・メイフィールドが七時四十七分発のロサンジェルスだか、どこか途中の駅だかまで行く列車に乗り込んだという可能性は変わらずにあった。しかしそうではないと考えるのが妥当だろう。タクシーの運転手は客を駅まで送り届けるのが仕事であって、その場に残って客が列車に乗るのを見届けることまではしない。ラリー・ミッチェルはそんなに簡単に振り切れる相手ではない。もし彼が彼女をエスメラルダまで呼び寄せられるだけのネタを握っているとしたら、彼女をここに居続けさせることだってできるだろう。彼は私が誰で、ここで何をしているかを知っている。しかしそれがどうしてかまではわからない。なぜならそれは私自身にもわかっていないからだ。もし彼に少しでも知恵があるなら（けっこうあると踏んでいるのだが）、私は彼女の足取りを辿り、彼女を乗せたタクシーの運転手に聞き込みをするだろうと推測するはずだ。私の最初の推測は、彼は車を運転してデル・マーまでやってきて、その大きなビュイックをどこか目につかないところに駐車し、タクシーがやってきて女を降ろすのを待っていた、というものだ。タクシーがいなくなってしまうと、彼は女を車に乗せ、エスメラルダに送り届ける。私の頭に浮かんだ第二の推測は、彼がこれまでに知っている以上の情報を女は与えるまいというものだった。私はロサンジェルスの私立探偵で、彼女を尾行するために知らない人物に雇われた。そして尾行をしたが、彼女に近づこうとしすぎて間違いを犯した。彼にとって面白くない成り行きであるはずだ。それは競合する相手がいることを意味する。しかしもし彼の情報が――たとえどのようなものであれ――新聞の切り抜きから得られたものであるなら、彼がそれを永遠に独占するのはまず無理だ。十分な興味を持ち、十分な我慢強さを持ち合わせた人間なら、誰だってそれくらい見つけ出せる。私立探偵を雇うほど十分な理由を持つ人間なら、その程度のことは既に承知のはずだ。となると、その人物がベティー・メイフィールドからどんなものをせしめようとしているにせよ――金銭的なものか性的なものか、あるいは両方か――なるべく早いうちにせしめなくてはならないということになる。

渓谷沿いに五百メートルばかり進んだところに、海の方を矢印で示している照明付きの看板があり、「グラス・ルーム」と記されていた。崖に沿って並んだ家々のあいだを道路は抜けていった。家々には温かい明かりが灯り、よく手入れをされた庭があり、漆喰の壁があり、壁にはメキシコの伝統に従ってひとつかふたつ、自然石か煉瓦がはめ込んであった。

最後の丘の最後のカーブを曲がって下りると、生の海草の匂いが鼻孔を満たした。霧のヴェールをかけられた「グラス・ルーム」の照明が琥珀色に明るく膨らみ、ダンス音楽が舗装された駐車場を渡って聞こえてきた。車を停めるとほとんど足もとから海の唸りが聞こえたが、海そのものは見えなかった。駐車係はいない。車をロックして、店に入っていくだけだ。

駐まっている車の数は二十台を超える程度だった。私はざっと眺め渡した。少なくともひとつの勘は当たっていた。ソリッド・トップのビュイック・ロードマスターのライセンス・ナンバーは、私がメモしておいたものと合致した。それは入り口のほとんど真ん前に駐められていた。その隣の、玄関に近くのいちばん端っこのスペースには、淡いグリーンとアイボリーのキャディラック・コンバーティブルが駐まっていた。革のシートはオイスター・ホワイトで、夜露に湿らないようにその上には格子柄の旅行用毛布がかけられていた。その車にはディーラーが思いつく限りの付属品がついていた。ミラー付きの二つの巨大なスポットライト、マグロ釣り漁船に似つかわしいような長大なラジオ・アンテナ、遠くまで豪勢に旅するときに荷物入れを補うための折り畳み式のクロームの荷物ラック、サン・バイザー、バイザーによって見えにくくなる信号を拾い上げるプリズム式のリフレクター、つまみがいっぱいついていてまるでコントロール・パネルみたいに見えるラジオ、煙草を突っ込むだけでしっかり火をつけてくれるシガレット・ライター、その他数え切れないほどの細かい仕掛け。車にレーダー・システムとか、録音設備とか、バーとか、対空砲とかが設置されるまでに、あとどれほどの時間がかかるのだろうと私は思った。

それだけのものを、私はクリップ式の小型懐中電灯で見て取った。ライセンス・ホルダーを見ると、持ち主の名前はクラーク・ブランドンとなっていた。住所はカリフォルニア州エスメラルダ「ホテル・カーサ・デル・ポニエンテ（スペイン語で「西の館」）」。

8

エントランス・ロビーは、二つの階にまたがったバーとダイニング・ルームを見渡せるバルコニーの上にあった。カーペット敷きのゆるく曲がった階段が下のバーに通じていた。上の階には帽子預けの女性と、電話ボックスに入っている年配の男しかいなかった。男は「下手《へた》に手出しするとただではおかないぞ」という険しい表情を顔に浮かべていた。

私は階段を降りてバーに行き、ダンスフロアを視野に収めるカーブした小さな空間に身を押し込んだ。建物の一方の側はそっくり巨大なガラス窓になっていた。その向こう側には霧の他には何も見えなかったが、良く晴れた夜には海上に低く浮かんだ月が見えて、きっとそれは雄大な眺めなのだろう。三人編成のメキシコ人のバンドが、いかにもメキシコ人のバンドが演奏しそうな曲を演奏していた。彼らはどんな音楽を演奏しても、みんな同じ音楽に聞こえる。彼らはいつも同じ曲を歌う。そこにはいつも明るく開放された母音があり、こってり引き延ばされた甘い節回しがあり、それを歌う男はいつもギターをかき鳴らし、愛《アモール》や私の心《ミ・コラソン》や心を捧げる女性について語るべきことをうんと持っているが、そこに説得力はほとんどない。そして彼の髪は常に長すぎるし、常にオイルをつけすぎているし、愛について蘊蓄《うんちく》を傾けているよりは、どこかの横町でナイフでも使っている方がむしろ似合っていそうだ。

　ダンスフロアでは半ダースほどのカップルが、関節炎を患った夜警のような捨て鉢な身振りで自らの身体を振り回していたが、ほとんどは頬を寄せて静かにダンスをしていた。もしそれをダンスと呼ぶことができればだが。男たちは白いタキシードを着ていた。娘たちは明るい目とルビー色の唇、そしてテニスだかゴルフだかで鍛えた筋肉を持っていた。一組の男女だけは頬を寄せていなかった。男はリズムについていくには酔いがまわりすぎていたし、女の方はパンプスを踏みつけられないように気をつけることで手一杯で、他には何も考えられないようだった。ミス・ベティー・メイフィールドを見失うのではないかという私の心配は、まったく無用なものであったらしい。彼女はそこにミッチェルと共にいたが、どう見ても幸福そうではなかった。ミッチェルの口は開けられ、にやにや笑いを浮かべていた。その顔は赤く火照《ほて》り、目はいつものようにどんよりしていた。ベティーは首の骨が折れない程度に、できる限り遠く彼から顔を背けていた。彼女がラリー・ミッチェル氏に関して、これ以上我慢できないところまで来ていることは、万人の目に明らかだった。

短い緑の上着を着て、脇に緑のストライプの入った白いズボンをはいたメキシコ人のウェイターがやってきて、私はギブソン・ジンをダブルで注文した。そしてここでクラブ・サンドイッチを食べることはできるだろうかと尋ねた。彼は「Muy bien, señor（承知いたしました）」と言って明るく微笑み、引っ込んだ。

音楽が終わり、まばらな拍手があった。楽団はそれに深く心を動かされ、別の曲を始めた。どさまわり劇団のハーバート・マーシャル（一九三〇年代から四〇年代にかけて人気があった英国人の映画俳優）みたいな顔つきの、黒髪のヘッドウェイターがテーブルからテーブルへと回って、あちこちで親しげな微笑を振りまき、お愛想を口にしていた。それから彼は椅子を引いて、ハンサムな顔をしたアイルランド系とおぼしき大柄な男の前に腰を下ろした。その男の髪には白髪が混じっていたが、その割合には文句のつけようもなかった。彼は一人客のようで、暗い色合いのディナー・ジャケットの襟に、えび茶色のカーネーションを差していた。なかなか感じの良い男に見えた。誰かに余計なちょっかいさえ出されなければ、ということだが。遠くから、不十分な照明の下で見ただけだから、それ以上のことはわからない。しかしもし彼に余計なちょっかいを出すなら、その人物はかなり大柄で、素速くてタフで、しかも体調が最高でなくてはならないだろうというくらいのことは見て取れた。

ヘッドウェイターは前に身を乗り出し、何かを言った。そして二人は揃ってミッチェルとメイフィールドという娘の方に目をやった。ヘッドウェイターは何かを気に掛けている様子だったが、それが何であるにせよ、大柄な男の方はさして気にしていないようだった。ヘッドウェイターは立ち上がって、席を離れた。大男がホルダーにシガレットを差し込むと、ウェイターがすかさずライターでそれに火をつけた。まるでその機会を一晩中ずっと待ち受けていたみたいに。大男は顔も上げずに礼を言った。

私の飲み物が運ばれてきた。私はそれを手にとって飲んだ。音楽は止んだきり、そのままになっていた。踊っていた男女は離れて、自分たちのテーブルに戻っていった。ラリー・ミッチェルはまだベティーの身体を抱いていた。彼はまだにやにや笑いを続けていた。それから女をもっと近くに引き寄せ、彼女の頭の後ろに手をやった。女はその手をふりほどこうとした。彼はもっと強い力で女を引き寄せ、その赤い顔を相手の顔に押しつけた。彼女は抵抗したが、男の力の方がずっと強かった。彼は女の顔に更に何度か唇をつけた。彼女は男を蹴った。男はさっと顔を上げた。その顔には不興の色があった。

「離してちょうだい。この酔っぱらいが」、彼女は息を切らせながら、でもはっきりと聞き取れる声でそう言った。

彼の顔にいかにも根性の悪そうな表情が浮かんだ。そして彼女の両腕をあとが残りそうなほど強く摑み、その力を用いてじわじわと引き寄せ、ぴたりと抱いたまま離さなかった。人々はその光景に眉をひそめたが、誰ひとり動くものはなかった。

「どうしたっていうんだよ、ベイビー。君はもうパパのことを愛してはいないのかい?」、彼は大きなだみ声でそう言った。

彼女が膝を使って何をしたのか、私にはよく見えなかったが、おおよその見当はついたし、それは彼を痛めつけたようだった。彼は女を押しやり、凶暴な表情を顔に浮かべた。それから腕を後ろに引いて、彼女の口もとを手のひらで思い切り打ち、続いて手の甲で打った。彼女の肌がさっと赤くなった。

彼女はそこにじっと立っていた。それから店にいる全員に聞こえるような澄んだ声で、ゆっくりと彼女は言った。「今度そういうことをするときにはね、ミスタ・ミッチェル、防弾チョッキを着てきた方がいいわよ」

彼女はくるりと向きを変えて歩き去った。彼はそこにじっとしていた。その顔はつるりとした白みを帯びたが、それが怒りのせいなのか、痛みのせいなのか、私にはどちらともわからなかった。ヘッドウェイターがゆっくり歩いてやってきて、彼に何かを言った。その眉は咎《とが》めるように吊り上がっていた。

ミッチェルは見下ろすようにその男を見た。それから何も言わずに相手を押しのけて歩き去った。ヘッドウェイターはよろめいて道を空けなくてはならなかった。ミッチェルはベティーのあとを追っていた。そして彼はその途中で椅子に座った一人の男にぶつかったが、歩を止めて詫びることもしなかった。ベティーはガラスの壁の前のテーブルについていた。そのすぐ隣のテーブルにはディナー・ジャケットを着た大柄な黒髪の男がいた。彼は女を見た。それからミッチェルを見た。シガレット・ホルダーを口からとり、それを見た。その顔にはいかなる表情も浮かんでいなかった。

ミッチェルはテーブルまでやってきた。「よく痛めつけてくれたな、お嬢さん」と彼は大きなだみ声で言った。「おれはな、痛めつけられて黙ってひっこんでいるような人間じゃない。わかったか？　まずいことになるぜ。謝る気になったか？」

彼女は立ち上がった。椅子の背にかけておいた襟巻きをさっと手に取り、彼の顔をまっすぐ見た。

「私がお勘定を払いましょうか、ミスタ・ミッチェル？　それともさっき私から借用したお金であなたが払うのかしら？」

新たな一撃を加えるために、彼の手がさっと後ろに引かれた。彼女は動かなかった。隣のテーブルにいた男が代わりに動いた。彼は素速い動作で席から立ち上がり、ミッチェルの手首を摑んだ。

「落ち着けよ、ラリー。飲み過ぎだぞ」。彼の声は冷静だった。その場の成り行きを楽しんでいるような響きさえあった。

ミッチェルはその手をふりほどき、そちらに向き直った。「余計な口出しをするな、ブランドン」

「こっちだって口出しなんかしたくない。私には関係ないことだからな。しかしな、このレディーをもう一度ひっぱたくっていうのはまずいぜ。この店から客が叩き出されることはあまりない。しかしまったくないわけじゃない」

ミッチェルは腹立たしげな笑い声を上げた。「あんたに偉そうなことを言われる筋合いはないぜ」

「落ち着けよ、ラリー、と私は言った。二度同じことを言わせるんじゃない」

ミッチェルは血走った目で彼を睨《ね》めつけた。「またそのうちに会おうぜ」と彼は面白くなさそうに言った。彼は行きかけて、歩を止めた。「いつかたっぷりとな」と半分振り返りながら彼は付け加えた。それから行ってしまった。もつれた足で、しかし素速く。何も見ないで。

ブランドンはそこにそのまま立っていた。娘もそのままそこに立っていた。これからどうすればいいのか、彼女は決めかねているようだった。

彼女は男を見た。男は彼女を見た。彼はごく気楽に、礼儀正しく微笑《ほほえ》んだ。誘いかけるような様子はそこにはなかった。彼女は微笑みを返さなかった。

「何か私にできることは?」と彼は尋ねた。「どこかに送りましょうか?」。そして首を半ば後ろにまわした。「おい、カール」

ヘッドウェイターが急いでやってきた。

「勘定書はなしにしなさい」とブランドンは言った。「なにしろこういう状況だから――」

「やめて」と娘がきっぱりと言った。「自分の勘定くらい自分で払うわ」

彼はゆっくりと首を振った。「店の方針なのです」と彼は言った。「私個人がどうこうということではありません。しかし何か飲み物をお届けしてもよろしいかな?」

彼女は彼のことをなおもしばらく見ていた。彼は彼女に好きなだけ自分を見させておいた。

「届ける?」と彼女は言った。

彼は謙虚に微笑んだ。「あるいは運ばせる、と言い直しましょう。もしあなたがこちらのテーブルに移ってこられるなら」

そして今回彼は自分のテーブルの椅子をひとつ引いた。彼女はそこに腰を下ろした。そしてそれときっかり同時に、一秒のずれもなくヘッドウェイターは楽団に合図を送り、彼らは新しい曲の演奏を始めた。

クラーク・ブランドン氏は声をいささかも荒らげることなく、自分のほしいものを手に入れてしまう人物であるらしかった。

少しあとで私のクラブ・サンドイッチが運ばれてきた。それは特筆すべきものではないにしても、食用に耐えるものだった。私はそれを食べた。半時間ばかり私はそこにねばっていた。ブランドンと娘はうまくやっているようだった。二人はどちらも静かだった。少しあとで二人は踊った。私は店を出て、外に置いた車の中に座って煙草を吸った。彼女は私の姿を目にしたかもしれないが、そんな素振りは見せなかった。ミッチェルが私を見ていないことは確かだ。彼は急ぎ足で階段を上っていったし、頭に血が上っていて、何かを目に留める余裕もなかった。

十時半頃にブランドンは彼女と共に店を出てきて、キャディラック・コンバーティブルに乗り込んだ。屋根は下ろしたままだ。私はその車のあとを、とくに姿を隠そうとも努めずについていった。彼らの通る道筋は、エスメラルダの中心部に戻るためには誰もが通る道筋であるはずだからだ。彼らが行ったのは「カーサ・デル・ポニエンテ」だった。ブランドンの車は地下ガレージに通じる傾斜路を降りていった。

もうひとつだけ調べておかなくてはならないことがあった。私は入り口脇の駐車スペースに車を駐め、ロビーを横切って館内電話をとった。

「ミス・メイフィールドをお願いしたいのだが。ベティー・メイフィールドです」

「少々お待ちください」。僅かな間が空いた。「はい、わかりました。さっきチェックインなさったばかりですね。お部屋におつなぎします」

今回空いた間は前回よりもずっと長いものだった。

「申し訳ありませんが、ミス・メイフィールドは電話に出られないようです」

私は礼を言って電話を切った。彼女とブランドンがロビーに降りてくるとまずいので、私は急いでそこから姿を消した。

私はレンタカーに戻り、渓谷に沿って霧の中を抜けて、ランチョ・デスカンサードに戻った。オフィスのあるコテージは施錠され、無人だった。仄かな外部照明がひとつ、夜間ベルのありかを示していた。そろそろ12Bの建物まで車を進め、カーポートに車をなんとか押し込んだ。そして大あくびをしながら部屋に戻った。部屋は寒くてじめじめして、惨めだった。誰かが留守中に部屋に入って、寝椅子からカバーを剝ぎ取り、お揃いのストライプのピローをはずし、ターンダウンをしてくれていた。

私は服を脱ぎ、縮れ毛の頭を枕に落とし、そのまま眠った。

9

こんこんという音が私を目覚めさせた。軽いノックではあったが、執拗だった。そのノックはずいぶん長く続いていたのだろう。そういう感覚があった。それはとてもゆっくりと私の眠りの中に入り込んできたようだった。私は寝返りをうち、耳を澄ませた。その誰かはドアノブをがしゃがしゃと試し、それからまたノックを続けた。腕時計に目をやると、夜光針の仄かな光が、時刻が三時過ぎであることを示していた。私はベッドを出て、スーツケースのところに行き、かがみ込んで拳銃を探した。それから戸口に行って、ほんの僅かドアを開けた。

スラックスをはいた黒い影がそこに立っていた。ウィンドブレーカーらしきものも着ている。暗い色合いのスカーフを頭のまわりに巻いていた。女だった。

「何のご用ですか？」

「中に入れて。急いで。明かりはつけないで」

ベティー・メイフィールドだった。私が内側にドアを開けると、彼女は一筋の霧のように中にすっと入ってきた。私はドアを閉めた。そしてバスローブをとって、羽織った。

「誰か他に外にいるのかな？」と私は尋ねた。「隣の部屋は空っぽだよ」

「いいえ、私一人きりよ」、彼女は壁にもたれて、はあはあと息をしていた。私はもつれる指で上着からペンライトを取り出し、その細い光であちこちを探し回り、やっとヒーターのスイッチを見つけた。それからペンライトのささやかな光を彼女の顔にあてた。彼女は光から顔を背け、手をかざした。私は光を床に向け、そのまますっと窓のところまで辿り、両方の窓を閉め、ブラインドを下ろして閉じた。それから戻って部屋の明かりをつけた。

彼女はひとつ荒い息をつき、そのあと何も言わなかった。まだ壁にもたれかかったままだった。酒を一杯必要としているように見えた。私はキチネットに行って、グラスにウィスキーを注ぎ、彼女にそれを渡した。彼女は手を振ってそれを断ったが、やがて思い直してグラスを摑み、ぐいと飲み干した。

私は腰を下ろして煙草に火をつけた。やることとなすこと、いつもながらの紋切り型の対応だ。もし誰か他人が同じことをやったら、ひどく退屈に見えるだろう。それでもやはり私はそこに座って彼女を眺め、相手が口を開くのを待っていた。

無の巨大な深淵を挟んで、我々の視線はぶつかった。やがて彼女はウィンドブレーカーの斜めになったポケットにゆっくり手を伸ばし、拳銃を取り出した。

「ああ、それはよしてくれ」と私は言った。「もううんざりだ」

彼女は拳銃を見下ろした。彼女の唇はぴくぴくと震えていた。彼女はその銃をどこかに向けているわけではなかった。彼女は身体を押すようにして壁から離れ、こちらにやってきて、私の肘のところに拳銃を置いた。

「それを目にしたことがある」と私は言った。「旧友みたいなものだ。この前目にしたときは、ラリー・ミッチェルがそいつを持っていた。それで？」

「だからこそあなたの気を失わせたのよ。彼があなたを撃つんじゃないかと心配だったから」

「そんなことをしたら、彼の計画は台無しになってしまう。どんな計画だかは知らないけれどね」

「さあ、それは私にもはっきりとはわからない。ごめんなさい。あなたの頭を殴ったりして悪かったわ」

「氷を当ててくれてありがとう」と私は言った。

「銃を調べたりしないの？」

「もう見たよ」

「カーサからここまでずっと歩いてきたのよ。今はそこに滞在しているの。私は——今日の午後にそこにチェックインした」

「知ってるよ。君はタクシーに乗ってデル・マー駅まで行った。夕方の列車に乗るためにね。でもミッチェルが君をそこでピックアップして、街に戻ってきた。君たちは夕食を共にして、少し踊って、やがて気持ちのすれ違いがあった。クラーク・ブランドンという人物が君を、自分のコンバーティブルでホテルまで送り届けた」

彼女はじっと私を見ていた。「あそこであなたを見かけなかったけど」とようやく彼女は言った。何か他のことを考えているような声だった。

「私はバーにいたんだが、君の方はミッチェルと一緒にいて、顔を張り飛ばされたり、今度近くに寄るときには防弾チョッキを着てきた方がいいと彼に言ったりすることで忙しくて、私には気づかなかった。そしてブランドンのテーブルについたとき、君は私に背中を向けていた。私は君より先に店を出て、外で待っていた」

「本物の探偵みたいに思えてきたわ」と彼女は静かに言った。彼女の目は再び拳銃に向けられた。「彼は私にそれを返そうとはしなかった。もちろんそれを証明することはできそうにないけれど」

「つまり君はそれが証明できればいいのにと思っている」

「そうなれば少しは役に立つかもしれない。すごく役に立つというほどではないにせよね。私に関する秘密がいったん露見したら、そんなものは役には立たない。私が何の話をしているか、あなたにはもちろんわかるわよね？」

「腰を下ろして、歯ぎしりをするのはもうよしたらどうだい？」

彼女はゆっくりと椅子に寄って、その端っこに腰を下ろし、前屈みになった。そして床をじっと睨んでいた。

「見つけ出すべき何かがあることはわかっている」と私は言った。「なぜならミッチェルにそれが発見できたからだ。だから私だって努力すれば、それくらいできるはずだ。何かしら見つけるべきことがそこにあるとわかっていれば、誰だって探し出せるはずだ。それがどういうものなのか、今の時点ではわからない。私が受けた依頼は君と接触し、その報告を送ることだけだ」

彼女は短く顔を上げた。「で、あなたはそれを実行したの？」

「報告は入れたよ」と少し間を置いてから私は言った。「その時点では私は君の行方を見失っていた。私はサン・ディエゴの名前を挙げた。いずれにせよ彼は電話交換手からその地名を既に聞かされていたはずだが」

「あなたは行方を見失った」と彼女は乾いた声で繰り返した。「さぞ立派な探偵だと相手は感心したことでしょうね。誰だかは知らないけど」。それから彼女は唇を嚙んだ。「ごめんなさい。そんなことを言うつもりはなかったの。あることで決心を迫られていたものだから」

「時間をかければいい」と私は言った。「なにしろまだ午前三時二十分だからね」

「今度はあなたが嫌みを言っている」

私は壁付きのヒーターに目をやった。見た目にはわからなかったが、部屋の冷気は少しばかり減じられたみたいだ。大幅にとは言えないまでも。私も酒を必要としているようだった。キッチンに行って、グラスに酒を注いだ。ぐいと飲み干し、お代わりを注ぎ、それを手に戻ってきた。

彼女は今ではその手に人造皮革の小さなフォルダーを持っていた。それを私に見せた。

「この中にアメリカン・エクスプレスの五千ドルぶんの小切手が入っている。百ドル単位でね。五千ドルのためならあなたにはどういうことができるかしら、マーロウさん？」

私はウィスキーをすすった。そして法律の枠内にある返事をした。「普通にかかる経費などを考慮した上で、それだけの金があれば、私をフルタイムで数カ月雇えるだろう。私の身体がそのときにうまく空いていればということだが」

彼女は椅子の肘掛けをフォルダーでとんとんと叩いた。彼女のもう一方の手は、膝頭をほとんど引きちぎろうとしているように見えた。

「あなたは予定がふさがっていなかったとしましょう」と彼女は言った。「そしてこれはあくまで手付け金に過ぎないの。私は大きな買い物をすることができる。あなたが見たこともないような大金を私は手に入れたのよ。私の前の夫はなにしろ大金持ちで、それくらいはした金なの。五十万ドルばかり巻き上げてやったわ」

彼女はハードボイルドな冷笑を顔に浮かべ、私がそれに馴染むために長い時間を与えてくれた。

「そのために誰かを殺したりするようなことはないんだね？」

「誰かを殺したりする必要はないわ」

「君のその言い方は何かひっかかるな」

私は脇にある拳銃に目をやった。まだその銃に手を触れてはいない。彼女は真夜中に、その銃を私に渡すために、わざわざカーサからここまで歩いてきたのだ。私はそれを手にする必要はなかった。私はじっとそれを見ていた。身をかがめて匂いを嗅いでみた。手にとる必要はない。しかし結局手を触れることになるだろうとわかっていた。

「誰が弾を一発くらったんだね？」と私は彼女に尋ねた。部屋の中の冷気が私の血の中に入ってきた。それはまるで氷水のように流れた。

「弾丸がたった一発だと、どうしてわかるの？」

そこで私は拳銃を取り上げた。マガジンを抜き出し、それを眺め、また元に戻した。それは銃把にかちんと音を立てて収まった。

「ああ、二発かもしれないね」と私は言った。「マガジンには六発入っている。この銃は七発銃弾が入るようになっている。薬室に一発銃弾を送り込んでおいて、マガジンにあと一発を加えることもできる。もちろん全弾を発射しておいて、あとでマガジンに六発を装塡することだってできる」

「これじゃらちがあかないわ」と彼女はゆっくりと言った。「わかりやすい言葉で語ることを、私たちは避け続けているんだもの」

「よろしい。じゃあ、彼はどこにいるんだ？」

「私の部屋のバルコニーの寝椅子に横になっている。建物のその側の部屋にはすべてバルコニーがあり、バルコニーにはコンクリートの壁がついている。そして部屋と部屋を隔てる両端の壁は、外に向けて斜めに突き出している。その壁を回り込むのは、煙突掃除人か登山家ならできるかもしれないけど、荷物を持っていては無理ね。私は十二階に滞在しているの。そこより高いところにあるのはペントハウスだけ」。彼女は話すのをやめ、眉をひそめた。それから膝頭を握っていた手で、お手上げという仕草をした。「こんなことを言うと、なんだか嘘っぽく聞こえるでしょうけど」と彼女は続けた。「彼がそこに行くためには私の部屋を通り抜ける必要がある。そして私は彼に部屋を通り抜けさせたりはしなかった」

「でも彼が死んでいることはたしかなんだね？」

「ええ、間違いなく。しっかり死んでいる。石のように冷たくなっている。それがいつ起こったのかはわからない。物音は何も聞かなかった。ええ、何かが私を起こしたのよ。でもそれは銃声のような音ではなかった。いずれにせよ、彼は既に冷たくなっていた。だから何が私を起こしたのかはわからないの。そして私はそこですぐに起きたわけではないのよ。考え事をしながら、しばらく横になっていた。眠りに戻ることはできなかった。だから少しあとで明かりをつけ、歩き回って煙草を吸った。霧が晴れているらしく、月がきれいに見えた。でもそれは地上のことじゃなく、私の階から見た話。バルコニーに出ると、下の方にまだ霧が漂っているのが見えた。空気はすごく冷たかった。星がとても大きく見えた。私はしばらくのあいだ、壁にもたれて立っていた。それまでずっと、彼がそこにいることにも気がつかなかったのよ。そういうのもきっと嘘っぽく聞こえるでしょうね。あるいはありそうにないことに。警察がそんな言い分をとりあってくれるとは思えない。しょっぱなからそんなことは信じてもらえないだろうし、時間が経てば――ええ、どんなことになるかわかりきっている。百万にひとつのチャンスもないってこと。助けがない限りね」

私は起ち上がった。グラスに残っていたウィスキーを飲み干し、彼女の方に歩いて行った。

「二つか三つ、言わせてもらいたいことがある。まず第一に、このことに関する君の反応はとても通常とは言えない。氷のごとく冷たいというほどではないにせよ、あまりに冷静沈着すぎる。パニックを起こすでもないし、ヒステリーを起こすでもないし、実に平然としている。君は宿命のようにそれをすんなり受け入れている。第二に、私は今日の午後、君とミッチェルとのあいだで交わされた会話をすべて耳にした。私はそのバルブを抜いておいた」――私は壁付きのヒーターを指さした――「そして聴診器をその裏の仕切り板につけたんだ。ミッチェルが君を脅せたのは、彼が君の正体をつかんでいたからだ。そしてその秘密が公開されれば、君はまた名前を変えて、別の街に身を隠さなくてはならないかもしれない。君は自分がこの世界でいちばん幸運な娘だと言った。自分がまだこうして生きているということがその証《あかし》だった。さて、今では一人の男が君の部屋のバルコニーで死んでいる。君の拳銃で撃たれて。そしてその男はもちろんミッチェルだ。そうだね?」

彼女は肯いた。「ええ、それはラリーよ」

「彼を殺さなかった、と君は言う。でも警察はそんなことはしょっぱなからほとんど信じないだろう、と君は言う。そして時間が経てばまったく信じてくれなくなるだろうと。ひょっとして君は前にも同じような立場に立たされていたのではないのかね」

彼女はまだ私の顔を見上げていた。彼女はゆっくり起ち上がった。我々の顔が近づいた。

我々は互いの目をじっと覗き込んだ。しかしそこには何の含みもなかった。

「五十万ドルというのはちょっとしたお金よ、マーロウ。あなただって、それをあっさり断るほどお堅くはないでしょう。世界には私とあなたが楽しく暮らせる場所がいくつもあるのよ。リオの海岸に並ぶ高層のアパートメント・ハウスとかね。どれくらい長く続くか、それは私にもわからない。でもそうしようと思えば、いつでも何かしらの段取りはつけられる。そうは思わない？」

私は言った。「君は実にいろんな顔を持っている娘だ。今の君はまるでギャングの情婦みたいに振る舞っている。最初に会ったときは、おとなしいお上品なお嬢様みたいだった。ミッチェルのようなやくざな色男が君にちょっかいを出すことに眉をひそめていた。それから君は煙草を一箱買い求め、一本をいかにもまずそうに吸った。それから彼に自分を抱かせた——ここに着いたあとでね。それから私の前でブラウスをびりびりと引き裂いた。ははははは。まるでお金持ちのパトロンが帰ってしまったあとの、拗《す》ねたパーク・アヴェニューの愛人みたいに。それから君は私に身を委ね、そのあとで私の頭をウィスキーの瓶でぶん殴った。そして今ではリオでのかぐわしい暮らしの話をしている。朝に目覚めたとき、私の隣の枕に置かれた頭は、いったいどの君の頭なんだろうね」

「手付けに五千、そしてもっとたくさんのお金が入ってくるのよ。警察に通報したところで、爪楊枝五本ももらえないわよ。そうは思わないのなら、電話をしてみればいいわ」

「五千のために私は何をすればいいのだろう？」

危機が去ったというように、彼女は大きくゆっくり息を吐いた。「ホテルは断崖のほとんど端に建っている。建物の足もとには狭い通路がついているの。すごく狭いものだけど。断崖の下には岩と海しかない。今はおおよそ満潮になっている。私の部屋のバルコニーはその上に乗り出しているの」

私は肯いた。「非常階段はついている？」

「地下のエレベーターの乗降口のすぐ隣に昇り口がある。ガレージの床より二、三段高いところにね。でも階段は長くて、歩いて上るのはずいぶん大変よ」

「五千ドルのためになら、私は潜水夫の装具をつけてその階段を上ることもいとわないだろう。君はロビーを抜けて出てきたのかい？」

「非常階段を降りてきた。夜間の係員が詰めているんだけど、彼は車の中で眠っていた」

「ミッチェルは寝椅子に横になっていると君は言った。それで、血はたくさん流れていたかな？」

彼女は答えに窮した。「さあ……さあ、気がつかなかったわ。たぶん流れていたはずだと思うけど」

「気がつかなかった？　彼が石のように冷たく死んでいることがわかるくらい近くに寄ったんだろう。どこを撃たれていたんだ？」

「傷は見えなかった。見えないところを撃たれていたのよ」

「銃はどこにあった？」

「ポーチの床にあった。彼の手の横に」

「どっちの手だ？」

彼女は僅かに目を見開いた。「それが何か関係あるわけ？　どっちの手かなんて、わからないわ。彼はただ寝椅子に横向きに倒れていて、頭が片方からだらんと垂れて、反対側から脚が垂れていた。こんな話をいつまでも続けなくちゃならないわけ？」

「いいだろう」と私は言った。「このへんの潮の満ち干《ひ》や潮流について、私はまるで何も知らない。死体は翌朝、岸に打ち上げられるかもしれないし、二週間ほどは行方がわからなくなるかもしれない。もちろん、もし我々がそれをうまく片づけられたとしての話だが。もし長いあいだ見つからなかったら、彼が撃たれたこともわからないままに終わるかもしれない。死体がまったく見つからないという可能性だってある。可能性としては低いが、ゼロというわけではない。このあたりの海にはバラクーダとか、いろんな生き物がいるからね」

「あなたは胸をむかつかせることにかけては、かなり徹底しているわね」と彼女は言った。

「ああ、おかげさまで出だしに恵まれていたからね。そしてまた私は自殺の可能性も考えていた、となれば、我々は拳銃を元に戻しておけばいいだけ、ということになる。彼が左利きだったことは知っているかな？　だからどっちの手だったかを知りたかったんだ」

「ええ、そう、彼は左利きだったわ。あなたの言うとおりよ。でも自殺であるわけはない。あのにやにや笑いの、自己満足の男に限ってはね」

「ときとして人は自分がもっとも愛するものを殺すものだ。そう言われている。それが自分自身であるということはないだろうか？」

「あの人物に限ってはあり得ない」、彼女は手短にそう断言した。「もし私たちが幸運に恵まれれば、彼はバルコニーから落ちたんだと人は思うかもしれない。なにしろ彼はずいぶん酔っぱらっていたから。そしてその頃には私はもう南アメリカにいる。私のパスポートはまだ有効なの」

「パスポートにはどんな名前が書かれているのだろう？」

彼女は手を伸ばして、指先で私の頬を撫で下ろした。「そのうちにあなたは私のすべてをしっかり知るようになる。今しばらく辛抱しなくちゃ。私の隠されたすべての部分とあなたは近しくなるのよ。少しのあいだ待てる？」

「ああ、その前にそこにあるアメリカン・エクスプレスの小切手と近しくなることだね。明るくなるまでにあと一時間か二時間あるし、霧はもっと長く続くだろう。私が服を着るあいだ、その小切手と戯《たわむ》れているがいい」

私は上着のポケットから万年筆を出し、彼女に渡した。彼女は明かりの横に座り、小切手にサインし始めた。歯のあいだから舌先がちらちらと覗いた。女はゆっくりと用心深くサインをした。書き込まれた名前はエリザベス・メイフィールドだった。

ということは、名前の変更は彼女がワシントンを離れる前から既に計画されていたのだ。服を着替えながら、彼女は私が死体を始末するのを助けると本気で思っているのだろうかと、首をひねった。本当にそこまで愚かなのだろうか？

私は二つのグラスをキチネットに持っていき、その途中で拳銃を拾い上げた。スイング・ドアが閉じたのを見てから、銃とマガジンをオーブンのブロイラーの下のトレイに滑り込ませた。グラスを洗って拭いた。それから居間に戻って服を着た。彼女は私の方を見もしなかった。

彼女は小切手にサインし続けていた。すべてのサインが終わると、私は小切手のフォルダーを手に取り、一枚一枚めくってサインがしてあることを確かめた。大金だが、私には何の意味も持たない。私はフォルダーをポケットに突っ込み、明かりを消して戸口に向かった。ドアを開けたとき、彼女は私の隣にいた。ぴったり寄り添うように。

「人目につかないように出るんだ」と私は言った、「上のハイウェイの、塀が切れたあたりで君を拾うから」

彼女は私の顔を見て、こちらにいくらか身を乗り出した。「あなたを信用できるかしら？」とソフトな声で尋ねた。

「ある程度まではね」

「あなたは少なくとも正直だわ。もし私たちがこれをうまくやってのけられなければ、いったいどうなるかしら？　もし誰かが銃声を聞きつけて通報していて、死体が発見され、現場に警官がうようよ押し寄せていて、私たちがそこに足を踏み入れたとしたら、いったいどんなことになるのかしら？」

私はただそこに立ち、彼女の顔をじっと見たまま、何も答えなかった。

「ちょっと考えさせてね」と彼女はとても柔らかな声でゆっくり言った。「あなたはさっさと私を売り渡すでしょうね。でも五千ドルを手に入れることはできない。そこにある小切手は古新聞みたいなものになってしまう。だって、あなたにはそれを現金化するほどの度胸はないでしょうし」

それでもまだ私は何も言わなかった。

「ろくでもないやつ」、彼女の声は半音も上がっていなかった。「どうしてあなたのところになんて来てしまったのかしら？」

私は彼女の顔を両手で挟み、唇にキスをした。彼女はさっと身を引いた。

「そんなことのためじゃないのよ」と彼女は言った。「ほんとにそういうことのためじゃないんだったら。そしてもうひとつ些細なポイント。それがおそろしく些細で、どうでもいいようなことだとは、自分でもわかっている。私はそのことを学ばなくちゃならなかった。熟練した教師たちからね。授業は厳しく、つらく、長く、そしてたっぷりとあった。信じてくれないかもしれないけど、私は本当に彼を殺していない」

「君を信じるかもしれない」

「無理する必要はないのよ」と彼女は言った。「他の誰も信じてはくれないでしょうから」

彼女は向きを変え、ポーチに沿って抜け、階段を降りた。そして樹木のあいだをひらりと抜けた。十メートルほど先で、霧が彼女の姿を隠した。

私はドアの鍵を閉め、レンタカーに乗り込み、静まり返った車道を走らせた。夜間ベルの上に明かりのついた、閉じられたオフィスの前を通り過ぎた。ホテル全体がぐっすりと眠り込んでいたが、幹線道路に出ると大型トラックが轟音を響かせて渓谷を通り抜けていった。建築機材や、石油を積載したトラック、トレイラー式や非トレイラー式の大型の密閉型車両、そこには都市を維持していくためのありとあらゆる製品が詰め込まれている。フォッグライトが灯され、トラックはいかにも重そうによろよろと坂道を上っていった。

五十メートルばかりゲートから進んだところで、彼女は塀の端っこにある物陰から姿を現し、車に乗り込んだ。私はヘッドライトを点けた。海の方からむせび泣くような霧笛が聞こえてきた。綺麗に晴れ渡った空の高いところを、ノース・アイランド海軍航空基地から飛来したジェット機の編隊が空気を裂くような鋭い音を立て、またどんという衝撃波を残して飛び去っていった。それが通り過ぎるのに、私がダッシュボードからライターを抜き出し、煙草に火をつけるほどの時間もかからなかった。

娘は身動きもせずに私の隣に座っていた。まっすぐ前を向いて、口をきかなかった。彼女は霧も見ていなければ、我々が近づいていくトラックの背後も見ていなかった。何も見てはいないのだ。彼女は凍りついたみたいに同じ姿勢をじっと保っていた。絞首台への道を歩んでいる人のように、硬い顔つきで絶望の淵に沈んでいた。

本当にそうなのだろうか、あるいは彼女は私が長い歳月のあいだに出会った中でぴかいちの演技者なのだろうか。

10

カーサ・デル・ポニエンテは断崖の端に位置していた。そのまわりを七エーカーほどの芝生と花壇が取り囲んでいる。屋根のかかった側には中庭があり、ガラスのスクリーンの背後にはテーブルセットが置かれていた。そして四つ目格子の垣根のついた歩道が庭の中央を抜けて、エントランスまで通じていた。片側がバーになり、反対側にコーヒーショップがあった。建物の両端にはアスファルトで舗装された駐車ロットがあり、それらはところどころ、高さ二メートル近くある花の咲いた灌木《かんぼく》で目隠しされていた。駐車ロットには車が駐まっていた。みんながみんな地下のガレージに車を駐めるわけではないようだ。湿り気を帯びた潮風は車のクロームにはあまり好ましくないのだが。

私はガレージの傾斜路のすぐ近くにあるロットに車を駐めた。そこからは海の音がすぐ間近に聞こえた。漂ってくるしぶきを感じることもできたし、その匂いを嗅ぎ、舌で味わうこともできた。我々は車を降りて、ガレージの入り口に向かった。一段高くなった歩道が傾斜路の端についていた。入り口の真ん中あたりに「ロー・ギアで降りる。警笛を鳴らす」という看板が吊るされていた。娘が私の腕をぎゅっと摑み、立ち止まらせた。

「私はロビーの脇から入るわ。階段を上るには疲れすぎているから」

「いいだろう。法律には反していない。部屋番号は？」

「1224よ。もし捕まったら、私たちはどうなるの？」

「捕まるって、何をしているところを？」

「わかるでしょう。バルコニーの壁から、つまり――それを放り出しているところを。あるいはどこからでもいいけど」

「私は蟻塚《ありづか》の上に立てた杭に縛り付けられるだろう。君がどうなるかは知らない。彼らが君について何を摑んでいるかによるな」

「朝ご飯の前に、よくそんなことがしらっと言えるわね」

彼女はさっと後ろを向いて、足早に去っていった。私は傾斜路を降りていった。その傾斜路は傾斜路というものがおおむねそうであるように、カーブしていた。やがてガラス張りの狭苦しい小屋のような詰め所があった。天井から明かりが下がっている。もう少し近寄ってみると、その中に誰もいないことがわかった。誰かが車をいじったり、洗車場で水を出していたり、階段を上り下りしたり、口笛を吹いたり、あるいは夜警が今どこにいて何をしているかを示すような物音が聞こえないかと、耳を澄ませてみた。地下のガレージではどんな小さな物音もよく響くものだ。しかし物音は聞こえなかった。

詰め所の天井と同じ高さになるところまで、私は道を降りていった。前屈みになると、地下のエレベーター乗り場に上っていく低い階段が見えた。「エレベーター乗り場」と記されたドアがあった。ドアにはガラスのパネルがはまっていて、その奥に明かりが見えた。明かりの他にはほとんど何も見えなかった。

私は三歩進んだところではっと凍りついた。夜警がまっすぐこちらを見ていたからだ。彼は大きなパッカード・セダンの後部席にいた。明かりが顔を照らし、彼のかけた眼鏡に眩《まぶ》しく反射していた。彼は車の隅に心地よさそうに背中をもたせかけていた。私はそこにじっと立って、男が動くのを待っていた。でも彼は動かなかった。その頭は車のクッションの上に置かれ、口はぽかんと開けられていた。どうして男が動かないのか、それを知らなくてはならなかった。彼は寝たふりをして、私がそこから立ち去るのを待ち、私の姿が見えなくなったらすぐに電話の前に飛んでいって、オフィスに連絡を入れるのかもしれない。

しかしそれは愚かしい考えだった。その男が勤務を始めたのは夜になってからだろうし、すべての宿泊客の顔を覚えているわけがないのだ。傾斜路に沿ってついた歩道は人が歩くためのものだ。そして時刻は午前四時だ。あと一時間もすればあたりは明るくなり始めるだろう。こんな時刻にホテル荒らしが仕事をするわけはない。

私はまっすぐそのパッカードのところに行って、中にいる男を覗き込んだ。車の窓はすべて閉め切られていた。男は動かなかった。私はドアのハンドルに手を伸ばし、音を立てないようにドアを開こうとした。彼はそれでもまだ動かなかった。白人ではないが、ずいぶん肌の色が薄い。彼はまたぐっすりと眠り込んでいるように見えた。まだドアを開けないうちから、その鼾《いびき》が聞こえた。そして私はまともにその匂いを嗅がされることになった。味付け加工されたマリファナの、蜜のようなとろんとした煙だ。この男、とても仕事ができるような状態にはなかったのだ。彼は安らかな谷間にいる。そこでは時間の流れはどんどんゆっくりしたものになり、やがては停止に至る。その世界は色彩と音楽に満ちている。そして今から二時間ほどあとには、おそらく彼は職を失っていることだろう。たとえ警官たちが彼を捕まえて留置場に放り込まなかったとしてもだ。

私は車のドアをもう一度閉め、ガラスのパネルの入ったドアの方に歩いていった。そしてがらんとしたむき出しの、小さなエレベーター乗り場に行った。床はコンクリートで、エレベーターの愛想のないドアが二つ並んでおり、その隣には重々しいドア・クローザーのついた戸口があった。それが非常階段だ。私はそのドアを引いて開け、階段を上り始めた。ゆっくりと私は上がった。地上十二階に地下のぶんをプラスすると、段数は相当なものになる。私は非常ドアの前を通るたびに、その数を勘定していった。ドアには数字が記されていなかったからだ。ドアは、階段のコンクリートと同じように、重くて堅くて灰色だった。十二階のドアを引き開けて廊下に出たとき、私は汗をかいて、すっかり息を切らせていた。よろめく足で1224号室に行って、ドアノブを回してみた。ドアはロックされていたが、しかし次の瞬間にはもうドアは開いていた。彼女はまるでドアの背後でじっと、私が来るのを待ち受けていたみたいだった。私は女の前を通り抜けて部屋に入り、椅子にどすんと沈み込み、呼吸を整えた。大きな広々とした部屋で、バルコニーに向けてフレンチ・ウィンドウが開いていた。ダブルベッドには人が寝た形跡があった。あるいはそのような形跡をわざとつけられていた。様々な衣服が椅子の上にかけられ、ドレッサーの上には化粧品が置かれ、旅行バッグがあった。シングルの料金でも一日二十ドルは下るまい。

彼女はドアに安全錠をかけた。「何かまずいことはあった?」

「夜警はヤクで完全に飛んでしまっている。子猫のように無害だ」、私は椅子から立ち上がり、フレンチ・ドアから外に出ようとした。

「待って!」と彼女は鋭い声で言った。私は彼女を振り返った。「そんなことをしても無駄だわ」と彼女は言った。「誰にもそんなことはできないもの」

　私はそこに立ったまま言葉を待った。

「やはり警察に連絡する」と彼女は言った。「たとえそれでどうなるにせよ」

「賢明な考えだ」と私は言った。「どうしてこれまでそいつを思いつかなかったんだろうな」

「あなたはもう引き上げた方がいい」と彼女は言った。「あなたをこの件に巻き込まなくちゃならない理由はないから」

　私は何も言わなかった。ただ彼女の目を見ていた。彼女の両目はほとんど閉じられていた。遅れてやってきたショックのためか、それとも何か薬物のせいか、どちらかはわからない。

「睡眠薬を二錠飲んだわ」と彼女は私の心を読んだみたいに言った。「今夜はもうこれ以上のトラブルは抱え込めそうにない。ここから出ていってちょうだい。お願い。目が覚めたらルーム・サービスを呼ぶわ。ウェイターがやってきたら、彼をうまくバルコニーに出させる。そして彼が――彼がそれを発見する。何を発見するのかは知らないけど。そして私はそれについては何ひとつ知らないと言う」。彼女の舌はもつれ始めていた。彼女は身震いし、こめかみを強くさすった。「お金のことは悪かったわ。でもそれは返してちょうだい。いいわね？」

　私は彼女に近づいた。「もし返さなかったら、君は警察に話のありのままを打ち明けるのかな？」

「そうせざるを得ないでしょうね」と彼女は眠そうな声で言った。「他にやりようもないでしょう。何もかも白状させられるでしょうね。私には――私にはもう、抵抗するような元気は残されていないから」

私は腕をつかんで彼女を揺すった。彼女の頭がかたかたと上下した。「確かに二錠しか飲んでいないんだね？」

彼女はぱっちりと目を開けた。「ええ。私はいつだって二錠しか飲まない」

「だったらよく聞くんだ。私はバルコニーに出て、彼がどうなっているか見てみる。それからランチョに戻る。君の金は私が預かっておく。拳銃も預かっておく。私のところまで拳銃の足取りは辿られないだろう――目を覚ませ！　私の話を聞くんだ！」。彼女の頭は再び左右に揺れた。それから彼女ははっと身体をまっすぐ伸ばし、目を見開いた。でも目の光は鈍く、奥の方に退《しりぞ》いていた。「いいか。もしそれが君のところまで足取りを辿られなければ、私のところまで辿られることもないはずだ。私は弁護士のために仕事をしていて、命じられたのは君の調査だ。旅行小切手と拳銃は、やがてしかるべきところに落ち着くだろう。そして君が警察で何を話したところで、きっと洟《はな》も引っかけてもらえないだろう。正直に話しても、君の首のまわりにロープが巻きつけられやすくなるだけのことだ。理解してくれたか？」

「ええ……」と彼女は言った。「もうどうでもいいのよ、そんなこと」

「それは君が言っているんじゃない。睡眠薬が言わせているんだ」

彼女はがっくりと前のめりになり、私はその身体を抱き留めて、ベッドに運んで行った。彼女はベッドの上にぞんざいに身を投げた。私は靴を脱がせ、身体の上に毛布を掛け、それをたくし込んでやった。彼女はすぐに眠りに落ちた。鼾もかき始めた。私は浴室に入ってあちこちを探し、棚の上にネンビュタールの瓶を見つけた。ほとんどてっぺんまで中身が入っていた。瓶には調剤番号と調剤月日が記されていた。ボルチモアの薬局で、一カ月前に調剤されたものだ。私は黄色いカプセルを手のひらに出して、数を勘定した。全部で四十七錠あった。瓶にほとんどいっぱいでその数だ。自殺しようと思う人間なら、瓶の中に入っている錠剤をそっくり全部飲んでしまうはずだ。手からこぼすぶんは別にして。そして彼らは大抵いくらかをこぼすものだ。私は錠剤を瓶に戻し、その瓶をポケットに突っ込んだ。

部屋に戻って彼女を見た。部屋は寒かった。私はラジエーターを入れた。でもそれほど温かくはしなかった。それからようやくフレンチ・ドアを開け、バルコニーに出てみた。そこはおそろしく寒かった。バルコニーの広さは、縦横が三メートル半と四メートルくらいだ。正面に七十五センチほどの高さの壁があり、その上に鉄製の手すりがついている。その気になれば簡単に飛び降りることはできる。しかし誤ってそこから落ちるということはまずあり得ない。クッションがついたアルミニウムの屋外寝椅子が二つあり、それとお揃いのアームチェアがあった。左手の仕切りの壁は、彼女が話したとおりに外に向かって突き出していた。たとえ煙突掃除人だって、登山用の装具なしではそこを回り込むことはできないだろう。もう片方の壁は、ペントハウスのテラスとおぼしきものの端っこまで、垂直に上にのびていた。

どちらの寝椅子にも死体は見当たらなかった。バルコニーの床にも、ほかのどこにも。血が流されたあとを探してみたが、そんな形跡もなかった。バルコニーのどこにも血のあとは見当たらない。安全用の壁に沿ってずっと調べてみた。血はまったく流されていない。何かが引きずられたような形跡もなかった。私は壁の前に立ち、両手で鉄の手すりを摑み、乗り出せるだけ前に身を乗り出してみた。建物の壁はすとんと真下の地面まで降りていた。灌木が壁に沿うように植えられていた。それから短い幅の芝生があり、敷石を配した歩道があり、また芝生があり、その先には更に灌木を配したがっしりしたフェンスがあった。私は頭の中で距離を測ってみた。この高さからだと距離はなかなかうまく摑めない。しかし少なくとも十メートルはありそうだ。塀の向こう側では、海が白い波を泡立てていた。海面下に身を沈めた岩礁に当たって砕けているのだ。

ラリー・ミッチェルは私より一、二センチ背が高かったが、体重はたぶん七キロほど軽いだろう。いずれにせよ、体重八十キロの男を担ぎ上げて手すりの向こうに、更にまた海に届くほど遠くに放り投げられるように生まれついた人間はどこにもいない。娘がそれくらいのことに気づかないというのは、ほとんどあり得ないことだ。そんな可能性は一パーセントの十分の一ほどだってない。

私はフレンチ・ドアを開け、中に入ってドアを閉め、ベッドの脇にあるスタンドまで行った。彼女はまだぐっすり眠っていた。まだ鼾もかいていた。手の甲でその頬を触ってみた。頬は湿っていた。彼女は少しだけ動き、何ごとかをもそもそと口にした。それからため息をつき、枕に頭の位置を定めた。激しい息づかいもなく、感覚の鈍麻もなく、昏睡もなかった。つまり睡眠薬を飲みすぎた徴候はないということだ。

少なくとも彼女はひとつのことに関しては真実を語ったのだ。他のことに関してはほとんどでたらめばかりだったが。

ドレッサーの抽斗に彼女のバッグを見つけた。裏側にジッパー付きのポケットがついていた。私は旅行小切手のフォルダーをそのポケットに入れ、何か情報が得られないかとバッグの中をさらってみた。ジッパー付きのポケットには、折り畳まれたぱりっとした紙幣がいくらか入っていた。それからサンタフェの時刻表があり、彼女の切符が入っていたフォルダーがあり、鉄道切符と寝台車の予約券のそれぞれの半券があった。ワシントンDC発、カリフォルニア州サン・ディエゴ行きの19号車、寝室Eというのが彼女の席だった。手紙もなく、彼女の身元を明らかにするものもなかった。それらはスーツケースに入れられ、鍵をかけられているのだろう。

バッグの中にあったものの大半は、女性が普通に持ち歩きそうなものだった。口紅、コンパクト、小銭入れ、いくらかの小銭、二、三本の鍵がついたキー・リング。小さな銅製の虎が飾りについている。煙草の箱は開けられているが、中身はほぼぎっしり詰まっている。一本だけ使われた紙マッチ。イニシャルの入っていないハンカチーフが三枚、爪ヤスリの入った箱、爪の甘皮を取るためのナイフ、眉毛を整えるための器具、革ケースに入った櫛、爪磨き剤の小さな丸形の瓶、小型の住所録。私はそれを急いで繰《く》ってみた。白紙だ。まったく使われていない。バッグの中にはケースに収められたサングラスも入っていた。縁に雲母《うんも》が入っている。ケースには名前は書かれていない。万年筆が一本、金のペンシルが一本、それだけだ。私はバッグをもとあったところに戻した。それから書き物机に行って、ホテルの便箋と封筒を探した。

ホテルのペンを使って私はこう書いた。「ベティー、ずっと死んでいられなくてすまない。明日説明する。ラリー」

それを封筒に入れて封をし、「ミス・ベティー・メイフィールド」と宛名を書いた。そしてドアの下からそれが差し込まれたように見せかけた。

ドアを開けて外に出た。非常階段に向かったが、「ふん、どうとでもなれ」と声に出して言った。そしてエレベーターのボタンを押した。エレベーターはやって来なかった。私はもう一度ボタンを押し、何度も押し続けた。それはやっと昇ってきて、眠そうな目をした若いメキシコ人がドアを開け、私の顔を見ながらあくびをした。それから申し訳なさそうに笑みを浮かべた。私も笑みを浮かべ、何も言わなかった。

エレベーターの正面にあるフロントには誰もいなかった。メキシコ人は椅子に座り込み、私が六歩と歩かないうちに再び眠り込んでいた。マーロウ以外の人間はみんな眠いのだ。マーロウは昼夜を問わず働き続け、料金さえ受け取っていない。

ランチョ・デスカンサードまで車を運転して戻った。目覚めている人間には一人も出会わなかった。ベッドを目にするとそこで眠り込んでしまいたくなったが、耐えて荷造りをした。スーツケースの底にベティーの拳銃を入れた。封筒に十二ドルを入れ、帰りがけにその封筒を部屋のキーと一緒に、オフィスのドアのスロットに差し込んでいった。

サン・ディエゴに戻り、レンタカー会社に車を返し、駅の向かいの食堂で朝食をとった。七時十五分発ロサンジェルス行きの、客車二台のノンストップ・ディーゼル列車に乗り、正確に十時に当地に着いた。

タクシーで家に帰り、髭を剃ってシャワーを浴び、二度目の朝食をとり、朝刊にざっと目を通した。弁護士のクライド・アムニー氏のオフィスに電話をかけたときには、十一時近くになっていた。

彼は自ら電話に出た。たぶんミス・ヴァーミリアはまだ起きていないのだろう。

「こちらはマーロウです。帰ってきたところです。そちらに寄りましょうか？」

「彼女は見つかったかね？」

「ええ。あなたはワシントンに連絡しました？」

「彼女はどこにいる？」

「顔を合わせてお話をしたいのです。ワシントンには電話したのですか？」

「君の方の情報を先に聞きたい。今日一日とても忙しいのだ」。彼の声はきりきりとして、いかにも愛想がなかった。

「半時間でそちらにうかがいます」、私はそう手短に言って電話を切り、私のオールズモビルの預け先に電話をかけた。

11

クライド・アムニーのオフィスに似たオフィスは、世間にそれこそ山ほどある。正方形の櫛形合板が直角に合わされて、チェッカーボードのような効果を出している。間接照明で、カーペットは限無く敷かれ、家具の色調は明るく、椅子は座り心地がよく、請求金額はおそらく途方もないものになる。金属製の窓枠は外に向けて開かれ、ビルの裏には狭いが小綺麗なパーキング・ロットがある。すべてのロットには白い板に書かれた名札がついている。何らかの理由でクライド・アムニーのロットには車は駐まっていない。だから私はそれを使わせてもらった。あるいは彼は運転手付きの車でオフィスに通っているのかもしれない。その四階建てのビルはとても新しく、弁護士か医者のオフィスばかりだ。

私が部屋に入ったとき、ミス・ヴァーミリアは一日の重労働に備えて、プラチナ・ブロンドの髪に最後の調整を加えているところだった。少しばかりお疲れのように見えた。彼女は手鏡を脇にやり、煙草を口にくわえた。

「あらあら、ミスタ・ハードガイが自らお出ましになったわけね。感謝感激ってところかしら」

「アムニーは待ってくれているかい？」

「あなたにとってはアムニーさんよ、おにいさん《バスター》」

「君にとってはご主人様ってところかな、シスター」

彼女はかっとした。「私のことをシスターって呼ばないで。安物探偵風情のくせして！」

「じゃあ、私のこともおにいさんって呼ばないでくれ、高給取りの秘書風情のくせして。今夜は空いてるかい？　また四人の船乗りとデートの約束があるなんて言わないでくれよ」

彼女の両目のまわりの肌が血の気を失った。その手が文鎮を固く握りしめた。ただそれを振り上げるのだけはなんとか思いとどまった。「まったくいけ好かない！」と彼女はきつい声で言った。それから送話器のスイッチを入れ、相手の声を受けて言った。「ミスタ・マーロウがお見えです、ミスタ・アムニー」

それから彼女は身体を後ろに反らせ、嫌な目で私を見た。「私にはね、あなたを小さく切って縮めて、靴を履くのに踏み台がいるくらいのサイズにしちゃえるようなお友だちが何人もいるのよ」

「どこの誰かは知らないが、そういう台詞を思いつくには、うんと苦労したことだろう」と私は言った。「しかし苦労には才能の代理はつとまらない」

突然我々は二人で噴き出してしまった。ドアが開き、アムニーが首を突き出した。私に入るように、彼は顎で合図をした。しかしその目はプラチナ色の髪の娘に注がれていた。

私は中に入り、そのあとで彼はドアを閉め、巨大な半円形のデスクの背後に戻った。机の上には緑の革のデスクトップが敷かれ、その上に重要書類が山積みになっていた。彼はこざっぱりとした、細心の注意を払ったなりをしていた。ただ脚が短すぎたし、鼻が長すぎたし、髪の毛が薄すぎた。きれいに澄んだ茶色の目をしていて、あくまで弁護士にしてはということだが、信頼できる人物のように見えた。

「君はうちの秘書にちょっかいを出していたのかね？」と彼は私に尋ねた。その声はきれいに澄んでいるとはとても言えなかった。

「いいえ、ただ冗談を言い合っていただけです」

私は顧客用の椅子に腰を下ろし、礼儀正しさに可能な限り近接した視線で彼を見た。

「彼女はかなり憤慨していたように私には見えたが」、彼は重役用の椅子に身を沈め、いかにもタフそうな顔をした。

「彼女はもう三週間先まで予約が入っています」と私は言った。「私はそこまで待てない」

「注意するんだな、マーロウ。つまらないことはするな。彼女はうちの人間だ。君と付き合うようなことはまずあり得ない。美しい女性であると共に、とても頭が切れる」

「つまりタイプや口述筆記の能力も、劣らずに素晴らしいと？」

「何に劣らずだね？」、彼は唐突に赤くなった。「君の減らず口はもう十分に聞かせてもらった。足もとに気をつけるんだな。よくよく気をつけた方がいい。私はこの街ではそれなりの影響力を持っている。君を困った目にあわせることもできる。私に報告をしたまえ。手短に、ポイントを押さえて」

「あなたはワシントンと話をしたのですか？」

「私がワシントンと話をしたかどうかは、君には関係ない。私は今すぐ報告を求めているのだ。それ以外は君に関係のない問題だ。キングという娘は今どこにいるのだ？」。彼は感じの良い尖った鉛筆と、感じの良い真っ白なメモ用紙に手を伸ばした。それから鉛筆を下に落とし、黒と銀色の魔法瓶からグラスに水を注いだ。

「取り引きをしましょう」と私は言った。「どうしてそんなに彼女を見つけたいのか、その理由を教えてくれたら、彼女が今どこにいるかを教えましょう」

「君は雇われている人間だぞ」と彼はぴしゃりと言った。「君に情報を与えるような義務は私にはない」。彼は相変わらずタフだったが、隅っこの方がいくぶんほつれ始めていた。

「私があなたの被雇用者になるのは、私がそのように望んだときだけです、ミスタ・アムニー。小切手は換金されていませんし、雇用契約も結ばれていません」

「君は依頼を受けることに同意したし、前金も受け取った」

「ミス・ヴァーミリアは前金として二百五十ドルの小切手をくれました。それとは別に必要経費として二百ドルの小切手をくれました。しかし私はそれを銀行に入れてはいません。ここに持っています」、私はその二枚の小切手を紙入れから取り出し、彼の前の机の上に置いた。

「それはあなたがお持ちになっていた方がいいと思いますよ。ご自分が求めているのが調査員なのか、ただのイエスマンなのか、その結論がしっかり出るまではね。そしてまた、自分がまともな仕事を与えられたのか、それともわけのわからない仕掛けにカモとして利用されただけなのか、私の方の結論がきちんと出るまではね」

彼は小切手を見下ろした。幸福そうな顔ではなかった。「君は既に経費を使っている」と彼はゆっくり言った。

「そのとおりです、ミスタ・アムニー。私にはいくらかの貯金があります。そして経費は控除されます。それなりのお楽しみもあったし」

「君はかなり頑固な男だな、マーロウ」

「そうかもしれない。しかし私なりの仕事上の決まりを守らなくてはなりません。そうしないことにはこの仕事はやっていけない。あの娘は脅迫を受けていると私は言いました。それがどうしてか、あなたのワシントンの友人は知っているはずだ。もし彼女が悪人なら、それはそれでかまわない。しかし私はそのことを知っておく必要がある。そして私はあなたの申し出を超えたオファーをよそから受けている」

「より大きな金額のために、あっち側に寝返るというわけかね？」と彼は腹立たしげに言った。

「それは道義にもとるだろう」

私は声に出して笑った。「さて、やっと道義の話が出てきたわけだ。これで話がしやすくなった」

彼はボックスから煙草を出し、腹の部分が丸くなったライターで火をつけた。ライターは魔法瓶とペン・セットとお揃いになっていた。

「君の態度は今でも気に入らない」と彼は唸るように言った。「昨日の時点では、私も君以上に何も知らなかったんだ。ワシントンの権威ある法律事務所が法的な道義にもとるような依頼をしてくるとは、私は考えもしなかった。その娘はそうする必要があれば簡単に逮捕できたわけだから、私としてはそれは家庭内のごたごたによるものか、家出した奥さんか娘か、あるいは重要証人として召喚されたのに、証言をしたくなくて裁判所の管轄外に逃げ出した人物あたりだと思っていたんだ。それはあくまで推測に過ぎなかった。ところが今朝になって事情が変わってしまった」

　彼は立ち上がって大きな窓の前に行き、デスクに陽光が当たらないように、ブラインドの小板を回して調整した。そしてそこに立って、外を眺めながら煙草を吸った。それからデスクに戻って、もう一度腰を下ろした。

「今朝」と彼はゆっくりと切り出し、いかにも法曹家風に眉をひそめた。「私はワシントンの同業者に電話をかけた。そしてその娘がある金持ちの有力者の――その名前は教えてもらえなかったが――腹心の秘書であったことを知らされた。そして彼女は彼の私的なファイルから、重要かつ危険な文書を勝手に持ち出したのだ。もし公開されれば、それは彼にダメージを与えかねない。どのようなダメージを受けるのかまでは聞かされなかったがね。あるいは所得の申告に細工をしたのかもしれない。最近ではいろんなことが起こるからね」

「彼女はそれらの書類を、脅迫するねたとして持ち出したのですか？」

　アムニーは肯いた。「それが自然な推測だ。彼女にとってそんな書類は何の価値も持たない。その依頼主が――仮にミスタAとしておくが――そのことに気づいたときには、娘は既によその州に出ていた。それから彼は自分のファイルを調べて、いくつかの書類が紛失していることを発見した。彼としては警察には届けたくなかった。娘はもう危険は及ばないだろうと思えるくらい遠くまで行って、そこから交渉を持ちかけてくるだろうと彼は推測した。その書類と引き替えに大金を要求してくるはずだ。彼が求めているのは、彼女の居所をしっかり突き止め、相手がこれでもう安心と油断しているときに、なによりもまた彼女が腕利きの弁護士を雇い、その弁護士が彼女が罪に問われることのないようにがちがちに防御を固めてしまう前に、そこに踏み込んでいって話をつけることだった。そういうことに長《た》けた弁護士は、遺憾ながら世間にうようよしているからね。そして君は今、彼女が誰かにゆすられていると言う。いったいなぜ彼女がゆすられたりするのかね？」

「もしあなたの話が本当であるなら、その誰かは彼女の台本を無力化できる立場にいるから、ということになるかもしれません」と私は言った。「その男は彼女の何かを握っていて、それはもうひとつのキャンディーの箱を開けずとも、彼女を窮地に追い込むことができることなのでしょう」

「もし話が本当であればと君は言う」と彼は厳しい声で言った。「それはいったいどういう意味だね？」

「あなたの話は、まるで洗面台の排水網みたいに穴だらけだからですよ。あなたはいっぱい食わされているんです、ミスタ・アムニー。あなたが言うような大事な書類を、人はいったいどんなところに保管するでしょう？　もしそれを保管しなくてはならないとすればですが、いくらなんでも秘書がすぐに見つけられるようなところに置いたりしやしません。そして彼女が姿をくらます前に、その書類の紛失に気づかなければ、どうやって彼は鉄道駅まで彼女を尾行させたりできるのですか？　次に、たとえ彼女がカリフォルニアまでの切符を買っていたとしても、途中どこでも好きなところで下車することができたはずです。だから彼女は列車の中でずっと監視されていなくてはならなかった。そしてもしそのような監視がついていたのなら、どうして私がここで彼女を見つけるために、わざわざ雇われなくてはならなかったのですか？　もうひとつ、これはあなた自身が口になさったことだが、この手の案件は全国規模の組織を持つ、大手の探偵事務所が引き受けるべきものです。単独の人間に任せるなんて、危なっかしくて話になりません。私は昨日彼女をいったん見失いました。また見失ってしまうかもしれません。まずまずの大きさの都会で一人の人間を尾行するには通常、最低限六人の人員が必要とされます。いいですか、最低限でですよ。もっと大きな都会なら、十二人は必要です。探偵だって食べたり眠ったり、シャツを替えたりしなくてはなりません。もし車で尾行するとなると、一人が駐車場所を探しているあいだ、車を降りて尾行を続けるためのもう一人が必要になります。デパートやホテルには五、六個の出入り口があるかもしれません。ところがこの娘ときたら、ユニオン・ステーションで三時間もうろうろして、誰彼にかまわず自分の姿を晒《さら》していた。そしてワシントンにいるあなたのお友だちといえば、あなたに写真を送り、あなたに電話をかけたきり、のんびりテレビを見ていただけだ」

「よくわかった」と彼は言った。「他に何か？」。彼の顔からは一切の表情が消えていた。

「少しばかりうかがいたいことがあります。もし自分が尾行されていることを知らなかったとしたら、どうして彼女はわざわざ名前を変えたりしたのですか？　もし尾行されていることを予測していたとしたら、どうして彼女はそんなに無防備だったのでしょう？　前にも申し上げたように、他に二人の男が、この話に絡んできています。一人はゴーブルという名前の、カンザス・シティーから来た私立探偵です。昨日はエスメラルダにいました。どこに行けばいいかを彼は知っていた。誰が彼にそれを教えたのですか？　私は彼女のあとを尾行し、タクシーの運転手に袖の下をつかませなくてはならなかった。タクシー無線を使って、彼女の行き先を調べてもらうためです。そうしなければ彼女を見失うところだった。で、どうして私が雇われることになったのですか？」

「それについてはあとで話す」とアムニーはつっけんどんに言った。「もう一人、この話に絡んできているというのは、誰のことだね？」

「ミッチェルという地元の遊び人です。彼は列車の中で彼女に会いました。そして彼女のためにエスメラルダのホテルを予約してやった。二人はこんな風だった」と私は二本の指をくっつけた。「ただし彼女は彼のことをひどく嫌っていた。彼に何かを握られて、それで彼女は怯えていたんです。その男が握っていたのは、女の正体だった。彼女が誰で、どこから来て、そこで彼女の身に何が起こったか、またどうして彼女が偽名を使わなくてはならなかったか、彼はそれを承知していました。そのへんまではなんとか聞き取れました。しかしそれ以上の正確な情報は手にできなかった」

アムニーはきつい声音で言った。「もちろん娘は列車の中で見張られていた。君が相手にしているのは間抜けの集団じゃないんだ。君はただのおとりに過ぎなかった。彼女に共犯者がいるかどうかを見定めるためのおとりだった。君の評判からして――実際にそのとおりだったが――君はきっと派手に振る舞って、相手に自分の存在を気づかせるに違いないと踏んだのだ。君はオープン・シャドウというのがどういうことか知っているだろう」

「もちろん。わざと相手に自分の存在を気づかせ、警戒させ、尾行を撒《ま》かせる。そのあいだに別の人間が尾行につき、相手は自分はもう安全だと思う」

「それがつまり君の役目だったのさ」、彼は馬鹿にしたようににやりと笑った。「しかし君はまだ彼女がどこにいるかを話していない」

私は彼に教えたくはなかった。しかし私にはそれを教える責務がある。私はある時点までその依頼を引き受けていたのだから。そして彼に金を返したのは、彼から情報をいくらか引き出すための手立てに過ぎなかった。

私はデスク越しに手を伸ばし、二百五十ドルの小切手を取り上げた。「これは報酬全額ぶんとしていただきます。経費も込みで。彼女はミス・ベティー・メイフィールドという名前で、エスメラルダにある『カーサ・デル・ポニエンテ』に宿泊しています。たんまり金を持っています。しかしもちろん、あなたの言うところの一流探偵会社は、そんなことくらいとっくに知っているでしょうが」

私は立ち上がった。「なかなか楽しく仕事をさせていただきましたよ、ミスタ・アムニー」

私は外に出てドアを閉めた。ミス・ヴァーミリアは雑誌から顔を上げた。彼女のデスクのどこかから、かしゃりという押し殺された微かな音が聞こえた。

「君に荒っぽい口をきいて申し訳なかった」と私は言った。「昨夜はろくに眠れなかったものでね」

「忘れちゃっていいわ。お互い様ってところよ。いくらか訓練を積めば、あなたのことが好きになれるかもしれない。あなたはいささかやくざっぽいけど、それなりに捨てがたいところもあるから」

「嬉しいね」と私は言って、戸口に向かった。彼女の顔は触れなば落ちんという表情を浮かべていたとまでは言えずとも、ゼネラル・モーターズの支配的持ち株みたいにどうあがいても入手困難とも見えなかった。

私は戻ってドアを閉めた。

「今夜はどうやら雨は降りそうにないみたいだ。もし雨が降ったなら、我々二人で一杯飲みながら話し合ったかもしれない話題があった。そしてもし君があまり忙しくなければ、ということだが」

彼女はちょっと面白がっているようなクールな表情を顔に浮かべた。「どこで?」

「そいつは君次第だ」

「あなたのおうちに行きましょうか?」

「そいつは素晴らしい。うちの前にキャディラック・フリートウッドが駐まると、私の信用度もいくらか上がるかもしれない」

「そこまでは考えなかったけど」

「私も考えなかった」

「六時半くらいに。ストッキングにも気をつけるようにするわ」

「それはなによりだ」

二人の視線はしっかり絡み合った。私は急いでそこを離れた。

12

六時半にフリートウッドがうちの前に柔らかなエンジン音を響かせた。彼女が階段を上がってくるあいだ、私は玄関のドアを開けて待っていた。彼女は帽子をかぶっていなかった。肌色のコートを着て、その襟をプラチナ色の髪に向けて立てていた。居間の真ん中に立って、さりげなくあたりを見回し、それからしなやかな僅かな動作でするりとコートを脱ぎ、それをソファの上に投げかけた。そしてそこに腰を下ろした。

「本当に来てくれるとは思わなかったよ」と私は言った。

「まさか。そんなに謙遜することはないわ。私が来るということはちゃんとわかっていたはずよ。できたら、スコッチのソーダ割りをつくってくださる?」

「いいとも」

私は飲み物をつくり、それを持って彼女の隣に座った。しかしいかにも意味ありげにくっついて座るようなことはしなかった。我々はグラスを合わせ、それを飲んだ。

「ロマノフで夕食をとるというのはどうだい？」

「そしてそれから何をするの？」

「君はどこに住んでいるんだ？」

「西ロサンジェルスよ。静かな古い通りにある一軒家に住んでいる。その家はたまたま私の持ち家なの。ねえ、私があなたに質問したのよ。そのあとで何をするかって。覚えているかしら？」

「そいつは君次第だよ、当然ながら」

「あなたはてっきりタフガイなんだと思っていたわ。それはつまり、私が夕食代を払う必要はないってことなの？」

「そんな口をきくやつは、頬をひっぱたくしかないな」

彼女は突然笑いだし、グラスの縁越しに私の顔をじっと見た。

「おお痛い、てところね。私たちはお互いについて少しばかり思い違いをしていたみたい。ロマノフはもう少し先に延ばしてもいいんじゃないかしら」

「じゃあ、まず西ロサンジェルスを試してみてもいい」

「どうしてここは駄目なの？」

「それを言ってしまうと、きっと君はここをさっさと出ていくだろう。一年半ほど前のことだが、私はここで一度夢を見たんだ。その切れ端がまだ残っている。私としてはそいつにまだ少し生きていてもらいたいんだよ」

彼女は勢いよく立ち上がり、コートを手に取った。私は急いでそれを彼女に着せかけてやった。

「すまなかった」と私は言った。「先にそのことを言っておくべきだったね」

彼女はさっと振り向いて、私の顔に顔を近づけた。しかし私はその顔には手を触れなかった。

「かつて夢を見たことがあって、それをまだ生かし続けていることを、あなたはすまながっているわけ？　私だって夢を見たことはあったわ。でもそれはもう死んでしまった。生かし続けておくだけの勇気がなかったからよ」

「それとは少し違うかもしれない。一人の女性がいた。裕福な女性だった。彼女は自分が私と結婚したいと望んでいると思っていた。しかしそいつはきっとうまくいかなかっただろう。再び会うこともあるまい。でも彼女のことは忘れない」

「行きましょう」と彼女は静かな声で言った。「そして夢は生きたままにしておけばいい。私にも忘れないでいられる夢があったらよかったのにと思うだけ」

駐めたキャディラックまで階段を降りていくあいだも、私はやはり彼女に手を触れなかった。彼女は見事な運転をした。女性が本当にうまい運転をするとき、彼女は完璧に近い存在になる。

13

その家はサン・ヴィンセンテとサンセット・ブールヴァードとのあいだの、カーブした静かな通りにあった。家はずっと奥まって建っており、長いドライブウェイが続き、入り口は裏にあって、正面には小さなパティオがついていた。彼女はドアの鍵を開け、家中の明かりをつけ、それから何も言わずに姿を消した。居間には感じの良い組み合わせの家具があり、いかにも居心地よさそうに見えた。彼女が背の高いグラスを二つ持って戻ってくるまで、私はそこに立ったまま待っていた。彼女はコートを脱いでいた。

「君はもちろん結婚していたんだね」と私は言った。

「それはうまくいかなかった。そして私はこの家といくらかのお金を、結婚生活から得ることになった。でも何もそれを狙って結婚したわけじゃないのよ。良い人だったけれど、私たちはお互い思い違いをしていたの。彼は飛行機事故で死んだ。ジェット・パイロットだったのよ。よくあるケースね。ここととサン・ディエゴのあいだには、ジェット・パイロットと――生きているあいだはジェット・パイロットだった男たちと――結婚していた女で溢れている場所があるの」

私は酒を一口飲み、それを下に置いた。

そして彼女の手から酒のグラスを取り、下に置いた。

「昨日の朝、脚をじろじろ見るのはよしてくれって、私に言ったことを覚えているかい？」

「覚えていると思う」

「今それをやめさせてみれば」

私は彼女の身体に手を回し、彼女は何も言わずに私の腕の中に身を寄せた。私は彼女を抱き上げ、寝室とおぼしきところを見つけて、そこに運んだ。そしてベッドの上に下ろした。それから、ナイロンに包まれた長く美しい脚の上の、白い肌が見えるところまでスカートをたくし上げた。そこで彼女は突然身を起こし、私の頭を胸の上に抱き寄せた。

「けだもの！　もう少し明かりを落としてくれてもいいでしょう」

私は戸口に行って部屋の明かりのスイッチを切った。それでも廊下から少しは光がこぼれてきた。私が振り返ると、彼女はエーゲ海からあがってきたばかりのアフロディーテのように、素っ裸でベッドの横に立っていた。彼女は恥じらいもなく、しなを作るでもなく、ただそこに誇らしげにすくっと立っていた。

「まったくもう」と私は言った。「私が若かった頃は、ゆっくりと女の子の服を脱がせることができたものだ。今じゃこちらが苦労して襟のボタンをはずそうとしているうちに、彼女はもうベッドの中に潜り込んでいる」

「勝手に苦労して襟のボタンをはずしていれば」

彼女はベッドカバーを剝いで、ベッドの上に恥ずかしげもなく裸で横になっていた。彼女は一人の美しい裸の女性であり、自分のあるがままの姿をこれっぽっちも恥じてはいなかった。

「私の脚に満足した？」と彼女は尋ねた。

私は返事をしなかった。

「昨日の朝」と彼女は半ば夢を見るように言った。「私は言った。あなたには私が好きになれるところがあるって。それはあなたが馴れ馴れしく触ってこないところね。でもあなたには私が好きになれないところもある。それはなんだったかわかる？」

「わからないね」

「あのときに、こうならなかったことよ」

「君の態度は、とても誘いかけているようには見えなかったぜ」

「推理をするのが探偵の仕事でしょう。さあ、明かりをすっかり消してちょうだい」

それからほどなく彼女は「ダーリン、ダーリン、ダーリン」と口にしていた。女性がある特別な瞬間に口にするととても特別な声音で。そのあとに、ゆっくりと穏やかな、平和と静けさが訪れた。

「まだ私の脚に満足している？」と彼女は夢見るように尋ねた。

「誰がそれに満ち足りることができるだろう。男たるもの、何度君と愛を交わしたところで、その姿かたちは脳裏を去らないさ」

「悪いやつ。本当に悪いやつなんだから。もっとこっちに来て」

彼女は私の肩に頭を載せた。それで二人はぴたりと身を寄せ合うことになった。

「あなたのことを愛してはいない」と彼女は言った。

「そういうこともある。でもややこしく考えるのはよそう。ものごとには崇高な瞬間があるんだ。たとえそれが一瞬に過ぎなくてもね」

私に合わされた彼女の温かい肌がきゅっと締まった。身体が活力に波打ち、美しい両腕が私を固く抱いた。

再び暗闇の中で押し殺された叫びがあった。それからまたゆっくりとした静かな平和があった。

「あなたなんて大嫌いよ」と彼女は言った。彼女の唇は私の唇につけられていた。「このことじゃないわよ。でもね、完璧なものって二度とは訪れないし、私たちの場合、それはあまりに早くやって来すぎた。だからもう二度とあなたには会わないし、会いたくないの。いつまでもずっとか、それともこれっきりか、そのどちらかよ」

「そして君はまるで、人生のつらい側ばかり見てきた、遊び慣れた女みたいに振る舞っている」

「あなただって同じようなものよ。そして私たちはどちらも間違っていた。無駄な回り道だったのね。もっと強くキスして」

彼女は出し抜けに、ほとんど音も立てず動きもなく、ベッドから出ていった。

少し後で廊下の明かりがつき、彼女は丈《たけ》の長い部屋着を着て、そこに立っていた。

「さよなら」と彼女は静かな声で言った。「あなたのためにタクシーを呼ぶわ。家の前でそれを待って。もう二度とあなたに会うことはないと思う」

「アムニーのことはどうなんだ?」

「あの気の毒な怖がり屋さん。彼は自分のエゴを受けとめてくれる誰かを必要としているのよ。

自分に力があって、何かを征服できるんだと感じさせてくれる誰かをね。私はそれを彼に与えているの。女の身体というのは、実用に供せないほど神聖なものじゃない。とくに恋愛にしくじった女にとってはね」

彼女は姿を消した。私は起き上がって服を着て、外に出る前に聞き耳を立てた。何も聞こえなかった。名前を呼んでみたが、返事はなかった。家の前の歩道に出たとき、タクシーがちょうどやってきた。

私は振り返った。家は隅々まで真っ暗になっていた。

その家は無人だった。すべては夢だったのだ。誰かがタクシーを呼んだことを別にすれば。

私はそのタクシーに乗り込み、帰宅した。

14

私はロサンジェルスを離れ、オーシャンサイドをバイパスするスーパーハイウェイに乗った。考える時間が私には必要だった。

ロサンジェルスからオーシャンサイドまでは三十キロ近くあり、六車線のスーパーハイウェイで結ばれているが、その道筋には錆びるままに打ち捨てられた車が点々と散らばっている。潰れたり、裸にされたり、廃棄されたりしたそれらの車は、小高い土堤に押しつけるように放り出され、牽引されるのを待っている。そして私は、どうして自分がエスメラルダに戻ろうとしているのかについて考えてみた。その案件は既に片づいたことであり、いずれにせよ私はもうそれに関わっていない。通常、私立探偵というものは僅かな金を稼ぐべく、僅かとは言い難い量の情報を求める依頼主のために立ち働く。それがうまく手に入ることもあれば、手に入らないこともある。すべては状況次第。報酬についてもまた同様のことが言える。しかしときとして、必要な情報に加えて、それ以外のものを思いのほか手に入れてしまうこともある。たとえばバルコニーに死体があるはずなのに、戻ってみたら何もなかったというようなことだ。そんなものは忘れてしまえ、家でおとなしくしていろと常識は告げる。関わっても一文《いちもん》の得にもならないのだから。しかし常識の声はいつもあとになってから届く。常識というのは、今週車をどこかにぶっつけた人に向かって「君は先週のうちにブレーキの調整をしておくべきだったね」と忠告するようなやつだ。常識というのは、自分がチームに加わっていたら、週末のゲームなんて楽勝だったのにと言う、月曜日のクォーターバックのようなやつだ。しかし彼がチームに加わることは決してない。そいつはいつもポケットにウィスキー瓶を入れ、スタンドの高いところに陣取っている。常識というのは、決して計算間違いなぞしない、グレーの背広を着たちっぽけな男だ。しかしその男が計算しているのは常に他人の金だ。

出口を降りて谷間に下り、ランチョ・デスカンサードに着いた。ジャックとルシールがいつもと同じ位置についていた。私はスーツケースを床に下ろし、デスクに身を乗り出した。

「置いていった金額は正しかったかな?」

「ええ。どうもありがとうございます」とジャックは言った。「またお泊まりになりたいということですね?」

「部屋があれば」

「どうして探偵だって言ってくれなかったんですか?」

「まったくの愚問だな、それは」、私は彼に向かって笑いかけた。「自分は探偵だって名乗るような探偵がどこにいる? テレビを見たことがないのかい?」

「たまに見ますが、ここではあまりそういう機会がないもので」

「テレビに出てくる探偵なら、すぐに探偵だってわかるんだがね。なにしろ決して帽子を脱がないから。ラリー・ミッチェルについて君は何を知っている?」

「なんにも知りません」とジャックは身を硬くして答えた。「彼はブランドンのお友だちです。ミスタ・ブランドンはこのホテルの持ち主です」

ルシールが明るい声で言った。「それで、ジョー・ハームズは見つかった?」

「ああ。どうもありがとう」

「そしてあなたは――」

「うん?」

「余計なことは言うんじゃない」とジャックが簡潔に言った。彼は私に向かって片目をつぶり、カウンター越しに鍵を差し出した。「ルシールは退屈な生活を送っているんです、ミスタ・マーロウ。ここで僕と交換台だけを相手にしていなくちゃならない。そして僕は、差し出すのも恥ずかしいくらい小さなダイアモンドの指輪を、彼女に渡しました。でもそうするしかありません。彼女を愛していれば、その指に指輪を光らせたいというのは、男の自然な気持ちです」

ルシールは左手を上げ、それを回して、小さな石をうまく光らせようとした。「こんなもの大嫌いよ」と彼女は言った。「私は太陽が大嫌いなように、夏や、きらきら輝く星や、満月が大嫌いなように、こんなもの大嫌いなの。なにしろそれくらい大嫌いなんだから」

私は鍵とスーツケースを手に取り、そこを離れた。もっと長くそこにいたら、自分自身と恋に落ちてしまいそうだった。小さくて謙虚なダイアモンドの指輪を、自分に贈りさえしたかもしれない。

15

カーサ・デル・ポニエンテの館内電話で1224号室を呼び出してみたが、誰も出なかった。デスクに行ってみた。硬い顔をした係員が手紙の仕分けをしていた。彼らはいつだって手紙の仕分けをしている。

「ミス・メイフィールドがここに宿泊しているはずだが」と私は尋ねた。

彼は手紙をボックスに入れてから、私の質問に答えた。「はい、お泊まりになっておられます。あなた様のお名前は？」

「彼女の部屋番号は知っている。電話をしても誰も出ないんだ。今日彼女の姿を見かけたかい？」

彼は僅かに私に注意を向けた。しかし熱狂までさせることはできなかった。「お見かけしなかったと思います」。そして肩越しに振り返った。「キーはお預かりしていません。メッセージはお残しになりますか？」

「いささか心配しているんだ。昨夜はあまり具合がよくないみたいだったから。部屋にいるが体調が悪くて、電話に出られないのかもしれない。私は彼女の友人だ。名前はマーロウ」

彼は私をじろりと見た。いかにも抜かりなさそうな目だった。彼は会計室の方にある衝立《ついたて》の後ろに入り、誰かと話をしていた。少しして彼はそこから出てきた。顔には笑みが浮かんでいた。

「ミス・メイフィールドのお具合が悪いということはなさそうですよ、ミスタ・マーロウ。かなりたっぷりめの朝食を部屋に注文なすったということです。そしてまた昼食も。何本かの電話も受け取っておられます」

「どうもありがとう」と私は言った。「メッセージを残していこう。名前と、あとで連絡するということだけでけっこうだ」

「下に降りておられるか、あるいは海岸におられるのかもしれません」と彼は言った。「海辺は暖かいですし、防波堤で護られておりますから」。そして背後の時計に目をやった。「もしそうだとしたら、そろそろお戻りになる頃かもしれません。だんだん冷え込んできますから」

「ありがとう。またあとで寄ってみる」

ロビーの主要部は階段を三段ばかり上り、アーチをくぐったところにあった。そこには、いかにもホテルのラウンジに座り込んでいそうな類《たぐい》の人々が、しっかり座り込んでいた。だいたいが年寄りで、だいたいが金持ちで、だいたいが飢《かつ》えたような目つきでじろじろとあたりを眺め回す以外、何もやることのない人々だ。彼らはそのようにして人生を過ごしている。紫がかったパーマネントをかけた二人の老女が、真剣な面持ちで巨大なジグソー・パズルと格闘していた。そのパズルは、特製のキングサイズのカード・テーブルの上にセットされていた。そのずっと奥の方では、二人の男性と二人の女性によってカナスタのゲームがおこなわれていた。女性の一人はモハーベ砂漠を冷やせるくらいたっぷりのクールなダイアモンドを身につけ、ヨットを一艘塗装できるくらいの化粧を塗りたくっていた。どちらの女性も長いホルダーで煙草を吸っていた。二人につきあっている男性たちは顔色が悪く、疲れ切っているようだった。たぶん小切手にサインすることに疲れ果てたのだろう。そのずっと先の、ガラスを通して外が見えるようになったところで、若いカップルが座って手を握り合っていた。娘はダイアモンドとエメラルドの指輪をつけ、結婚指輪をつけていた。彼女は結婚指輪を指先でいじり続けていた。彼女は少々目がくらんでいるように見えた。

私はバーを抜けて外に出て、庭をうろついた。断崖の上に抜ける小径を歩いているうちに、昨夜ベティー・メイフィールドの部屋のバルコニーから見下ろした場所が簡単に見つかった。

その鋭い尖り具合から、私はその場所を特定することができた。

海水浴のためのビーチと、カーブした小さな防波堤が百メートルばかり続いていた。断崖の上からビーチまで階段がついていた。人々が砂浜に寝転んでいるのが見えた。スイムスーツを着ているもの、トランクス姿のもの、タオルの上にただ座っているだけのもの。子供たちは歓声を上げながら走り回っていた。しかしベティー・メイフィールドの姿は砂浜には見当たらなかった。

私はホテルに戻って、ラウンジに腰を下ろした。

私はそこに座って煙草を吸った。ブックスタンドに行って夕刊を買い求め、それに目を通し、捨てた。ぶらぶらとデスクに行った。私のメッセージはまだ1224のボックスに入っていた。館内の電話でミッチェル氏にかけてみた。すみません。ミスタ・ミッチェルは電話に出られないようです。

背後で女の声がした。「あなたが私に会いたがっていると、ホテルの人に言われました、ミスタ・マーロウ――」と彼女は言った。「ミスタ・マーロウですよね？」

彼女は朝の薔薇のように生き生きとしていた。ダーク・グリーンのスラックスをはき、サドルシューズをはき、白いシャツの上にグリーンのウィンドブレーカーを羽織り、その上からペイズリー模様のスカーフをゆるく巻いていた。髪に巻いた細いリボンが、風に吹かれているような粋《いき》な効果をあげていた。

ボーイ長が二メートルほど離れたところで、しっかり聞き耳をたてていた。「ミス・メイフィールドですね？」と私は言った。

「私がミス・メイフィールドです」

「車が外にあります。地所を見て回るお時間はありますか？」

彼女は腕時計に目をやった。「え、ええ、あると思います」と彼女は言った。「そろそろ着替えをしなくてはなりませんが、まあ――かまいませんわ」

「こちらにどうぞ、ミス・メイフィールド」

彼女は私の隣にやってきた。我々は歩いてロビーを抜けた。私はそこで完全に寛《くつろ》いでいた。ベティー・メイフィールドはジグソー・パズルをしている二人を荒々しい目でちらりと見た。

「ホテルなんて好かないわ」と彼女は言った。「十五年後にここに来たら、同じ人々が同じ椅子に座っているのを目にするんじゃないかしら」

「そうだね、ミス・メイフィールド。君はクライド・アムニーという人物をご存じかな？」

彼女は首を振った。「知っていなくちゃならないの？」

「ヘレン・ヴァーミリアは？　ロス・ゴーブルは？」

彼女はまた首を振った。

「何か飲むかい？」

「いいえ、今はけっこうよ」

我々はバーを通り抜け、歩き続けた。そしてオールズモビルのドアを彼女のために開けた。スロットからバックで出て、グランド・ストリートを丘に向けて車を走らせた。彼女はきらきらと光る縁《ふち》のついたサングラスをかけた。「旅行小切手を見つけたわ」と彼女は言った。「あなたって、ちょっと普通じゃない探偵のようね」

私はポケットに手を入れ、睡眠薬を入れた瓶を取り出した。「昨夜はけっこう心配だったものでね」と私は言った。「錠剤の数を勘定してみたが、もともといくつあったのかわからなかった。二錠飲んだと君は言った。目が覚めて頭がうまく働かないまま、ひとつかみまとめて飲んでしまうんじゃないかと心配だったものでね」

彼女はそれを受け取り、ウィンドブレーカーのポケットに突っ込んだ。「けっこうたくさんお酒を飲んだの。アルコールとバルビツール剤は相性が良くないのよ。おかげで意識をなくしてしまった。それだけのこと」

「確かなことはわからなかった。そいつで自殺をするためには、最低でも三十五錠は飲まなくちゃならない。それでも死ぬまでに四、五時間はかかる。私はむずかしい立場に置かれていた。脈拍と呼吸は普通に見えたが、時間が経てば乱れてくるかもしれない。医者を呼んだら、いろんな事情を話さなくちゃならないかもしれない。もし君がその薬を過剰摂取していたとしたら、殺人課に通報されることになる。助かっても助からなくてもだよ。自殺未遂事件も彼らは厳密に捜査するからね。しかしもし私の見込み違いであれば、今日こうして一緒に車に乗っていることもなかっただろう。そして私は今頃いったいどこにいたことだろうね？」

「そんなの、考えたってしょうがないでしょう」と彼女は言った。「何がどうなろうと、私はいちいち気にしないわ。ところで、さっきあなたが名前をあげた人々はいったい何なの？」

「クライド・アムニーは弁護士で、私を雇って君を尾行させた。彼はワシントンDCの法律事務所から、そうするように指示を受けたんだ。ヘレン・ヴァーミリアは彼の秘書だ。ロス・ゴーブルはカンザス・シティーの私立探偵で、ミッチェルを捜していると言っていた」。私は彼の人相を彼女に説明した。

彼女の顔から血の気が引いた。「ミッチェル？　どうしてその人がラリーに興味を持つわけ？」

私はグランドと四丁目の角で車を停め、どこかのじいさんが時速六キロの「モーター付き車椅子」で左折するのを待った。エスメラルダには実にいろいろな気の滅入るものがある。

「なんでその人がラリー・ミッチェルの行方を捜すわけ？」と彼女は苦々しそうに言った。「どうしてみんな他人のことを放っておけないのかしら？」

「何も教えてくれなくていい」と私は言った。「こちらに答えようのない質問を、次から次へとしていればいいさ。私の劣等感にはそういうのが良い効果を及ぼすんだ。私はもう仕事をしていないと言ったね。じゃあどうして私はここにいるのだろう？　話は簡単だ。あの五千ドルの旅行小切手を再び手にしたいと思っているからさ」

「次の角を左折して」と彼女は言った。「そうすれば丘の上に上がっていける。眺めがとてもいいの。豪華な家もたくさんあるし」

「そんなものどうだっていい」と私は言った。

「そこはとても静かな場所でもあるのよ」と言って彼女は、ダッシュボードにクリップでとめた箱から煙草を一本抜き出し、火をつけた。

「二日のあいだに二本目だ」と私は言った。「たいした喫煙家じゃないか。昨夜、君の煙草も勘定しておいた。マッチもね。バッグを調べさせてもらったよ。私はいろんなものを探りたくなるんだ。とりわけ自分がこういうインチキ芝居に巻き込まれたような場合にはね。とりわけ依頼人が、私の手の中に身を預けたまま気を失ったようなときには」

　彼女は首を回してじっと私を見た。「あれは薬とお酒のせいに違いないわ」と彼女は言った。

「私はちょっとどうかしていたのよ」

「ランチョ・デスカンサードのときは、君はずいぶんまともだったじゃないか。まるで金釘みたいにしっかりしていた。我々は一緒にリオに行って、優雅に、そしてまた罪深く暮らすことになっていた。そのために私がやらなくちゃならんのは、ただ死体をひとつ始末することだった。実に拍子抜けだったよ。肝心の死体がどこにも見当たらないなんてね」

彼女は私をなおもじっと見ていた。しかし私は運転に神経を集中しなくてはならなかった。大通りは行き止まりになっていて、そこを左折した。しかしそこもまた、廃線になった路面電車の軌道がまだ残っている行き止まりの道だった。

「あの標識を左に曲がって、坂道を上って。そこにハイスクールがあるから」

「誰が何に向けて銃を撃ったんだ？」

彼女は両手の付け根のところで、こめかみを押さえた。「私が撃ったに違いない。私は頭がおかしくなっていたのよ、きっと。あれはどこなの？」

「あの拳銃なら、安全なところにしまってあるよ。君の夢が実現したときには、それを持ち出さなくてはならないかもしれない」

我々は坂道を上っていった。私はポインターをセットして、オールズモビルがサード・ギアを保つようにした。彼女はそれを興味深そうに見ていた。それからまわりを見回し、淡い色合いの革張りシートや、様々な付属品を眺めた。

「どうしてこんなリッチな車が買えるわけ？　そんなにたっぷりお金を稼いでいるわけじゃな

いでしょう」

「昨今はどんな車だって豪華にできているんだよ。たとえ安物の車でもね。まともに走る車を持つことだって無理な相談じゃない。私立探偵というのは誰の目にもつかない、暗い色の地味な車に乗っているという話をどこかで読んだことがある。でもそれを書いたのはロサンジェルスに来たことのないやつだね。ロサンジェルスで目立とうと思ったら、人肌みたいなピンク色のメルセデス・ベンツに乗らなくちゃならない。それも屋根にポーチがついていて、そこで三人の可愛い娘が日光浴しているようなやつにね」

彼女はくすくす笑った。

「加えるに」と私はその話題をなおも先に進めた。「それはよい宣伝にもなる。私はリオに行くことを多少は夢見ていたのだろう。あっちに運んで行って車を売れば、買った値段より高く売れるかもしれないしね。貨物船に載せればさして運送費もかからないだろう」

彼女はため息をついた。「もうそのことで私をからかわないでちょうだい。今日は笑いたいような気分じゃないのよ」

「君のボーイフレンドは見かけたかい？」

彼女はそこにじっと座っていた。「ラリーのこと？」

「他に誰かいたかな？」

「そうね――クラーク・ブランドンという可能性だってあるかもしれない。といっても、彼のことは知らないも同然なんだけど。ラリーは昨夜けっこう酔っていた。いいえ――彼には会っていないわ。眠り込んでいるんじゃないかしら」

「電話には出ない」

道は二つに分かれていた。ひとつの白い線は左に向かっていた。私はこれという理由もなく、まっすぐの道を選んだ。スロープの上に高くそびえる何軒かのスペイン風の家の前を通り過ぎた。反対側の低くなった方には、ずいぶん現代風の家が並んでいた。道路はそれらの家を通り過ぎて、右に大きくカーブしていた。舗装はとても新しいものに見えた。道路は土地の突き出たところで終わって、ターニング・サークルになっていた。ターニング・サークルを挟んで、大きな家が向かい合っていた。ガラス煉瓦がふんだんに使われた家で、海に向いた窓には緑のガラスがはめられていた。なかなか見事な眺めだ。私はその家をたっぷり三秒眺めた。それから突き当たりのカーブで車を停め、エンジンを切って、そこに座っていた。我々は地上三百メートルほどのところにいて、目の前にはまるでパノラマ写真のように街が広がっていた。

「彼は具合が悪いのかもしれない」と私は言った。「気を失ったのかもしれない。それとも死んでしまったかもしれない」

「言ったでしょう――」、彼女はがたがたと震えだした。私は短くなった煙草を彼女の指から取って、灰皿に捨てた。車の窓を上げ、彼女の肩に手を回した。そしてその頭を私の肩につけた。彼女はぐったりとして、抵抗はしなかった。しかし震えはまだ止まらなかった。

「あなたは女を落ち着かせる」と彼女は言った。「でも急がないでね」

「グラブ・コンパートメントにウィスキーのパイント瓶が入っている。一口どうだい？」

「いいわね」

私は瓶を取り出し、金属の端っこを片手と歯を使ってむしり取った。それから膝に瓶を挟み、キャップをとった。それを彼女の唇にあてた。彼女はいくらか飲み、身体を震わせた。私はパイント瓶の蓋を閉め、それを元に戻した。

「瓶からそのまま飲むのって好きじゃない」と彼女は言った。

「ああ。そいつは洗練性を欠いている。君を口説くつもりはないよ、ベティー。私は案じているんだ。君には何かしてもらいたいことがあるんじゃないのか？」

彼女はしばらくのあいだ黙っていた。それからしっかりとした声で言った。「どんなことかしら？　あなたはあの旅行小切手を取り戻すことができる。あれはあなたのものよ。あなたにあげたものなんだから」

「五千ドルをあんな風に誰かに与えるような人間は、どこにもいないよ。ぜんぜん筋が通っていないじゃないか。だからこそ私はロサンジェルスからわざわざここまで戻ってきたんだ。朝早くから車を運転してここまで来た。私のごとき人間にめろめろになって、五十万ドルの話を持ち出し、リオへの旅行と、素晴らしい豪邸を約束してくれるような女がどこにいるものか。酔っていようが素面《しらふ》だろうがそんなことをする女がいるわけはない。たとえ部屋のバルコニーに死体がひとつ横たわっている夢を君が見て、急いで私にかけつけてもらい、それを海に突き落としてほしいと思っていたとしてもだよ。君は本当は私にそのとき、何をしてもらいたかったんだ？　君が夢を見ているあいだ手を握っていてほしかったのかい？」

彼女はさっと身を引いて、向こう側の隅にもたれかかった。「わかったわ。私は嘘をついたのよ。私はしょっちゅう嘘をついてきた」

私はバックミラーに目をやった。車種まではわからないが、暗い色合いの小型車が背後の道路に入ってきて、そこに停まった。中に誰がいるのか、何があるのか。見定めることはできなかった。それから敷石に向かって勢いよくハンドルを切り、バックで方向転換をし、来た道を戻っていった。おそらく道を間違えて、それが行き止まりであることに気がついたのだろう。

「私があのろくでもない非常階段を苦労して上っているあいだ」と私は続けた。「君は睡眠薬を飲み、ものすごく眠いというふりをしたんだ。そしてそのあと、君は実際に眠り込んでしまった。私はそのように推測している。いいね。そして私はバルコニーに出る。死体はない。血のあとも見当たらない。もし死体があったら、私はそれを手すりの上からうまく突き落とすことができたかもしれない。かなり大変な作業になるが、ものを持ち上げるこつさえつかんでいれば、不可能ではない。しかしたとえよく訓練された六匹の象を使ったとしても、それを海の中に放り込むことまではできない。フェンスまでは十メートル以上あるし、それをクリアさせようと思ったら、相当勢いをつけて放り出す必要がある。男一人の体重を持つ物体をフェンスの向こうまで届かせるには、十五メートルは投げ飛ばさなくちゃならないだろう」

「だから私は嘘つきなんだって言ったでしょう」

「しかし君はなぜ嘘をつかなくちゃならなかったんだ？　真面目に話をしようじゃないか。もし実際に男が君の部屋のバルコニーで死んでいたとしよう。君は私にどうしてもらいたいと思う？　非常階段を使ってそれを下に降ろし、それを私の運転する車に積み込み、どこかの森に運んでいって、埋めてもらうことだろう。まわりに死体がごろごろ転がっているような場合には、時に応じて、腹を割って誰かに事情を打ち明ける必要があるものだ」

「あなたは私のお金を受け取った」と彼女は抑揚《よくよう》を欠いた声で言った。「私の共犯になったのよ」

「そうすれば、誰の頭が狂っているか発見できそうだったからね」

「あなたはそれを発見した。さぞやご満足でしょう」

「私は何ひとつ発見できなかった。君が誰かもまだわかっていない」

彼女は腹を立てた。「私は頭が変になっているんだって言ったでしょう？」、彼女は息せき切ってそう言った。「心配、怯え、お酒、睡眠薬――どうして私のことをそっとしておいてくれないの？　お金はあなたにあげるって言ったじゃない。それ以上の何がほしいの？」

「その代償として、私は何をすることを求められているんだ？」

「ただ受け取ればいいの」、彼女はにべもなくそう言った。「それだけのことよ。受け取って、どこかにさっさと消えちゃってちょうだい。なるべく遠くに」

「君には優秀な弁護士が必要なようだ」

「表現に誤謬《ごびゅう》があるわ」と彼女は嘲るように言った。「優秀な人間なら、弁護士なんてやっていない」

「なるほど。君はそういう方面でこれまでいろいろと痛い目にあってきたらしい。君の口から、あるいは他の誰かの口から、いつかその内容を知ることになるだろう。しかしそれでもなお、私としてはそう簡単にものごとをうっちゃってはおけないんだ。君はトラブルを抱え込んでいる。ミッチェルに起こったことを別にしても――もし何かが起こっていたとすればだが――君は弁護士を雇うに足るだけのトラブルを抱え込んでいる。君は名前を変えた。そうしなくてはならない理由を持ち合わせていたわけだ。ミッチェルは君の弱みをつかんだ。つまり彼もそれだけの理由を持ち合わせていたわけだ。ワシントンの法律事務所も君の行方を追っている。彼い、らもまたそうする理由を持っている。そして彼らに追跡を依頼した人物も、君の行方を追うための理由を持ち合わせている」

私はそこで話をやめ、彼女の顔をまっすぐ見た。暗さを増していく夕暮れの中で見定められる限りまじまじと。眼下の海は次第に群青色に染まっていったが、その色からミス・ヴァーミリアの瞳を思い出すことが、なぜか私にはできなかった。カモメの群れがずいぶん緊密な集団となって南に向けて飛んでいったが、それはノース・アイランド海軍航空基地でよく見受けられる整然とした隊列とは異なった種類のものだった。ロサンジェルスからの夕方の飛行機が左右の側灯をともしながら、海岸に向かって下降してきた。それから機体の下の点滅する光が通り過ぎ、飛行機は海の方に身を傾け、ゆっくりと気怠《けだる》く方向転換をし、リンドバーグ飛行場に向かった。

「そしてあなたはただのインチキ弁護士の手先ってわけね」と彼女は意地の悪い声で言って、もう一本私の煙草を手に取った。

「彼はそれほどインチキなわけではない。ただいささかがんばりすぎているだけだ。しかしそれは話の要点じゃない。弁護士を雇う費用くらい、君にとって大した出費ではなかろう。話の要点は特権と呼ばれるものにある。私立探偵は免許を受けていても、特権なんてものは与えられない。でも弁護士には——もし彼の関心が、彼を雇ったクライアントの利益と合致しているとすればだが——与えられる。そして仮に弁護士がクライアントの利益を護るために調査員を雇った場合、その調査員も同じく特権を持つことになる。それが探偵が特権を手にする唯一の方法になる」

「そしてあなたはその特権をどのように使えばいいのかを心得ている」と彼女は言った。「とりわけその弁護士が、私をスパイするためにあなたを雇っていたような場合にはね」

私は彼女の吸っていた煙草を取り、それを何度か吹かしてから、彼女に返した。

「わかったよ、ベティー。君の役には立てそうにない。私がどのように君のためを考えていたか、そんなことは忘れてくれ」

「言葉だけは立派よね。でも所詮は、私のために何かしたら、私からもっとお金をとれそうだっていうだけのことでしょう。あなただって他の連中と似たり寄ったりよ。あなたの煙草なんてほしくもないわ」。彼女はそれを窓から捨てた。「ホテルに連れて帰って」

私は車から降りて、煙草を脚で踏み消した。「カリフォルニアの山の中でそんなことをしちゃいけない」と私は彼女に言った。「たとえ山火事のシーズンではないとしてもだ」。私は車に戻り、キーを回し、スターターボタンを押した。バックで車を出し、ターンをし、カーブした道路を分岐点のあるところまで戻った。くっきりした白い線がカーブして消えているあたりの、一段高くなったところに小型車が駐まっていた。車の明かりは消えていた。誰も乗っていないのかもしれない。

私はオールズモビルのハンドルをぐいと切り、やってきた方向とは逆に向けた。そしてライトをハイビームに切り替えた。向きを変えるときに、ライトがそこにある車を舐めるように照らしていった。帽子がさっと顔にかぶせられたが、隠し方が遅かった。眼鏡と、肉付きの良い丸顔と、飛び出した両耳で、それがカンザス・シティーからやってきたロス・ゴーブル氏であることがわかった。

ライトでそれだけを見て取ってから、緩やかなカーブの坂道を下っていった。道路がどこに通じているのかはわからなかったが、このあたりの道路はどう転んでもいつか海に着くようになっている。道路の突き当たりはT字路になっていた。右に曲がって狭い通りを数ブロック進むと、大通りに出たので、また右に折れた。そして私はエスメラルダの中心地に向かっていた。

ホテルに着くまで、彼女は一言も喋らなかった。私が車を停めると、彼女はさっさと降りた。

「ここで待っているなら、お金をとってくるわ」

「我々は尾行されていた」と私は言った。

「なんですって?」、彼女は顔を半分こちらに向けたまま、ぴたりと立ち止まった。

「小型車だよ。山のてっぺんで私は大きくターンをした。ライトがそのとき車の中をさっと照らして、それでわかったんだ」

「誰なの？」、彼女の声は緊張を含んでいた。

「知るものか。きっとここで我々を見つけたんだろう。そうなれば、またここに戻ってくるさ。警官かもしれないってことはあるかな？」

彼女はその場に凍りついたように立ちすくみ、私を振り返っていた。ゆっくりと足を一歩踏み出したが、それから急にこちらに突進してきた。まるで私の顔を爪でかきむしろうとするかのように。それから私の両腕を摑み、私を揺さぶろうとした。口笛でも吹くように息をしていた。

「私をここから連れ出して。お願いだから、ここから連れ出してちょうだい。どこでもいいから、私を隠して。少しだけでも平穏な気持ちになりたい。尾行されたり、狩りたてられたり、脅かされたりしないところに連れて行って。とことんそうしてやるって彼は誓って言ったのよ。たとえ地の果てまでも、太平洋のいちばん辺鄙《へんぴ》な島までも、私を追い詰めてやると――」

「どれほど高い山の頂まで行こうと、どれほど人気《ひとけ》のない砂漠の真ん中に行こうと」と私は言った。「誰かさんはどうやら古風な小説を読みすぎたらしい」

彼女は両腕を下におろし、両脇でだらんとさせた。

「あなたはやくざな高利貸しほどの同情心も持ち合わせていない」

「君をどこに連れて行くつもりもない」と私は言った。「君を悩ませているものが何であれ、ここに留まって、それをしっかり受けとめるんだね」

私は振り向いて車に乗り込んだ。背後に目をやったとき、彼女は既にバーの入り口に入りかけているところだった。その足どりは素速かった。

16

もし私が少しでもまっとうな神経を持ち合わせていたなら、私は即刻荷物をまとめて家に帰り、彼女のことなんてそっくり忘れてしまったことだろう。自分がどの芝居の、どの幕の、どの役を演じるかを彼女が腹を決める頃には、私にとってはすべて手遅れになって、郵便局をうろうろしていたかどで逮捕される、みたいなことになっているはずだ。

私は煙草を吸いながら待った。ゴーブルと彼の薄汚い小さな車は、今にも姿を見せ、この駐車場に滑り込んでくるはずだった。彼はここで我々の姿を目にしたに決まっているし、となれば、我々がどこに行くかを確かめる以外に、わざわざあとをつける理由はあり得ない。

彼は姿を見せなかった。私は煙草を一本吸い終え、それを窓の外に捨て、バックでそこを出た。ドライブウェイを出て街に向かおうとしたとき、通りの反対側にゴーブルの車を見かけた。

車の左側の敷石にくっつけるように駐車している。私はそのまま前を通り過ぎて大通りを右折し、苦労しないであとをつけてこられるように、できるだけのんびりと運転した。一キロ半ほど進んだところに、「エピキュール」というレストランがあった。その店は屋根が低く、赤い煉瓦の壁で通りから隔てられており、バーがついていた。入り口は脇の方にあった。私は車を駐めて中に入った。まだ客はほとんど入っていなかった。バーテンダーはボーイ長と話をしており、ボーイ長はまだディナー・ジャケットも着ていなかった。彼は予約帳を載せた、お馴染みの高いデスクの前にいた。予約帳はページが開かれ、そこには名前がいくつか書き込まれていたが、どれも遅い時刻の予約だった。まだ宵《よい》の口だったので、テーブルをとることができた。

ダイニング・ルームは薄暗く、蠟燭の炎で照らされ、低い仕切りで二つの部分に区切られていた。三十人も客が入ったら、いかにも混んでいるように見えたことだろう。ボーイ長が私をテーブルまで案内し、キャンドルに火をつけた。ギブソン・ジンをダブルでと私は言った。ウェイターがやってきて、私の向かいに置かれたセットを片づけようとした。友人があとから来るかもしれないから、そのままにしておいてくれと私は言った。私はメニューを開いたが、それはダイニング・ルームに負けず劣らず広大な代物だった。もし興味があったとすればだが、それを読み通すには懐中電灯が必要だったはずだ。それほど照明を落とした店に入ったのは生まれて初めてだった。隣のテーブルに自分の母親が座っていてもたぶん気づかなかっただろう。

ギブソンが運ばれてきた。それがグラスの形をしていて、中に何かが入っているらしいということだけはわかった。一口試してみたが、悪い味ではなかった。そのときになって、ゴーブルが私の向かいの席に滑り込んできた。私に見える限りでは、彼は昨日とだいたい同じ格好をしていた。私はメニューをじっと睨《にら》み続けていた。なぜメニューを点字で印刷しないのだろう。

ゴーブルは手を伸ばして、氷水の入った私のグラスを取り、それを飲んだ。「あの娘をものにできそうかね？」と彼はさりげなく尋ねた。

「まだ何とも言えないな。どうして？」

「何のために山の上まで行ったんだ？」

「二人でいちゃつけるかなと思ったんだが、彼女はどうやらそういう気分ではなかったようだ。何が知りたいんだ？　君はミッチェルという男を捜しているものと思っていたんだが」

「面白いねえ。ミッチェルという名前のどこかの男。そんな名前は聞いたこともないとあんたは言っていたと思ったが」

「そのあとで耳にすることになった。目にもしたよ。彼は酔っぱらっていた。ぐでんぐでんに酔っていた。あやうく店から放り出されるところだった」

「とても面白いな」とゴーブルはあざ笑うように言った。「それでどうやってあんたは彼の名前を知ったんだ？」

「誰かがそういう名前で彼のことを呼んだからさ。どうだい、こいつは面白すぎるだろう?」

彼は嘲るように言った。「おれの仕事の邪魔はするなって言ったはずだぜ。あんたは今、実際におれの邪魔をしている。あんたのことは調べさせてもらった」

私は彼の顔に煙草の煙を吹きかけた。「もう少し気の利いたことを言えよ」

「タフってわけか」と彼はあざ笑うように言った。「おれはあんたよりでかいやつらの手足を引っこ抜いたことがあるぜ」

「二人名前をあげてみろよ」

彼はテーブルに身を乗り出したが、そのときにウェイターがやってきた。

「バーボンと普通の水をくれ」とゴーブルは彼に言った。「まともな本物の酒を頼む。バーで出す正体不明の安物はごめんだ。なめたことはするなよ。違いはちゃんとわかるんだから。それと瓶詰めの水だ。ここの水道水は飲めたもんじゃない」

ウェイターはただ黙って彼を見ていた。

「私はおかわりをもらおう」と言って、私はグラスを押しやった。

「今日は何がうまいんだ?」とゴーブルは訊いた。「おれはいちいち能書きを読んだりはしないんだ」。彼は馬鹿にしたようにメニューを指ではじいた。

「本日の特製料理《プラ・ドゥ・ジュール》はミートローフです」とウェイターは嫌みな声で言った。

「ふん、気取ったなりをしたクズ肉料理か」とゴーブルは言った。「ミートローフにしよう」

ウェイターは私を見た。私もミートローフにしよう、と私は言った。ウェイターは去っていった。ゴーブルは最初にちらりと後ろを振り向き、左右を素速く確かめてから、またテーブルの上に身を乗り出した。

「あんたはツキに見放されているぜ、フレンド」と彼はいかにも楽しそうに言った。「ちっともうまくいかなかっただろう」

「ほほう」と私は言った。「何がうまくいかなかったのかな？」

「おたくはツキに見放されているんだよ、フレンド。まったくひどいことになっている。潮目がぐっと悪くなっているみたいだ。足ひれとゴムのマスクをつけたアバローニ《あわび》採りの漁師が、岩に挟まれちまったみたいにな」

「岩に挟まれたアバローニ採りの漁師？」。冷ややかでひりひりとした感覚が背筋を降りていった。ウェイターが飲み物を持ってやってきたとき、思わずそれをひったくりそうになるのを私はなんとか抑えた。

「とても面白いねえ、フレンド」

「もう一度それを言ってみろ、そのグラスだかあんたの顔だか、どちらでもいい。粉々にしてやるからな」と私は声を荒らげた。

彼は自分のグラスを手に取り、それをすすり、味わい、言われたことについて考えを巡らせた。そしてこっくりと肯いた。

「おれはここに金を稼ぎに来たんだ」と彼は感慨を込めて言った。「面倒を起こそうと思って来たわけじゃない。面倒を起こしながら金を稼ぐわけにはいかないものな。手を汚さずにきれいに金を稼ぐ、こいつに限るよ。言ってることはわかるな?」

「君にとってはどうやら新しい体験みたいだな」と私は言った。「どちらの点においても。ところでそのアバローニ採りの漁師ってのは、いったいどういうことなんだ?」、私は声を冷静に抑制していたが、それには努力を要した。

彼は身を後ろに引いた。私の目は今ではもう暗さに慣れていた。彼の丸顔がいかにも愉快そうな表情を浮かべていることが見て取れた。

「からかっただけさ」と彼は言った。「アバローニ採りの漁師のことなんて、おれは何も知らない。アバローニと発音することすら、昨日知ったばかりだ。それがどういうものなのかも知らん。それにしても、ものごとはいささかけったいな様相を呈している。ミッチェルの行方がわからないんだ」

「やつはホテルに住んでいるよ」、私はまた酒を一口飲んだ。ごく控えめに。今は気をひきしめなくてはいけない。

「やつがホテル暮らしをしていることは知っているよ、フレンド。おれがわからんのは、今どこにいるかということだ。とにかく自分の部屋にはいない。ホテルの従業員もやつの姿をとんと見かけとらねえんだ。あんたとあの娘がそのことについて何か知っているんじゃないかと踏んだんだ」

「あの娘は頭のねじがちょっと外れかけているんだ」と私は言った。「彼女には関わり合いにならない方がいい。それからエスメラルダでは人は『見かけとらねえんだ』なんて言い方はしない。そういうカンザス・シティー風のくだけた言い方は、ここじゃ風俗紊乱《びんらん》罪に問われかねないぞ」

「くだらねえ。正しい英語のしゃべくり方を教えてもらいたくなっても、誰がカリフォルニアの二流安物探偵のところになんて行くもんかい」。彼は後ろを向いて「ウェイター!」と叫んだ。

いくつかの顔が不快の色を浮かべて、彼を見た。少しあとでウェイターがやってきて、他の客たちと同じ表情を浮かべてそこに立った。

「もう一杯くれや」とゴーブルは言って、自分のグラスに向かってぱちんと指を鳴らした。

「私に向かっていちいち怒鳴る必要はありません」とウェイターは言った。彼はグラスを持っていった。

「おれがサービスを求めるときはな」とゴーブルはウェイターの背中に向かって叫んだ。「混じり気なしのサービスがほしいんだよ」

「メチル・アルコールの味がお気に召すといいね」と私はゴーブルに言った。

「あんたとおれとは存外うまくやっていけるかもしれんな」とゴーブルは面白くもなさそうに言った。「もしあんたが脳味噌をちびっとでも持ち合わせていればってことだが」

「そしてもし君が少しなりともマナーを身につけ、身長があと十五センチほど高く、別の顔と違う名前を持っていて、ここにはおれくらいタフなやつはいないというようなふりをやめてくれたらだが」

「くだらん与太はよしにして、ミッチェルの話をしようじゃないか」と彼はぶっきらぼうに言った。「それからあんたがドライブに連れ出して、口説き損ねたおねえちゃんのことと」

「ミッチェルは彼女が列車の中で出会った男だ。君が私に与えたのと同じ効果を、彼は彼女に与えた。この人とは正反対の方向に旅をしたいという、激しい情熱が彼女の中にかきたてられた」

しかしいくらそんな皮肉を言ったところで、所詮は時間の無駄だった。この男は私の曾祖父の父親と同じくらい痛みを感じないのだ。

「それで」と彼は小馬鹿にしたように言った。「あの娘はミッチェルとは列車の中で出会ったが、別に彼に気持ちを惹かれたわけではなかった。だから途中であんたに乗り換えたってか？ あんたは実に具合のいいときに近くにいたものだな」

ウェイターが料理を運んできた。そして優雅に料理を並べていった。野菜、サラダ、そしてナプキンに包まれた温かいロールパン。

「コーヒーはどうなさいますか？」

もっとあとでもらうと思うと私は言った。ゴーブルはもらうと言い、酒のお代わりはどうなったのかと尋ねた。今お持ちするところです、とウェイターは言った。のんびり貨物列車に載せて、と言いたそうな声だった。ゴーブルはミートローフを一口食べて驚いたようだった。

「うん、こいつはうまい」と彼は言った。「なんでこんなに客が少ないんだ？ てっきり不人気な店なんだと思ったぜ」

「時計を見ろよ」と私は言った。「もっと遅い時刻にならないと店は混まない。そういうタイプの街なんだ。それにシーズンオフだしな」

「もっと時刻が遅くならないと、というのは確かだ」と彼はがつがつと食べながら言った。「もっともっと遅くならないとな。ときには午前二時か三時ってこともある。そういう時刻に人は友だちのところを訪問するんだ。あんたはランチョに泊まっていたんだよな、フレンド」

私は無言のまま彼を見ていた。

「もっと詳しく説明しなくちゃならんかな、フレンド？　おれは仕事となるとずいぶん遅くまで働くんだよ」

　私は何も言わなかった。

　彼は口もとを拭った。「さっき岩に挟まった男の話をしたとき、あんたの顔色が変わったな。それともおれの見間違いだったかな？」

　私は返事をしなかった。

「オーケー、好きに黙ってろや」とゴーブルは嘲るように言った。「おれたちはたぶん二人で組んで、ちょっとした仕事ができると思うんだ。あんたはがたいもでかいし、強いパンチをくらっても平気だろう。しかし何にもわかっちゃいない。この商売に必要とされるものがひとつも具《そな》わっていない。おれが住んでいるところじゃ、生き残るためには脳味噌ってものが必要とされる。ここじゃあんたらはただ気楽に日焼けをして、シャツの襟をはだけてりゃそれで済む」

「提案を聞こうじゃないか」と私は歯の隙間からじわりと声を出した。

　彼はそれだけべらべらと喋りながらも、食べるのは早かった。料理の皿を脇に押しやり、コーヒーを少し飲んだ。そしてチョッキから爪楊枝を取りだした。

「ここは金持ちの街だ、フレンド」と彼はゆっくりと言った。「おれはいろいろと調べてみた。

しこたまお勉強をしたわけさ。いろんな連中から話も聞いた。話によるとこの街は、美しく緑なす我らがこの国に残された、金があるだけでは十分じゃない数少ない場所のひとつであるそうだ。エスメラルダにあっては、人はどこかに所属しなくてはならない。さもなくば存在しないも同然だ。もし人がどこかに加わり、みんなに招待され、有力者と知り合いになりたいと思ったら、人はしかるべき階級《クラス》に属している必要がある。カンザス・シティーで、ちっといかがわしい稼業で五百万ドルばかり儲けて、この街に移り住んだやつがいる。彼はまとまった土地を買い上げてそれを細かく分割し、そこに住宅を建設し、街の中でも有数の高級住宅地をこしらえた。それでも彼は『ビーチクラブ』の会員にはなれなかった。誰も彼を勧誘してくれなかったからさ。だから彼はそのクラブを買い取った。みんなは彼の素性を知っていた。寄付金集めのキャンペーンのときなんかは、たくさん金を出させた。行政サービスは受け、きちんと料金は払う堅実な良き市民だ。しかし大きなパーティーを催しても、やってくるのはよその街の連中ばかりだ。地元の客といえば、たかり屋か、評判のよろしくない連中か、金の匂いのするところならどこにでも喜んで顔を出すような屑ばかり。街の上流の連中は決してやってこない。彼らにとっては、彼はただの黒んぼ《ニガー》なのさ」

長いスピーチだった。語りながら、彼はときおり私の顔をちらちらと見た。また店の中に素速く視線を走らせた。そして爪楊枝を使いながら、気持ちよさそうに椅子の中で身体を前後に揺らせていた。

「その男はさぞかし悔しかったことだろう」と私は言った。「その金の出どころがどうしてばれたんだ？」

ゴーブルは小さなテーブルの上に身を乗り出した。「財務省のさる高官が毎年春に、この街に休暇を過ごしにやってくるんだ。彼がたまたまそのミスタ・リッチの姿をここで見かけ、ああ、あの男じゃないかということになった。そして彼の素性をみんなにばらした。それで彼の胸が痛まなかったとでもあんたは思っているのか？　もしそうだとしたら、一財産築いて一目《いちもく》置かれる存在になりたいと切望しているやくざものの気持ちが、あんたには理解できていないということになるな。心の中では血の涙を流しているんだよ、フレンド。いくら札束を積んでも手に入らないことがあると知って、それこそ身を切られるような思いをしているよ」

「どこでその話を仕入れたんだ？」

「おれは頭が切れるし、あちこちに顔を出して、いろんなことを発見する」

「ただひとつのことを別にしてな」と私は言った。

「なんだ、それは？」

「言っても君にはわかるまい」

ウェイターが遅くなったゴーブルのお代わりのグラスを持ってやってきた。料理の皿を下げ、メニューを差し出した。

「おれはデザートはとらないことにしている」とゴーブルは言った。「失せな」

ウェイターは爪楊枝に目をやった。そして素速く手を伸ばし、ゴーブルの指のあいだから爪楊枝を取り上げた。「うちには化粧室があります」と彼は言った。そして爪楊枝を灰皿に落とし、灰皿を下げた。

「ほらな、言っただろう」とゴーブルは私に言った。「階級《クラス》ってやつだ」

チョコレート・サンデーとコーヒーをもらおう、と私はウェイターに言った。「それからこちらの紳士には勘定書を」と付け加えた。

「かしこまりました」とウェイターは言った。ゴーブルはひどく嫌な顔をした。ウェイターは引き下がった。私はテーブルの上に身を乗り出し、声をソフトに抑えて言った。

「この二日のあいだに会った人間の中では、君はいちばんの嘘つきだ。そして私はまた数人の美女にも出会った。私が思うに、君はミッチェルになんて何の関心も抱いていない。昨日まで君は彼に会ったこともなければ、名前を耳にしたこともなかったはずだ。昨日になって、彼を話のだしに使おうと思いついたのだろう。君は娘を尾行するように命じられたし、誰がそれを命じたかを私は知っている。誰がその陰にいるのかまではわからないが、直接の依頼主が誰かはわかっている。どうして彼女が監視されていたかも知っているし、彼女が監視を解かれるためにはどのようにすればいいのかも知っている。もし君がもっとすごい手札を持っているのなら、今ここでさっさと出してしまった方がいいぜ。明日になってからではもう遅すぎるからな」

彼は椅子を後ろに押しやって立ち上がった。彼は畳まれてくしゃくしゃになった札をテーブルに放り出した。そして冷ややかな目で私を見た。

「口ばかり達者で、脳味噌が足りねえな」と彼は言った。「そういうのは木曜日のゴミ収集のときまでとっとくといいや。あんたは何ひとつわかっちゃいないんだよ、フレンド。そしてこの先、何かがわかるって見込みもまずなさそうだ」

彼は首を喧嘩腰にぐいと前に突き出すようにして歩き去った。

私はテーブル越しに手を伸ばし、ゴーブルが放り投げていった畳まれたくしゃくしゃの札を取った。予想したとおりそれはしがない一ドル札だった。下り坂でも時速七十キロ出るか出ないかというようなおんぼろ車に乗る人間が入る店といえば、土曜日の夜には客が奮発して八十五セントの「特製ディナー」をとるような安食堂と相場が決まっている。

ウェイターが音もなくやってきて、勘定書を私の前に置いた。私は勘定を支払い、ゴーブルの一ドル札をチップの皿に載せた。

「ありがとうございます」とウェイターは言った。「あの人は本当にあなたの親しいお友だちなんですか？」

「親しいというのはなかなか含蓄ある言葉でね」と私は言った。

「あの人は懐がお寒いのかもしれない」とウェイターは呑み込んだ言い方をした。「この街の売りのひとつは、ここで働いている人間にはここに住むような経済的余裕はないということです」

店を出ていくとき、全部で二十人ほどの客がいた。人々の声が低い天井にぶつかって響き始めていた。

17

ガレージに通じる傾斜路は朝の四時に見たときとまったく変わりなかったが、カーブを曲がって歩いていくと、水を撒《ま》く音が聞こえた。ガラスのはまった箱形のオフィスは無人だった。誰かがどこかで車を洗っているらしい。しかしそれは駐車係ではあるまい。エレベーター乗り場に通じるドアのところまで歩き、そのドアを開けたまま手でおさえていた。背後のオフィスのブザーが鳴った。私はドアを閉め、その外に立って人が来るのを待った。白い長いコートを着た痩せた男が、角を曲がってやってきた。眼鏡をかけ、冷えたオートミールのような肌の色に、落ちくぼんだ疲れた目をしていた。彼の顔にはどことなくモンゴル人のような雰囲気があった。いくらか「国境の南」っぽく、いくらかインディアンっぽい。しかし肌の色はそれよりも濃い。狭い頭頂部に黒髪がぺたりとくっついていた。

「お車をお探しですか？　お名前は？」

「ミッチェルさんの車はここにあるかな？　ツートーンのビュイックのハードトップだが」

彼はすぐには返事をしなかった。彼の目は眠り込んでいた。前にも同じ質問をされていたらしい。

「ミッチェルさんの車は朝早く出ていったよ」

「何時頃に？」

彼は緋色の書体で縫い込まれたホテルの名前の上にあるポケットに手を伸ばし、そこにクリップでとめたペンシルを取った。そしてそれを眺めた。

「七時のちょっと前だね。七時のあがりだったから」

「君は十二時間シフトで働いているのかな？　今はまだ七時を少し回ったばかりだけど」

彼はペンシルを元に戻した。「八時間シフトで働いている。ただ交代することもあるんだ」

「じゃあ昨日は、夜の十一時から朝の七時まで働いていたということかな？」

「そのとおりだよ」。彼は私の背後のずっと先にある何かを見ていた。「今は勤務時間外なんだ」

私は煙草の箱を取り出し、彼に一本勧めた。

彼は首を振った。

「オフィス以外のところで煙草を吸ってはいけないという決まりになっているものでね」

「でもパッカード・セダンの後部席でならかまわない？」

彼の右手がぎゅっと丸められた。まるでナイフの柄を摑むみたいに。

「供給は足りているかね？　何か入り用なものは？」

彼はじっと私の顔を見た。

「君はそこで『供給って何のことだ？』と言わなくちゃならないんだ」と私は彼に言った。

彼は返事をしなかった。

「そして私はこう言ったことだろう。煙草の話をしているんじゃないぜ、と」。私は楽しげに続けた。「蜂蜜を浸ませて味付けしたやつのことだよ」

我々の視線はぴたりと合い、そのまま離れなかった。やがて彼はそっと口を開いた。「おたくは売人なのか？」

「もし君が今朝の七時にちゃんと仕事をしていたとしたら、よほど醒《さ》め方が素速かったということになるな。何時間もすっかり意識を失っているみたいに見えたぜ。あんたにはきっと脳内時計みたいなのが具わっているんだろう。エディー・アーカロみたいにな」

「エディー・アーカロ」と彼は繰り返した。「ああ、騎手のことだな。彼は脳内時計が具わっているのか？」

「そういう話だ」

「おれたちは取り引きができるかもしれない」と彼は力のない声で言った。「値段を言ってくれ」

オフィスのブザーが鳴った。私はエレベーターがシャフトを降りてくる音を潜在意識下で聞いていた。ドアが開いて、ロビーで手を取り合っているのを見かけた若いカップルが降りてきた。娘はイブニング・ドレスを着て、青年はタキシードを着ていた。彼らはこっそりキスしているところを見つかった二人の子供のような感じで、並んで立っていた。駐車係は彼らの姿を見ると、すぐに行って車のエンジンをかけ、運んできた。素敵なクライスラー・コンバーティブルの新車だった。男は娘に注意深く手を貸して、車に乗せた。まるで既に妊娠しているみたいに。駐車係はそこに立ってドアをおさえていた。男は運転席の方にまわってきて、駐車係に礼を言って、車に乗り込んだ。

「『グラス・ルーム』まではずいぶん距離があるのかな?」と彼は自信なげに尋ねた。

「いいえ、そんなに遠くはありませんよ」と言って、駐車係は二人にそこまでの道筋を教えた。

男は微笑んで礼を言い、ポケットに手を伸ばし、一ドル札を駐車係に渡した。

「玄関まで車をお回しすることもできるんですよ、ミスタ・プレストン。電話でそう申しつけていただければ」

「どうもありがとう。でもそれには及ばないよ」と男は慌てて言った。そして注意深く車で傾斜路を上っていった。クライスラーは排気音を響かせながら去っていって、やがて姿を消した。

「新婚旅行か」と私は言った。「微笑ましいね。あまりじろじろと見られたくないみたいだ」

駐車係は再び私の正面に立ち、前と同じ表情の目で私を見た。

「我々のあいだには微笑ましいものなんて見当たらないようだが」と私は言い足した。

「もしおたくが警官なら、バッジを見せてもらいたい」

「私が警官に見えるかい？」

「しつこく嗅ぎまわるところがな」、何ごとも彼の声の調子を変化させることはできなかった。それはずっとBフラットに固定されていた。まさにジョニー・ワン・ノート（一本調子のジョニー。一九三〇年代のヒット・ソングのタイトル）というところだ。

「ああ、しつこく嗅ぎまわるのが商売でね」と私は言った。「私は私立探偵だ。昨夜ここまで人を尾行してきた。そして君はそのパッカードの中にいた」、私は車を指さした。「ちょっとドアを開けてみると、マリファナの匂いがぷんぷんした。たとえここから四台のキャディラックを盗み出しても、君は寝返りひとつ打たなかったろうな。しかしそれはあくまで君の問題だ」

「今日の話をしているんだ」と彼は言った。「昨日のことなんぞどうでもいい」

「ミッチェルは一人で出ていったのか?」

彼は肯いた。

「荷物はなし?」

「九個もあったよ。積み込むのを手伝った。チェックアウトしたのさ。それで満足したか?」

「オフィスに確認したのか?」

「勘定書を見せてもらった。全額支払い済みで、受領印が押してあった」

「なるほど。しかしそれほどの数の荷物があったら、当然ボーイがついてきただろう」

「エレベーター係の小僧だけさ。朝の七時半まではボーイはいないんだ。何しろ夜中の一時だったしな」

「どのエレベーター係だ?」

「チコって名前のメキシコ人の小僧だ」

「あんたはメキシコ人じゃないのか?」

「おれは中国人とハワイ人とフィリピン人と黒人《ニガー》の血が混じっている。おたくだって、そんなものになりたかないだろうよ」

「もうひとつだけ質問がある。いったいどうやってごまかしているんだ? つまり、マリファナを吸っていることを」

彼はあたりを見回した。「おれは本当にとことん落ち込んだときしか、あれをやらないんだ。それがあんたにどんな迷惑をかけるっていうんだ？　それが誰かにどんな迷惑をかけるっていうんだ？　あるいはおれは捕まって、このろくでもない職をなくすかもしれない。檻にぶちこまれるかもしれない。あるいはおれは、これまでずっと檻の中で人生を過ごしてきたのかもしれない。檻を抱えて生きてきたのかもしれない。それで満足したかね？」。彼は多くを喋りすぎていた。落ち着きのない神経を抱えた人間は往々にして口数が多くなりすぎる。ずっと一音節しか口にしないかと思うと、突然洪水のように喋り始める。低い、いかにもくたびれた一本調子の声はなおも続いた。

「おれは誰かに対して腹を立てているわけじゃない。おれは生きている。おれは飯を食う。ときには眠りもする。一度おれの暮らしぶりを見に来るといいさ。おれの住まいは古い木造住宅を改修した木賃宿《きちんやど》だ。ポルトンズ・レーンというところにあるんだが、小路《レーン》というよりは裏通り《アレー》という方があっているな。エスメラルダ金物店のすぐ裏手だよ。外便所で、台所のブリキの流し台で身体を洗わなくちゃならない。寝るのはスプリングの壊れたソファの上。何もかもが二十年くらい使い込まれた年代物だ。ここは金持ちの街だ。おれの暮らしを見に来るといい。金持ちがその小屋の持ち主さ」

「あんたの話したミッチェルの情報には、ひとつだけ足りないものがある」と私は言った。

「なんだ、それは？」

「真実だよ」

「ソファの下を探してみよう。多少の埃《ほこり》をかぶっているかもしれんがね」

上の方から傾斜路を降りてくる車の荒々しい騒音が聞こえた。彼は振り向いて行ってしまい、私はドアを抜けて、エレベーターのボタンを押した。駐車係は奇妙な男だった。どこまでも風変わりだ。しかしそれなりに興味深くはある。どことなく悲しげでもある。悲しげなのと同時に、途方に暮れているようでもある。

エレベーターはずいぶん長くやってこなかった。そしてそれを待っているあいだに、私には連れができた。身長百九十センチ近く、ハンサムで健康そうな男性、その名はクラーク・ブランドンだ。彼は革のウィンドブレーカーの下にロールカラーの分厚い青いセーターを着て、古いコーデュロイの膝丈までのズボンをはいていた。そして靴は、荒れた土地で仕事をする技師か測量士が履くような、丈の高い編み上げブーツだった。彼は石油掘削チームのボスのように見えた。あと一時間ほどすれば、彼はディナー・ジャケットに身を包んで「グラス・ルーム」にいることだろう。まず間違いなく。そしてそこでもまた彼はボスのように見えるだろうし、また実際にボスなのだろう。金はうなるほどあるし、健康もうなるほどあるし、その双方から最良のものを引き出すだけの時間もたっぷりある。そしてどこに行っても、そこは彼の所有する場所なのだ。

　彼は私をちらりと見て、私が先にエレベーターに乗り込むのを待った。エレベーター係の少年は彼を見て最敬礼した。彼は肯いた。我々はどちらもロビー階で降りた。ブランドンはまっすぐデスクまで行って、そこにいたフロント係から大きな笑みを引きだした。見かけたことのない新しい顔の男だ。そしてフロント係は手紙を一束、彼に差し出した。ブランドンはカウンターの端っこで身をかがめるようにして、封筒をひとつひとつ手で開封して、片端から足もとにあるゴミ箱に捨てていった。ほとんどの手紙がゴミ箱への道を辿った。旅行案内のフォルダーを並べたラックが近くにあった。私はひとつを手に取り、煙草に火をつけ、それに目を通した。

　一通の手紙が彼の関心を惹いたようだった。彼はそれを何度か読み返した。見たところそれは短い手紙で、ホテルの便箋に手書きで書かれていた。しかし彼の肩越しに覗き込みでもしない限り、内容まではわからない。彼はその手紙を手にそこに立っていた。それからゴミ箱の上にかがみ込んで、そこから封筒をひとつ拾い上げ、仔細《しさい》に点検した。手紙をポケットに入れ、デスクに沿って移動した。そしてフロント係にその封筒を差し出した。

「これは手渡しで持ち込まれたものだ。これを持ってきた人物を君は見たかな？　私はこの人物に覚えがないようなんだが」

フロント係はその封筒を見て肯いた。「はい、ミスタ・ブランドン、私が勤務に就いてから、一人の男がこれを持ってきました。眼鏡をかけた小太りの中年男です。グレーのスーツにトップコート、そしてグレーのフェルト帽という格好でした。地元の人間じゃありません。あまりぱっとしない感じです。なんてことのない男で」

「私が在室かどうか尋ねたかい？」

「いいえ、これをあなた様のボックスに入れておいてくれと言われただけです。何か不都合なことでも、ミスタ・ブランドン？」

「頭のピントがずれているように見えなかったか？」

フロント係は首を振った。「さっき申し上げたとおりです。なんてことのない男でした」

ブランドンはくすくす笑った。「その男は五十ドルで、私をモルモン教の僧正に仕立て上げたがっている。どう考えても頭がずれている」、彼は封筒をカウンターから取って、それをポケットに入れた。振り向いて行きかけて、ふと思いついたように言った。「ラリー・ミッチェルを見かけたかね？」

「勤務に就いてからはお見かけしていません、ミスタ・ブランドン。しかし私がここに来たのは、つい二時間前のことですので」

「ありがとう」

ブランドンはエレベーターの方にまっすぐ歩いていって、それに乗り込んだ。エレベーター係は満面の笑みを浮かべ、ブランドンに何かを言った。ブランドンはそれには返事をせず、見向きもしなかった。少年は傷ついたような顔をして、エレベーターのドアを閉めた。ブランドンは顔をしかめていた。顔をしかめていると、彼はそれほどハンサムには見えなかった。

私は旅行案内のフォルダーを棚に戻し、フロント・デスクに行った。フロント係は興味なさそうに私の顔を見た。私が宿泊客ではないことを見抜いた視線だ。「イエス・サー？」

白髪頭の男で、悠然とした態度を保っていた。

「ミスタ・ミッチェルを訪ねてきたのだが、今君が言ったことが聞こえた」

「館内電話があちらにございます」と彼は顎でそちらを示した。「交換手が部屋におつなぎします」

「さあ、どうだろう」

「と申しますと？」

私は名刺入れを取り出すために、上着の前を開けた。私の脇の下にある拳銃の丸い銃把を見て、彼の目が凍りつくのがわかった。私は名刺入れから名刺を一枚出した。

「おたくの専属探偵と話をした方がいいかもしれないな。もしそういう人間がいるとすればだが」

彼は名刺を手に取り、読んだ。そして顔を上げた。「メイン・ロビーでお掛けになってお待ちください、ミスタ・マーロウ」

「ありがとう」

私が振り向いてデスクを離れる前に、既に彼は電話に向かっていた。私はアーチをくぐり、デスクが目に入る席に壁を背中にして座った。それほど長く待つ必要はなかった。

男はまっすぐでいかつい背中を持ち、まっすぐでいかつい顔をしていた。決して日焼けすることのない種類の肌だ。それはただ赤くなり、それからまた青白い色に戻るだけだ。髪は前を膨らませたオールバックで、おおむね赤毛に近いブロンドだった。彼はアーチのところに立って、ロビーにゆっくりと視線を走らせていた。私を見たが、他の誰かを見るのと同じくらいの時間しかかけなかった。それから彼はこちらにやってきて、私の隣の椅子に腰を下ろした。茶色のスーツに、茶色と黄色のボウタイというなりだった。服は身体にきちんと馴染んでいた。両頰の上の方にブロンドの産毛《うぶげ》が見えた。髪には白髪が装飾音のように混じっていた。

「私の名前はジャヴォーネン」と彼は私の顔を見ずに言った。「あんたの名前は知っている。ポケットにあんたの名刺が入っている。どういうご用向きかな？」

「ミッチェルという男だよ。彼を捜している。ラリー・ミッチェル」

「なぜ彼を捜しているのだろう？」

「仕事だよ。私が彼を捜してはいけないわけが何かあるのかな？」

「そんな理由はない。彼は街を出ている。今朝早く出て行ったんだ」

「そう聞かされたよ。しかしなんだか割り切れないんだ。彼は昨日戻ってきたばかりだ。スーパーチーフでね。ロサンジェルスで自分の車をピックアップして、ここまで運転してきた。そしてまたオケラだった。夕食代もねだらなくてはならなかったくらいだ。彼は『グラス・ルーム』である若い女性と夕食を共にした。彼はずいぶん酔っぱらっていた。あるいは酔っぱらったふりをしていた。そのおかげで勘定を払わずに済んだ」

「彼はここではサインで勘定を済ませることができるよ」とジャヴォーネンは興味なさそうに言った。彼の両目はロビーをちらちらと見回し続けていた。まるでカナスタをやっているじいさんの一人がやおら拳銃を取りだして自分のパートナーを撃ち殺したり、大きなジグソー・パズルをやっているばあさんの一人が髪の毛を引っこ抜き始めるのを待っているみたいに。彼の顔には二つの表情しかなかった。いかついか、あるいは一層いかついかだ。「ミスタ・ミッチェルはエスメラルダではよく知られた人物だからね」

「ああ、しかしあまり良い意味ではなくね」

彼は顔をこちらに向け、すさんだ目で私を見た。「私はここで副支配人を務めているんだ、マーロウさん。そして警備担当も兼ねている。ホテルの宿泊客の評判についてあんたと語り合うことはできない」

「そんなことをする必要はない。私はそれを既に知っているから。ほうぼうでその話は耳にした。私はまた彼の実際の行動を目にしてきた。昨夜彼はある人物に金をせびり、十分な額を手に入れて街を離れた。荷物をまとめて出て行った、というのが私の得た情報だ」

「誰がその情報をあんたに与えたのかな？」、そう質問する彼の顔はタフに見えた。

私も質問に答えないことで、タフに見せようと努めた。「それに加えて、君に向けて三つの推測をしたいと思う」と私は言った。「第一に、彼のベッドには横になった形跡がないはずだ」と私は言った。「第二に、今日のある時点で、彼の部屋が引き払われているという報告がオフィスに入ったはずだ。第三に、君のところで夜間勤務をしている従業員の一人が、今夜は仕事に顔を出さないだろう。ミッチェルは誰かの助けなしに、自分の荷物を全部運ぶことはできなかっただろうから」

ジャヴォーネンは私を見た。それからまたなめ回すようにロビーの様子をうかがった。「あんたがその名刺どおりの人物だと裏付けるものがあるかな？　名刺なんぞいくらでも作れるからな」

私は札入れを取りだし、そこからライセンスの写真コピーを出して彼に渡した。彼はそれをちらりと見て、私に返した。私はそれを札入れに戻した。

「我々は、宿代を払わずに逃げた連中を追う自前の組織を持っている」と彼は言った。「そういうことはどんなホテルでも起こり得るからね。あんたの助けは必要としない。そして我々は銃を持った人間にロビーをうろついてもらいたくない。フロント係がそれを目にした。他の人間もそれを目にするかもしれない。九ヵ月前にここで拳銃を使った強盗未遂事件があってね。犯人の一人は死んだ。私がその男を撃ったんだよ」

「その話は新聞で読んだ」と私は言った。「そのあとしばらく何日も怯えて暮らしたものだ」

「あんたが新聞で読んだのは事実の一部に過ぎない。事件の次の週、我々は四千から五千ドルぶんの営業収入を失うことになった。投宿していたお客が次々にホテルを出ていった。言いたいことはわかるだろう」

「私が銃の握りをフロント係に見せたのは意図してのことだ。私は一日かけてミッチェルの行方を訊いて回った。でも体よくたらい回しされただけだった。もしある男がホテルをチェックアウトしたというだけなら、そう言えばいいだけじゃないか。彼は勘定を払わずにずらかりました、なんて言う必要はないんだ」

「彼が勘定を払わずにずらかったなんて誰も言っておらんよ、ミスタ・マーロウ。彼の勘定は全部支払われている。だとしたら、どういうことになるのだろう？」

「じゃあ、彼がチェックアウトしたことがなぜここまで秘密にされるのだろうと、ただ首をひねるだけさ」

彼は人を馬鹿にしたような顔をした。「そんなこと、誰も秘密になんかしていないさ。あんたはどうも人の話をきちんと聞いていないみたいだ。彼は街を出て旅行中だと言ったんだ。そしてホテルの勘定は全部きっちり支払われている、とね。どれほどの荷物を彼が持っていったか、そんなことは言っておらんよ。部屋を引き払ったとも、持ち物を残らず持っていったとも、まったく言っていない……。あんたはいったい何を暴き立てようとしているんだ？」

「誰が彼の勘定を支払ったんだろう？」

彼の顔は少しばかり赤らんだ。「いいか、あんた、本人がそれを支払ったと私は言った。昨夜、自分自身でね。それまでのぶん全額と、それからあと一週間ぶんを前払いだ。ずいぶんあんたに辛抱強く付き合ってきた。だから今度はあんたの話を聞かせてもらおう。いったい何を腹に抱えているんだ？」

「何も抱えてなんてないさ。さっきから君は、私を説き伏せようとやっきになっている。どうして彼がこれから先一週間ぶんの前払いをしたのか、私としてはその理由が知りたいね」

ジャヴォーネンは微笑んだ。とてもうっすらと。それは微笑みの手付け金と呼んでもいいような類のものだった。「いいか、マーロウ。私は陸軍情報部に五年勤務した。私は人を見定めることができる。つまりたとえば、我々が今話題にしているような人物をね。彼が前払いをするのは、そうすれば我々がより幸せな気分になれるからだ。そうすることでいろんなことが落ち着くわけだよ」

「前にも前払いをしたことはあるのかな？」

「おい、いいか……！」

「気をつけた方がいい」と私は口を挟んだ。「ステッキをついた老人が君の反応を見守っているぞ」

彼はロビーの真ん中あたりにいる痩せた、血の気のない老人に目をやった。老人は背中が丸く詰め物をされた、とても低い椅子に座っていた。その顎は手袋をした両手の上に置かれ、手袋をした両手はステッキの握りの上に置かれていた。彼は瞬きひとつせずに我々の方を見ていた。

「ああ、彼か」とジャヴォーネンは言った。「あの男にはここまでは見えないよ。八十歳なんだ」

彼は立ち上がって私に顔を向けた。「よろしい、あんたはだんまりを決め込んでいる」と彼は静かな声で言った。「あんたは私立探偵で、依頼人がいて、指示を受けている。私の関心はホテルの治安を護ることだけだ。今度ここに来るときは拳銃は家に置いてきてくれ。何か質問があるなら、私のところに直接来てくれ。従業員に訊いて回るんじゃない。何かと噂になるし、我々はそういうのを好まない。あんたが我々に厄介をかけているとひとこと言えば、ここの警察はあんたに対してそれほど友好的にはならないだろうな」

「出て行く前にここのバーで一杯飲んでいってかまわないかな？」

「上着のボタンはきちんとかけておいてくれ」

「陸軍情報部に五年も勤務すれば、ずいぶんたくさんの経験をするんだろうね」と私は言って、いかにもという敬意の念を浮かべて彼を見た。

「これ以上はいらんというくらいな」。彼は肯き、アーチをくぐってゆっくりと歩き去った。背中をまっすぐにし、肩をぐいと寄せ、顎を引いていた。すらりと痩せて、引き締まった体型を保っている。見応えのある人物だ。彼は私をまさにからからにしてしまった。私の営業用名刺に印刷されているすべてを絞り尽くしたみたいに。

それから私は、ロビーの低い椅子に腰掛けた老人が、手袋をはめた手をステッキの握りから持ち上げて、私に向けて指を一本、招くように曲げていることに気づいた。私は自分の胸を指さし、私のことかと尋ねた。老人は肯いた。私はそちらに行ってみた。

彼は確かに年老いていた。しかし衰弱しているわけではなかったし、ぼけているという気配もまるで見えなかった。白髪はきれいに分けられ、鼻は長く鋭く、血管が浮いていた。色褪せたようなブルーの瞳は、鋭さをまだしっかり残していたものの、瞼《まぶた》がそこに気怠く垂れかかっていた。耳の片方には補聴器のプラスチックのボタンがついていた。補聴器は耳と同じ、灰色がかったピンク色をしていた。手にはめたスエードの手袋は手首のところが折られていた。よく磨かれた黒い靴の上に、灰色のスパッツをつけていた。

「そこにお座りなさい、お若い方」。その声は細く乾いて、笹の葉のようにかさかさという音を立てていた。

私は彼の隣に腰を下ろした。彼は口に微笑を浮かべつつ私を熟視した。「我らが素晴らしきジャヴォーネン氏は陸軍情報部で五年を過ごした。そのことは聞いただろうね、言うまでもなく」

「イエス・サー。ＣＩＣは陸軍情報部のひとつの機関です」

「陸軍情報部《ミリタリー・インテリジェンス》なんていうのは内的誤謬を含んだ表現じゃないかね。それで君は、ミスタ・ミッチェルがどうやってホテルの勘定を払ったかに興味を持っておるんだね？」

私はまっすぐ彼の顔を見た。そしてその補聴器に目をやった。彼は胸のポケットをとんとんと叩いた。「こういうものが発明される前から、私はほとんど耳が聞こえなかった。フェンスの前でハンター種の馬が立ち往生したおかげでな。それは私自身の過失だった。ジャンプさせるタイミングがちと早すぎたんだ。私もまだ若かったし、ラッパ型の補聴器なんて使いたくはなかった。だから読唇術を覚えた。これを身につけるのはなかなか大変なんだが」

「ミッチェルの話ですが」

「その話は今からする。そんなに慌てなさんな」。彼は顔を上げて肯いた。

　声が聞こえた。「クラレンドンさん、こんにちは」。ホテルのボーイがバーに向かう途中で横を通りかかったのだ。クラレンドンはその姿を目で追っていた。

「あいつには関わり合うなよ」と彼は言った。「ひもをやっているんだ。私はこれまで、世界中のホテルのロビーやラウンジやバーやポーチやテラスやガーデンで、長い長い歳月を送ってきた。私は家族の誰よりも長生きをしている。まだ当分のあいだは、役立たずの詮索好きの人間として生きていくつもりだ。ストレッチャーに乗せられて、どこかの病院の居心地のよい角部屋に連れて行かれるまではな。そこでは、糊のついた白い制服を着たうるさい女たちが私の世話をしてくれる。ベッドが上げられたり下げられたりする。あの味も素っ気もない、しょうもない病院食がトレイに載せて運ばれてくる。脈拍と体温がしょっちゅう測られるし、連中は必ずこっちがうとうとしかけた頃にやってくるんだ。私はそこに横になり、糊のきいたスカートがさらさらと音を立て、靴のゴム底が殺菌された床の上で軋むのを聞いている。医者が浮かべる恐ろしい無言の微笑みを目にしている。そのうちに連中は私に酸素吸入器をあて、小さな白いベッドを衝立で囲み、私はやがて自分でもよくわからないうちに、人がただ一度しかする必要のないある行為にとりかかることになる」

　彼はゆっくりと振り向いて私を見た。「どうも私は話しすぎるようだ。で、君の名前は？」

「フィリップ・マーロウです」

「私はヘンリー・クラレンドン四世だ。私はかつては上流階級と呼ばれたものに属している。グロートン校からハーヴァード、そしてハイデルベルク大学からソルボンヌに行った。スウェーデンのウプサラ大学に一年間いたこともある。どうしてそんなところに行ったのか理由はよく覚えていない。有閑的人生を送るにはうってつけの場所だと思えたのだろうな、きっと。で、君は私立探偵なんだね。さて、私はこれでようやく、自分自身以外の話題について語ることに取りかかっておるみたいだな」

「イエス・サー」

「君はまず私に情報を求めるべきだったんだ。しかしもちろん、そんなことは君にはわかりっこない」

私は首を振った。そして煙草に火をつけた。その前にヘンリー・クラレンドン四世に一本勧めてみたが、彼は曖昧に肯いてそれを断った。

「しかしながら、マーロウ君、君にはひとつしっかりと心得ておくべきだったことがある。世界中どこでも、高級ホテルのロビーには、男女を問わず半ダースくらいの老人が何をするともなく座っていて、フクロウのように怠りなくあたりに視線を走らせておるんだよ。彼らは監視し、耳をそばだて、観察したことを比較しあい、あらゆる人間についてのあらゆることを学ぶのだ。彼らには他にやることがない。なぜならホテル生活というのはすべての退屈の形式の中で、もっとも致死的なものだからだ。そして疑いの余地なく、私はこうやって君までをも同様に退屈させておる」

「すみませんが、ミッチェルについての話をうかがいたいのです。少なくとも今夜のところは、クラレンドンさん」

「言うまでもなく私は身勝手だし、愚かだし、女学生みたいにべらべらと愚にもつかないことを喋っている。あっちでカナスタをしている美しい黒髪の女性が見えるだろう。宝石を過剰に身につけ、眼鏡にずっしりと金《きん》の枠をつけている女性だよ」

彼は指さしもしなければ、そちらに目を向けることすらしなかった。でも私は彼女を見分けることができた。彼女はいかにも派手なスタイルに身を包み、いくぶんハードボイルドに見えた。宝石と化粧でたっぷり装った女だ。

「彼女の名前はマーゴ・ウェスト。七回の離婚歴を持っている。たっぷりと金を持って、なかなか素敵な見かけをしている。ところが男をつかまえておくことができないのだ。いささか入れ込みすぎるのだよ。とはいえ彼女は愚かではない。彼女はミッチェルのような男と関係を持つことだろうし、彼に金をやり、彼の勘定を払ってやることだろう。しかし彼のような男とは結婚しない。二人は昨夜喧嘩をした。にもかかわらず、彼女は彼の勘定を支払ってやったかもしれないと、私は踏んでいる。前にも同じようなことはしているからね」

「彼はトロントにいる父親から毎月小切手を受け取っていると思っていたのですが。それだけでは足りないということでしょうか?」

ヘンリー・クラレンドン四世は小馬鹿にしたように笑った。「いいかね、君、ミッチェルはトロントに父親なんて持っておらんよ。毎月の小切手なんてものは存在しない。やつは女にたかって生きているんだ。だからこそ彼はこういうホテルに住んでいるんだ。豪華ホテルには常に何人かの孤独な金持ちの女性がいる。彼女は美人ではないかもしれないし、若くもないかもしれない。しかし彼女には別のいくつかの魅力がある。エスメラルダの華やかならざるシーズンは、デル・マーの競馬が終了したときから、一月の半ばまで続くわけだが、その期間にカモを見つけるのはとても困難になる。だからおおむね旅に出る。もし経済的にゆとりがあればマヨルカかスイスに行く。予算がちと足りなければ、フロリダかカリブのどこかの島に行く。今年はあまりツキに恵まれなかったようだ。ワシントンまでしか行けなかったと聞いている」

彼は素速く私の顔をうかがった。私は顔には表情を出さず、ただ丁重に対応していた。話し好きの老人の相手をつとめている親切な若い男(彼の基準からすればだが)というのが私の役まわりだった。

「なるほど」と私は言った。「彼女がホテルの勘定を払ったのかもしれません。でもどうして一週間ぶんの前払いまでするのですか？」

彼は手袋をはめた片手を、もう片方の手の上に置いた。ステッキを傾け、それに合わせて身体を傾けた。彼は敷物の模様をじっと眺めていた。やがて、かちんと音を立てて歯を合わせた。彼は問題を解いたのだ。彼はまた身体をまっすぐにした。

「そいつは手切れ金だな」と彼は乾いた声で言った。「もう決定的に回復不可能な、ロマンスの終局だ。古風な表現をするなら、ミセス・ウェストは引導を渡したわけさ。そしてまた昨日になって、ミッチェルに新しいお相手が現れた。濃い赤毛の娘だ。栗色っぽい赤毛。炎のような赤でもないし、苺のような赤でもない。私が目にした二人の間柄には、いくぶん奇妙なところがあった。二人ともある種の緊張のもとにあるようだった」

「ミッチェルは女性を脅迫したりするでしょうか？」

彼はくすくす笑った。「やつは揺りかごの赤ん坊だって脅迫するさ。女にたかって生きている男はいつだって脅迫をするものだ。脅迫という言葉は使われないかもしれないがね。そして相手の金に手を伸ばす機会さえあれば、盗みだってする。ミッチェルはマーゴ・ウェストの名前で、二枚の小切手を偽造したよ。情事が終わりを告げたのはそのせいだ。彼女がその小切手を持っていることに間違いはない。しかしそれについて騒ぎ立てることはないだろう。ただ手元に保管しておくだけだ」

「クラレンドンさん、おそれながらうかがいますが、それだけのことをどうやってお知りになったのですか？」

「彼女が話してくれたのさ。私の肩にすがって泣いたよ」。彼は顔立ちの良い黒髪の女性の方を見た。「現在のあの姿を見ると、そんなことはとても想像できまい。しかし本当のことだよ、それは」

「そしてなぜあなたは私にそれを教えてくださるのでしょう？」

彼の顔は死人のように青ざめた笑みをゆっくり浮かべた。「私は婉曲な言い方はしない。私は実のところ、マーゴ・ウェストと結婚したいのだよ。それによってこれまでのパターンが逆転することになる。私くらいの歳になると、ごく些細なことに興趣を覚えるものなのだよ。ハミングバードやら、極楽鳥花が開花するときの驚くべき一部始終とかな。どうして生長のある特別なポイントで、その蕾《つぼみ》がしかるべき角度に向けられるのか？　どうして蕾はあれほどゆっくりと割れていくのか、どうしてその花は常に厳密に決まった順序で現れてくるのか？　そうすることによって、蕾のまだ開いていない鋭い先端が鳥の嘴《くちばし》のようなかたちになり、その青とオレンジ色の花弁が極楽鳥の姿をつくりだすのだ。もっと簡単な世界を造ることだってできたはずなのに、こんな複雑精緻な世界をこしらえてしまった神というのは、まったく不思議なものじゃないか。彼は全能なのか？　そんなわけはない。この世には悲惨が溢れているし、悲惨な目にあうのはだいたい常に無辜《むこ》の人々なのだ。イタチによって巣穴に追い込まれた母ウサギはどうして赤ん坊たちを背後に隠して、自分の喉を裂かれることを選ぶのだろう？　なぜだね？　二週間も経てば、子供の顔なんて見分けもつかなくなるというのに。君は神を信じるかね、若い人？」

それはひどく長い回り道だった。しかし私はその回り道を辿らなくてはならなかった。「もしそれが、全知全能の神が今ある世界をそっくり意図して造ったのか、という意味であれば、答えはノーです」

「でも君は信じるべきなのだよ、マーロウ君。大きな慰めにはなるからな。我々はみんな最後はそこに行き着くことになるのだ。なぜなら我々はみんな死んで、塵《ちり》にならなくてはならんのだから。個人に関して言えば、それでおしまいかもしれない。あるいはおしまいじゃないかもしれない。死後の世界に関してはいくつかの重大な困難がある。天国に行ってそこで、コンゴのピグミーや、中国の苦力《クーリー》や、レヴァント人の絨毯商人なんかと一緒に暮らすのが楽しいとは、私にはどうしても思えんのだよ。悪くすれば、ハリウッドのプロデューサーなんかとも一緒にされるかもしれん。私はスノッブな人間だと自分でも思うし、私の言っていることは決して趣味が良いとは言えない。そしてまた、このあたりで一般的に神と呼ばれている、長くて白い髭をはやした善意の人物によって天国が運営されているとは、私にはどうしても想像できないのだ。そういうのは知的にひどく遅れた人々の抱く愚かしい考えだ。しかし人が抱く宗教的信条がいかに愚かしいものであれ、君がそれに対して疑念を呈することは許されていない。もちろん私が天国に行くものと決めてかかる権利は、私にはない。実のところ、そこはとても退屈そうな場所に思える。その一方で、地獄のことをいえば、そこには洗礼を受けずに死んだ赤ん坊たちが送り込まれてくるわけだし、そんな赤ん坊たちが、殺し屋やら、ナチの死の収容所の所長やら、ロシアの政治局員みたいな連中と同じ貶められた場所に詰め込まれるというのは、私にはどうにも納得できないことだ。不思議だと思わんかね？　これほど汚らしいちっぽけな動物でありながら、人がいかに立派な大志を抱き、はたまた気高いおこないをなし、偉大にして無私のヒロイズムを発揮し、この苛酷な世界にあって、日々たゆまず勇敢な行為を続けているということを。人がこの地球で甘受している運命を思えば、そのような行いがあまりに立派すぎることに、感嘆の念を持たざるを得ないじゃないか。そこには何らかの理由付けがなくてはならない。そういうのはただ単に化学的反応に過ぎないとか、人が他人のために進んで命を落とすのはひとつの行動パターンを踏襲しているに過ぎないとか、そんなことは言わんでくれ。広告板の裏で、毒を盛られた猫が痙攣《けいれん》しながら一人ぼっちで死んでいくのを見て、神は幸福な気持ちになれるのだろうか？　人生が情け容赦ないものであり、適者だけが生き延びられることで、神は幸福な気持ちになれるのだろうか？　適者というが、そもそもいったい何に適しているというのだ？　いや、とんでもない話だ。もし仮に神がまさしく全知全能であるのなら、最初から宇宙なんてものは造らなかったはずだ。失敗の可能性なきところに成功はあり得ないし、凡庸なるものの抵抗なくして芸術はあり得ない。神もまた、何もかもうまくいかない出来の悪い一日を持つことがあるし、神の一日はとんでもなく長いものだ。こんなことを言うのはやはり瀆神的《とくしん》なのだろうか？」

「クラレンドンさん、あなたは賢い方だ。あなたはパターンを逆転させることについて何かおっしゃっていましたね」

彼はうっすらと微笑んだ。「長々と言葉を連ねて喋り続けたおかげで、さっき何を話していたかもう覚えていないのだろうと君は思っているかもしれない。いや、そんなことはない。ちゃんと覚えておるよ。ミセス・ウェストのような女性はほとんど常に、エレガントを装った、財産目当てのろくでもない連中と、次から次へと結婚を繰り返すことになる。素敵な頬髯をはやしたタンゴのダンサーやら、美しいブロンドの筋肉を持ったスキーのインストラクターやら、零落したフランスかイタリアの貴族やら、中東のどこかの国のいかがわしい王子様なんかとね。結婚するたびに、だんだん相手の格が落ちていく。あるいはミッチェルみたいな男と結婚するところまで落ちぶれたかもしれない。もし彼女が私と結婚したなら、彼女は退屈な老いぼれと結婚することになる。しかし少なくとも彼女は紳士と結婚したことになる」

「ええ《ヤー》」

彼はくすくす笑った。「単音節の答えは、君がヘンリー・クラレンドン四世の話にうんざりしていることを示している。まあ、無理もないところだ。よろしい、マーロウ君。君はどうしてミッチェルに関心を持っているのだろう？　そう尋ねても答えてもらえそうにないがね」

「ええ、お答えするわけにはいきません。私が知りたいのは、この地に帰ってきたばかりなのに、どうしてまたこんなに急いで旅立たなくてはならなかったのか、ということです。そしていったい誰が、何のために彼の勘定を払ってやったのか、そしてもしミセス・ウェストなり、あるいは、そう、たとえばクラーク・ブランドンのような裕福な友人がそれを払ってくれたのだとしたら、どうしてあと一週間ぶんの宿泊費まで前払いする必要があったのか、そういうことです」

彼のくたびれた薄い眉毛が上に向けてカーブを描いた。「ブランドンなら電話を一本かけるだけで、ミッチェルの宿代くらい簡単に保証してやれる。ミセス・ウェストならむしろ彼に金を渡して、自分で勘定を払わせることを好むだろう。しかし一週間ぶんの前払い？　我らがジャヴォーネン君は、どうして君にわざわざそんなことまで教えたのだろう？　そのことは君に何を示唆しているだろう？」

「ミッチェルに関して知られたくない何かが、ホテル側にはあるということです。それが公になると、彼らが窮地に立たされるかもしれない何かが」

「たとえば？」

「たとえば自殺だとか殺人だとか、そういう類のことです。あくまで例をあげただけのことですが。たとえ泊まり客が窓から飛び降り自殺をしても、もしそれが大きなホテルであれば、ホテルの名前が出ることはまずありません。それはあなたもご存じのはずだ。いつだって、ミッドタウンか、ダウンタウンか、あるいはダウンタウンのとあるホテルとか、よく知られた会員制の高級ホテルとか、そんな風にしか報道されない。そしてもしそれがハイクラスの客が出入りするホテルであれば、たとえ上の階で何が起こったとしても、ロビーを警官がうろつくような光景が見られることはありません」

彼の目は横に向けられ、私もその視線を追った。カナスタのテーブルがお開きになった。マーゴ・ウェストという名の、豪華に着飾って、たっぷりと宝石をちりばめた女性が、男性の一人と一緒にゆっくりとバーの方に歩いていった。シガレット・ホルダーが船の舳先《へさき》のように前にぐいと突き出されていた。

「それで？」

「そうですね」と私は言った。そして懸命に頭を働かせた。「もしミッチェルが自分の部屋をキープしているとなると、それがどのような部屋であれ――」

「418号室だ」とクラレンドンは静かな声で言った。「海に面している。一泊がオフシーズンには十四ドル、シーズンには十八ドルになる」

「彼の懐具合からすれば、けっこうこたえる金額だ。それなのに彼はまだその部屋を、言うなれば、キープしている。ということは何はともあれ、彼は数日のうちに戻ってくるつもりだということだ。今朝の七時頃に彼は車に荷物を積み込んで、ここを出ていった。ホテルを出ていくには奇妙な時間です。それも、前の晩は遅くまでぐでんぐでんに酔っていたというのに」

クラレンドンは背中をもたせかけ、手袋をはめた手を空中にぶらぶらさせた。彼はどうやら疲れてきたらしかった。「もし何かまずいことが起こったのだとしたら、ホテル側としては、むしろ彼がここをすっかり引き払ったという風に、君に考えてもらいたい<u>の</u>ではないのかな。そうすれば君は別の場所を捜さざるを得なくなるから。つまり、君が本当に彼の行方を捜しているとすればだが」

彼の淡いブルーの視線と、私の視線がまっすぐ合った。彼は笑みを浮かべた。

「君の言っていることはもうひとつすんなりとは呑み込めんね、マーロウ君。私はたしかにべらべらとよく喋る。でもそれはただ単に自分の声の響きを聞いていたいからではない。というか、ことわるまでもなく、私の耳にはなんにも聞こえておらんのだから。私は自分が喋ることによって、それほど失礼にはあたらないやり方で、相手を仔細に観察することができるんだ。

それで君を観察させてもらった。私の直観が教えるところによれば――それをもし直観と呼ぶことができればの話だが――君のミッチェルに対する関心はどちらかというと周縁的なものだ。もしそうでなければ、君はそれほど腹を割って話をしたりするまい」

「ううむ。そうかもしれません」と私は言った。きっぱりと明瞭な散文のパラグラフを持ち出すべき局面だった。それはまたヘンリー・クラレンドン四世の望むところでもあっただろう。しかし私にはそれ以上語るべきことがなかった。

「そろそろ失礼するよ」と彼は言った。「私はくたびれた。部屋に帰ってちと横になろうと思う。君にお会いできてよかったよ、マーロウ君」、彼はゆっくりと立ち上がり、ステッキで身体を安定させた。それにはなかなか労力を要した。私も彼と並ぶようにして立ち上がった。

「私は握手というものをせんのだ」と彼は言った。「私の両手は醜く、痛みに満ちている。だから手袋をつけておるのだよ。それでは。もう君に会うこともないかもしれないが、幸運を祈るよ」

彼は首をまっすぐに立てたまま、ゆっくりと歩き去っていった。歩くことは彼にとって心楽しい作業ではないようだった。

メイン・ロビーからアーチに行くには、二段の階段を上らなくてはならない。彼はそれを一段ずつ、あいだに間《ま》を置いて上った。いつも右足が先に出された。杖が左の脇に強く出された。

そしてアーチをくぐり、エレベーターの方に向かった。ヘンリー・クラレンドン四世は一筋縄ではいかない人物だという結論に私は達していた。

私はのんびりとバーの方に歩いていった。ミセス・マーゴ・ウェストはカナスタのプレーヤーの一人と、琥珀色の影の中に座っていた。ウェイターがちょうど二人の前に飲み物を置いたところだった。私はそちらにはさして関心を払わなかった。というのは、少し先の壁沿いの小さなブース席に、私がもっとよく知っている人物が座っていたからだ。それも一人きりで。

彼女はさっきと同じ身なりだった。ただ頭に結んでいたリボンが解かれ、髪が顔の前にかかっていた。

私は腰を下ろした。ウェイターがやってきたので注文した。ウェイターは去っていった。目には見えないところからレコード音楽が低い音量で、まるでおもねるように流れていた。

彼女は小さく微笑んだ。「さっきはごめんなさいね。癇癪《かんしゃく》を起こしちゃって」と彼女は言った。「ずいぶん失礼なことをしたみたい」

「気にしなくていい。私が自ら招いたことだ」

「ここに私を捜しにきたの？」

「そういうわけでもない」

「あなたは——そうだ、忘れていたわ」、彼女はバッグに手を伸ばし、それを膝の上に置いた。

その中をいじり回していたが、やがて小振りなものをテーブル越しに差し出した。小振りではあるが、彼女の手で隠せるほど小さくはない。それは旅行小切手のフォルダーだった。「あなたにこれをあげると私は約束した」

「いいや」

「受け取りなさいよ、お馬鹿さん。ウェイターにこんなところを見られたくないの」

私はそのフォルダーを取り、ポケットに滑り込ませた。それから上着の内ポケットから小さな領収書の綴りを取りだした。私はまず控えに、次に本体に書き込みをした。「カリフォルニア州エスメラルダ、『カーサ・デル・ポニエンテ』ホテルにて、ミス・ベティー・メイフィールドより五千ドルを受領。アメリカン・エクスプレス社発行の旅行小切手で、単位は百ドル。振出人の副署付き。調査料が確定し、調査依頼が正式に引き受けられるまで、小切手は預かり金として扱われ、いかなる場合にも要求があれば振出人の手元に戻される。署名」

私はこの長たらしい文句に署名し、その書面を彼女に読ませた。

「読んで問題がなければ、左下の隅っこに署名をしてもらいたい」

彼女はそれを手に取り、明かりの近くに寄せた。

「まったく疲れる人よね」と彼女は言った。「いったい何が言いたいわけ？」

「私は公明正大な人間だし、君にもそれを知ってもらいたいだけだ」

彼女はペンを手に取り、署名し、それを私に返した。私はオリジナルを破り取って、それを彼女に渡した。そして綴りを元に戻した。

ウェイターが飲み物を持ってやってきた。会計は求められなかった。ベティーが彼に向かって首を振ると、ウェイターは下がった。

「私がラリーを見つけたかどうか、尋ねないのかい？」

「じゃあ訊くわ。それでラリーを見つけたの、マーロウさん？」

「いや。彼はホテルをこっそりと出ていった。彼は四階の部屋に泊まっていた。君と同じ側の部屋だ。位置的にはかなり近くの下の階だろう。九個の荷物を残らずビュイックに積み込んで逃げ出した。ホテルの探偵はジャヴォーネンという男だ。自分では副支配人兼警備担当と称しているがね。彼はラリーの出発には問題になるようなことは何もないと言う。勘定の支払いは済んでいるし、おまけにこの先一週間ぶんの部屋代まで前払いされているから、と。不審なところは何もない。彼はまあ当然のことながら、私に好意を抱いてはいない」

「そんなものを抱いている人がどこかにいるのかしら？」

「君は抱いているだろう。五千ドルぶんはね」

「まったく、口の減らない人。それで、ミッチェルは帰ってくると思う？」

「一週間ぶんの部屋代が前払いされていると言ったじゃないか」

彼女は静かに飲み物をすすった。「そう言ったわね。でもそこには別の意味があるかもしれない」

「たしかに。ちょっと思いついただけだが、たとえば彼が自分でその勘定を支払ったのではないという可能性もある。誰か別の人間が代わりに支払ったんだ。そしてその誰かは、何かをする時間を必要とした。たとえば昨夜、君の部屋のバルコニーにあった死体を始末するとかね。もちろんもし死体が本当にあったら、ということだが」

「ああ、やめてよ、もう！」

彼女はグラスを空にし、煙草を消して立ち上がり、勘定書を残してさっさと行ってしまった。私は勘定を払い、戻ってロビーを抜けた。とくに何か理由があったわけではない。おそらくはただの直観のようなものだろう。そこで私はゴーブルがエレベーターに乗り込むのを目にした。彼はかなり緊張した表情を顔に浮かべているようだった。そして振り向いて私と目を合わせた。あるいは合わせたように見えた。しかし私のことなんか知らないという顔をしていた。エレベーターは上がっていった。

私は車に乗り込み、ランチョ・デスカンサードに戻った。そして長椅子に横になり、眠った。忙しい一日だった。少し休んだら頭もすっきりするかもしれない。ここで自分がいったい何をしているのか、少しくらいヒントがつかめるかもしれない。

18

一時間後に私は金物店の前に車を停めた。それはエスメラルダにある唯一の金物店ではなかったけれど、ポルトンズ・レーンという名前の横町と裏続きになっている唯一の金物店だった。私は店の数を勘定しながら、東に向けて歩いていった。角に向けて全部で七軒の店があった。どの店もクロームの枠がついた大きなガラス張りになっており、眩しげに輝いていた。角にあるのは服飾店で、ウィンドウにはマネキンが収まっていた。スカーフや手袋やコスチューム・ジュエリーが明かりの下に置かれていた。値札は見えなかった。私は角を曲がって南に向かった。がっしりとしたユーカリの木が歩道からはみ出すようにして茂っていた。枝が低く垂れ、幹は太く堅牢に見えた。ロサンジェルス近辺に生えている背ばかり高くてひょろひょろしたユーカリとはまったく別ものに見える。

ポルトンズ・レーンのいちばん奥の角には自動車の代理店があった。ばらばらにされた積み荷の木枠や、積み上げられた段ボール箱や、ゴミを入れたドラム缶や、埃のつもった駐車スペースといった優雅な裏庭の光景を眺めながら、特徴のない高い塀に沿って歩いた。私は建物を勘定していった。それは簡単に見つかった。誰かに尋ねる必要もない。ずっと昔は個人の普通の住居であったらしい、ちっぽけな木造住宅の小さな窓に明かりがひとつ灯っていた。家には木造のポーチがついていて、その手すりは壊れていた。かつてはペンキを塗られていたのだろうが、それは遙か昔、このあたりが商店で混み合うようになる以前の話だ。かつてはそこには庭さえついていたかもしれない。屋根板は反り返っていた。玄関のドアは汚れたマスタード・イエローだった。窓はぴたりと閉じられ、ホースで水をかけてやる必要があった。その一部の奥には古いロール・ブラインドの名残りが下がっていた。ポーチには階段が二段ついていたが、段板がついているのは一段だけだった。住宅の裏と、金物店の荷物積み降ろし口との真ん中あたりに、かつては屋外便所であったとおぼしきものがあった。しかし一本の水道管がたわんだ片側の壁を貫いて引かれているのが目についた。なるほど、金持ちはうまく土地を活用するものだ。一軒きりのスラムというところだ。

かつては段があったと思えるくぼみを私は乗り越え、ドアをノックした。呼び鈴のようなものはなかった。誰もノックにはこたえなかった。ノブを回してみた。鍵はかかっていなかった。

私はドアを押し開けて中に入った。そこには予感があった。あまり見たくもないものをたぶんこれから見せられることになるのだろうな、という予感が。

台の曲がったおんぼろのスタンドがあり、その電球があかあかとついていた。紙のシェードはひび割れていた。薄汚い毛布を敷いたカウチがあった。古い籐椅子があり、ボストン型揺り椅子があり、テーブルの上には汚れたオイルクロスが敷かれていた。テーブルの上のコーヒーカップの隣には、スペイン語の新聞『エル・ディアリオ』が広げられていた。煙草の吸い殻を突っ込んだソーサーと、汚れた皿と、音楽を流している小型ラジオもあった。音楽が終わり、男がスペイン語でコマーシャルをまくしたて始めた。私はラジオのスイッチを切った。沈黙が羽毛を詰めた袋のように落ちた。半分開いたドアの向こうから、目覚まし時計のかちかちと時を刻む音が聞こえた。それから小さな鎖がかちゃかちゃという音を立てた。羽ばたきの音が聞こえ、しゃがれた声がせわしなく言葉を繰り返した。「Quién es? Quién es? Quién es?（誰だ？　誰だ？　誰だ？）」。そのあとに怒った猿のような甲高い声が続いた。そして再びの沈黙。

部屋の隅の上にかかっている大きな鳥籠から、怒りを込めた丸い二つのオウムの目が私を睨んでいた。鳥は止まり木のいちばん奥まで横歩きに遠ざかった。

「アミーゴ」と私は言った。

オウムは気が触れたような甲高い笑い声を上げた。

「口を慎めよ、兄弟」と私は言った。

オウムは横ずさりに止まり木の手前の端までやってきて、偉そうに白いカップをつついて、嘴《くちばし》でオートミールを散らした。もうひとつのカップには水が入っていた。水はオートミールでどろどろになっていた。

「君はどうやら下《しも》の躾《しつけ》ができていないようだな」と私は言った。

オウムは私を見て、身体を震わせた。それから横を向いて、片方の目で私をじっと見た。そして前屈みになり、尻尾の羽根をぱたぱたと振り、私の推測が正しかったことを証明した。

「**Necio!**（馬鹿）」と鳥は怒鳴った。「**Fuera!**（出ていけ）」

締まりの悪い蛇口から垂れる水音が聞こえた。時計はこちこちと時を刻んでいた。オウムはその音を誇張して真似ていた。

私は言った。「よしよし、よい子だ」

「**Hijo de la chingada**（おまえ、くたばれ）」とオウムはスペイン語で悪態をついた。

私は鳥に向かってにやりと笑った。そしてキッチンらしき場所に向けてドアを押し開いた。床のリノリウムは見事に擦り切れ、流し台の前では下の板まで見えていた。錆びた三つ口のガスコンロがあった。扉のない棚があり、いくつかの食器と目覚まし時計があった。金具で留められ、支えのついた湯沸かし器が角にあった。いつ爆発してもおかしくない骨董品だ。なにしろ安全バルブがついていないのだから。狭い裏のドアがあった。鍵が鍵穴に差し込まれ、ロックされていた。そして錠のかかった窓がひとつ。天井から電球がひとつ下がっている。その上の天井にはひびが入り、屋根からの水漏れによる染みがついていた。背後ではオウムが止まり木の上で、あてもなく羽根を震わせていた。そして時折退屈したようにしわがれ声を上げていた。

ブリキの水切り台の上には、黒いゴムの短い管が置いてあった。その横には底まで押し下げられたガラスの皮下注射器があった。流し台の中には細長い三本のガラスのチューブがあった。どれも空っぽで、小さなコルクの蓋が近くに転がっていた。そういうチューブは前にも目にしたことがある。

裏のドアを開けてみた。地面に降りて、改装された屋外便所まで歩いていった。斜めになった屋根があり、正面の高さは二メートル半ほどあった。裏側は二メートル弱というところだ。ドアは外開きになっている。あまりに中が狭くて、そうするしか開けようもないのだ。錠はかかっていたが、かなり年代物の錠だったから、こじ開けるのにそれほど手間はかからなかった。

男の磨《す》り減った靴がほとんど床に触れそうになっていた。男の頭は屋根を支えているツーバイフォーの木材の何センチか下の暗闇の中にあった。彼は黒いコードのようなもので吊り下げられていた。たぶん電灯のコードだろう。両足の指はまっすぐ床に向けられていた。なんとかつま先立ちをしようと試みているみたいに。カーキ色のデニム・パンツの裾は、踵《かかと》の下まで垂れていた。私は彼に手を触れ、その身体がもうすっかり冷たくなっており、急いでコードを切る必要はないことだけを手短に確かめた。

それはまず間違いのない自殺方法だった。まずキッチンの流し台の脇に立ち、ゴム管を腕に巻き、ぐっと拳を握って静脈を浮かせる。そして注射器に入っていたモルヒネをそっくり血流の中に流し込む。三本のチューブがすべて空になっていたのだから、そのうちの一本は中身がフルに詰まっていたと考えるのは、まず妥当なところだろう。必要十分という以上の量を摂取できたはずだ。それから彼は注射器を下に置き、腕を縛っていたゴム管をほどく。薬が効いてくるのに、それほど長く時間はかからないだろう。注射は直接血管に打たれたのだから。それから彼は外に出て便所に行く。そして便座の上に立ち、喉のまわりにコードを巻き付ける。その頃にはもう頭が朦朧《もうろう》としている。彼はそこに立って、膝から力が抜けるのを待っている。そして自らの体重があとの始末をつけてくれる。おそらくほとんど何も感じなかっただろう。もう眠り込んでいるようなものだから。

私は彼をそこに残してドアを閉めた。住まいには戻らなかった。その脇を通って、小洒落た住宅地であるポルトンズ・レーンに戻るとき、小屋の中にいるオウムが私の足音を聞きつけて、金切り声をあげた。「Quién es? Quién es? Quién es? Quién es?（誰だ？ 誰だ？ 誰だ？）」

誰だって？　誰でもないよ、フレンド。ただの夜中の足音さ。
私は足音を忍ばせて、そこを去っていった。

19

私はそっと足音を忍ばせて歩いた。とくにどちらの方向に向かうというのでもなかったが、行き着く先はひとつ、いつだって同じところだ。カーサ・デル・ポニエンテ。グランド・ストリートに停めた車に乗り込み、何ブロックかあてもなくぐるぐる回ってから、いつものようにバーの入り口近くの駐車スペースに車を駐めた。降りるときに、隣に駐めてある車に目をやった。それはゴーブルが乗っている暗い色合いの、みすぼらしい安物小型車だった。まったくバンドエイドみたいにしつこくくっついてくるやつだ。

他の時であれば、彼がここで何をしているのか、いちおう知恵を絞ったことだろう。しかし今の私はもっと面倒な問題を抱えていた。私は警察に行って、首をくくって死んだ男がいることを報告しなくてはならなかった。しかし彼らに何と言えばいいのか、言葉が浮かんでこなかった。どうして私は彼の家に行ったのか？　もし彼が真実を述べているとすれば、彼はミッチェルが早朝にホテルを出ていくところを目にしたことになるからだ。そのことが何かの意味を持つのか？　なぜなら私はミッチェルの行方を捜しているからだ。私はミッチェルと腹を割って話したかったのだ。何について？　ところが私は、そこから先の話をするわけにはいかない。というのは何を話しても、そこにはベティー・メイフィールドが関わり合ってくるからだ。彼女は何ものなのか？　どこからやって来たのか？　なぜ名前を変えたのか？　ワシントンだかヴァージニアだかでいったい何が――彼女がそこから逃げ出さなくてはならないようなどんなことが――起こったのか？

私のポケットの中には、彼女の署名の入った五千ドルぶんの旅行小切手が入っている。そして彼女は私にとって正式の依頼主でさえない。私はとことん窮地におちいっている。

私は断崖の端まで歩いて行って、波の音に耳を澄ませた。断崖の窪みの先で砕けている波の煌《きら》めきが時折見える以外には、何も見えなかった。窪みの中では波は砕けない。デパートの売り場主任みたいにお上品に摺《す》り足でやってくるだけだ。もっとあとになれば、明るい月が出てくるのだろう。しかし今の時点では月はまだチェックインしていなかった。

それほど遠くないところに誰かが立って、私と同じことをしていた。女だ。私は彼女が動くのを待っていた。もし動けば、彼女が私の知っている女かどうかわかるだろう。同じ指紋を持つ人間が他にいないように、まったく同じ動き方をする人間も他にはいない。

　私はライターで煙草に火をつけ、その炎で自分の顔が見えるようにした。そして彼女は私の隣にやってきた。

「そろそろ私をつけまわすのはよしてもいい頃じゃない？」

「君は私の依頼人だ。君を護ろうとしている。その理由は、私の七十歳の誕生日に誰かに教えてもらえるかもしれない」

「私を護ってくれなんて、あなたに頼んではいないわ。私はあなたの依頼人でもない。どうしておとなしく家に帰って――もし家なんてものがあればだけど――これ以上人をうるさがらせるのをやめないの」

「君は私にとっては依頼人だ。五千ドルぶんのね。私はそのぶん何かをしなくてはならない。ただ座して、髭を伸ばしてるくらいのことしかできなかったとしてもだよ」

「話の通じない人ね。私は放っておいてもらいたいから、あなたにそのお金を渡したのよ。本当にわけのわからない人。あなたみたいにわかりの悪い人に会ったのは初めてだわ。これまでにずいぶんたくさんのとんまにお目にかかったけど」

「リオの豪華な高層マンションの話はどうなったのかな？　私が絹のパジャマを着て優雅に寛《くつろ》ぎ、君の長い挑発的な髪を戯《たわむ》れにいじっているあいだ、執事がウェッジウッドのカップと、ジョージ王朝風の銀食器をテーブルに並べながら、映画スターの髪を整えているゲイの美容師みたいな裏のある微かな笑みを浮かべ、気取りまくっている場所のことだよ」

「もう、うるさいわね！」

「それは本気で言ったわけじゃなかったんだろう？　ただのその場の思いつきか、あるいはそこまでさえ行かないものだったか。私の睡眠時間を台無しにして、ありもしない死体を探して歩き回らせるための、ただの愉快な手管《てくだ》だったんだね」

「これまで、誰かに鼻っ柱にきつい一撃をくらったことはないの？」

「しょっちゅうさ。でもうまくよけられることもある」

私は彼女の腕をつかまえた。彼女はそれをふりほどこうとした。しかし爪までは立てなかった。私は彼女の頭のてっぺんにキスした。突然彼女は私にすがりつき、顔を上げた。

「わかったわ。キスして。それであなたが満足するのなら。あなたとしては、ベッドがある場所でこういうことになればよかったと思っているんでしょうけど」

「私だってこれで生身の人間だからね」

「馬鹿なことを言わないで。あなたは薄汚いゲスの私立探偵よ。キスして」

私は彼女にキスした。私は唇を彼女の唇にくっつけるようにして言った。「やつは今夜首を吊ったよ」

彼女は私から激しく飛び去るように離れた。「誰のこと？」、彼女はほとんど声にならないような声で私に尋ねた。

「ここのガレージの夜間駐車係だよ。君は彼を見たことはないかもしれない。この男はポルトンズ・レーンの掘っ立て小屋に住んでいて、メスカリンやマリファナや、その手のクスリを常用している。しかし今夜はたっぷりとモルヒネ注射を打って、小屋の裏にある屋外便所で首をくくった。ポルトンズ・レーンというのは、グランド・ストリート裏手にある横町だよ」

彼女は震えていた。彼女は私にしがみついていた。まるで倒れるのを防いでいるみたいに。彼女は何かを言おうとした。しかしそれは意味をなさないただのしゃがれ声だった。

「その男は、今朝早くにミッチェルが九個のスーツケースを持ってここから出て行くのを目撃したと言っていた。それを信じていいのかどうか、私にはわからなかった。男は自分の住んでいる場所を教えてくれたので、私は彼に会いにそこに行った。もっと確かな情報を得るためにね。そして今、私は警察にそのことを通報しなくてはならない。そしてその話をすれば、ミッチェルの名前を出さないわけにはいかないし、そこからどうしても君のことに話が及んでしまう」

「駄目よ。お願い。後生だから、私のことは持ち出さないで」と彼女は囁くように言った。「お金ならもっとあげる。いくらでもほしいだけあげるから」

「よしてくれ。君はもう持ちきれないほどの金を私にくれている。私が求めているのは金なんかじゃない。自分がいったい何をしているのか、なぜそんなことをしなくちゃならないのか、それが知りたいだけだ。君は職業的倫理という言葉を耳にしたことがあるだろう。そういうものの切れ端がまだ私の身体にまとわりついているんだ。君は私の依頼主なんだろう？」

「ええ、そうよ。もうお手上げだわ。あなたみたいなしつこい人には、みんなお手上げになるんじゃないかしら」

「まさか。さんざん、いいようにこづき回されているさ」

私は旅行小切手のフォルダーをポケットから取りだし、ペンシル・ライトを当てて、そのうちの五枚を破りとった。それを畳み直し、彼女に渡した。「五百ドルは預かっておく。それで合法的になるからね。さあ、いろんな事情を話してもらおう」

「いいえ、あなたはその男のことを誰かに話す必要はないのよ」

「駄目だね。私はすぐにでも警察署に行かなくちゃならない。それはやらなくてはならないことだ。そして私の持ち出す説明なんて、三分と持ちこたえられないだろう。さあ、君の小切手だ、受け取ってくれ。それをまた私に押しつけようとしたら、むき出しのお尻を引っぱたいてやるからな」

彼女はフォルダーを摑み、暗闇の中をホテルに向かってさっさと歩き去った。私は一人、愚かしくそこに取り残された。どれくらい長くそこに立っていたのか、よくわからない。しかしようやく私は五枚の小切手をポケットにしまい、疲れた足取りで車に戻った。そして自分が行くべき場所に向かった。

20

小さなモーテルを経営しているフレッド・ポープという男が、エスメラルダという町をどのように思っているか、語ってくれたことがある。彼は老人で、話し好きで、彼の語る話には常に耳を傾ける価値があった。そんなことをとても言いそうにない人物が、私のビジネスにとって大事な意味を持つ事実をひとつかふたつ、ぼそっと口にすることがある。

「わしはもう三十年ここに住んでいる」と彼は言った。「ここに来たとき、乾性の喘息《ぜんそく》を抱えていた。今では湿性の喘息を抱えている。昔はそりゃ静かな町でな、大通りの真ん中で犬が昼寝をしているもので、もし車に乗っているようであれば、しょっちゅう車を停めて降りて、犬を道路からどかさなくちゃならなかった。あいつらは知らん顔をしてでんと構えていたよ。日曜日には自分が埋葬されちまったような気がしたものだ。何もかもが、まるで銀行の大金庫みたいにぴたりと閉じちまうんだ。グランド・ストリートを歩いても、死体置き場の死体ほどの喜びしか得られなかった。一箱の煙草すら買うことができないんだ。あまりにも静かで、ハツカネズミが自分の髭に櫛を当てる音だって聞こえそうだった。わしと女房は（女房は十五年前に死んでしまったが）断崖沿いに走る道路に建っていた小さな家に住んで、そこでクリベッジ（二人でやるトランプ・ゲーム）をよくやった。そして何か大それたことが起こらないかと耳を澄ませていたものだ。どこかのじいさんが散歩をして、その杖のこつこつという音が聞こえやしないかとかね。ヘルウィグ一族がそういう町のあり方を望んだのかもしれん。あるいはヘルウィグ老人がいやがらせでそういう風にしたのかもしれない。その時代には彼はここには住んでいなかった。彼は農機具ビジネスではかなり大物だったからな」

「おそらく彼には」と私は言った。「エスメラルダのような土地が、ゆくゆく投資価値を持つようになることがよくわかっていたのでしょう」

「たぶんな」とフレッド・ポープは言った。「いずれにせよ、やつはひとつの町を作り上げようとしていた。そしてほどなくして、自らもここに住むようになった。丘の上に大きな化粧漆喰塗り、タイル屋根付きの家を建てた。ずいぶん豪華なものだった。庭園にはいくつもテラスがついて、広い芝生の庭があって、花の咲き乱れる茂みがあちこちにあり、錬鉄のゲートがついていた。これはイタリアから輸入されたものだという話だった。そしてアリゾナの自然石を敷いた遊歩道が配されていた。そういう庭園がひとつだけではなく、半ダースくらいあったよ。隣人の姿なんてどこにも見えないほど広い地所だった。彼は一日に密造酒の瓶を二本空け、話によれば相当荒っぽい男だったらしい。一人娘がいてね、ミス・パトリシア・ヘルウィグといった。本当に華のある女性だったし、今でもそうだよ。

その頃には、エスメラルダはもう満杯になり始めていた。最初のうち、入居者の多くは老婦人たちとその夫たちだった。まったくの話、当時の葬儀屋は大賑わいだったよ。退屈した老齢の男たちがどんどん死んでいって、残された妻によって葬られた。ろくでもない女どもがさんざん長生きした。わしの女房は長生きできなかったがな」

彼は話をやめて、少し脇を向いていた。それからまた話を続けた。

「その頃はサン・ディエゴとのあいだに路面電車が通じていた。でも町はいまだに静かだった。あまりにも静かすぎた。ここで生まれる子供はほとんど皆無だった。子供を産んだりするのは慎ましさを欠いた行為だと考えられていたんだよ。しかし戦争ですべては変わってしまった。今ではこの町にも額に汗して働く男たちがいるし、ブルージーンに汚いシャツを着た高校生がいるし、芸術家もいれば、カントリー・クラブで飲んだくれている連中もいる。原価二十五セントのハイボール・グラスを八ドル五十セントで売るギフトショップがある。レストランがあり酒屋がある。しかし広告板と玉突き場とドライブインは禁止されている。去年、公園にコイン式の望遠鏡を設置しようという動きがあった。それに対して町の理事会がどれほど金切り声を上げたか、聞かせたかったね。その案はしっかり否決された。いずれにせよ、この土地はもう鳥のサンクチュアリではなくなっているんだがね。我々はベヴァリー・ヒルズに劣らない洒落た店をいくつも持っている。そしてミス・パトリシアはこの町にいろんなものを与えるために、生涯を通じて粉骨砕身してきた。ヘルウィグは五年前に死んだ。酒を減らさなければあと一年も生きられませんよと医者たちは言った。彼は悪態をついて医者たちを追い払った。朝だろうが昼だろうが夜だろうが、飲みたいときに酒が飲めないようなら、まだまったく飲まない方がましだ、と彼は言った。彼は酒を断った。そして一年もたたずに死んだ。

医者たちは病名を持ち出した。連中にはいつだって手持ちの病名があるんだ。そしてミス・ヘルウィグにも言いたいことはあった。結局、医者たちは病院から解雇され、エスメラルダから放り出された。でも大した損失ってわけじゃない。町にはまだ六十人もの医者がいるからね。街にはまた山ほどヘルウィグ家の人間が住んでいる。違う名前を名乗っているものもいるが、それでも連中はみんな結局のところひとつの家族なんだ。金持ちもいれば、仕事をしているものもいる。そしてミス・ヘルウィグは大抵の連中よりしっかり働いていると思う。もう八十六歳になるが、ラバのように頑丈だ。嚙み煙草もやらないし、酒も飲まないし、煙草も吸わないし、汚い言葉も使わないし、化粧もしない。彼女が町に与えたものは、病院であり、私立学校であり、図書館であり、アート・センターであり、パブリックのテニスコートであり、とにかくそんな何やかやだ。そしてまだ三十年もののロールスロイスに運転手付きで乗っている。カッコー時計と同じくらい騒々しい代物だ。今の市長はヘルウィグの親類にあたるが、名前は違っているし、二世代を経て格も落ちている。市庁舎を建てたのも彼女だと思うよ。そしてそれを捨て値で市に売ったんだ。たいした女性だよ。もちろんユダヤ人も何人かはここに住んでいる。しかしそれについてひとこと言っておくことがある。ユダヤ人というのは商売がうまくて、よく注意していないと丸裸にされると思われている。そんなのはみんな出鱈目《でたらめ》だ。ユダヤ人は取り引きが好きだし、ビジネスを楽しんでいる。でも彼らがタフなのは表面だけだ。ユダヤ人のビジネスマンも一皮剝けば、大抵は気のいい連中だし、まっとうに取り引きができる。普通の人間なのさ。もし冷血な追いはぎみたいなやつを目にしたければ、そういう連中は今じゃこの町に山ほどいるさ。連中はあんたの骨を切り刻んだ上、サービス料までとっていく。歯のあいだからあんたの最後の一ドルを抜き出し、それが自分たちから盗まれたものであるみたいな目であんたを見るのさ」

21

警察署はヘルウィグ通りとオーカット通りの角にある、細長いモダンな建物の一画を占めていた。私は車を駐め、建物の中に入っていった。どのような筋書きを描けばいいのかまだ腹は決まっていなかったが、でも何はともあれ話をしないわけにはいかなかった。

執務オフィスは狭かったが、とても清潔だった。受付デスクに座っている当直の警官はシャツにきりっとした二本の折り目をつけていたし、制服は十分前にクリーニングから戻ったばかりのように見えた。壁に設置された六個一組のスピーカーが、郡全体から送られる警察情報を流していた。デスクの上の傾けられた名札は、当直の警官の名前がグリッデルであることを示していた。彼はいかにも受付の警官らしい目で私を見た。何かを待ち受ける目だ。

「何かご用でしょうか？」。彼は涼しげで気持ちのよい声をしていた。そしていかにも優秀な警官らしい、きりっとした見かけをしていた。

「死体を発見したことを報告したい。グランド・ストリートの金物店の裏手にある小屋。ポルトンズ・レーンという横町にある。屋外便所のようなところで首を吊っている。もうすっかり死んでいる。手の施しようもない」

「あなたのお名前は？」、彼はそう言いながら既にボタンを押していた。

「フィリップ・マーロウ。ロサンジェルスの私立探偵だ」

「その場所の番地はわかりますか？」

「見た限りでは番地みたいなものはなかった。しかしエスメラルダ金物店のすぐ裏手にあるよ」

「救急車を急いで呼び出してくれ」と彼はマイクに向かって言った。「自殺のようだ。エスメラルダ金物店の裏にある小さな家だ。家の裏手にある屋外便所で首を吊ったらしい」

彼は顔を上げて私を見た。「彼の名前はご存じですか？」

私は首を振った。「でも彼はカーサ・デル・ポニエンテで夜間の駐車係をやっていた」

彼は帳面の紙を何枚かめくった。「その男のことは知っています。マリファナでしょっぴかれた経歴がある。どうしてその職を続けられたのかよくわからないが、まあ今ではマリファナを断っていたのかもしれない。なにせ、ここじゃそういう仕事は人手が不足していますからね」

花崗岩のような顔つきの長身の巡査部長がオフィスに入ってきて、ちらりと私を見て出て行った。車のエンジンがかけられた。

当直の警官は小型の館内交換機のキーを回した。「署長、デスクのグリッデルです。フィリップ・マーロウという方がポルトンズ・レーンで死体を発見したと届け出てきました。救急車を現地に向かわせました。グリーン巡査部長もそちらに向かっています。現場近辺には二台のパトロール・カーがいます」

彼は少し相手の言うことを聞いてから、私の顔を見た。「マーロウさん、アレッサンドロ署長があなたと話をしたいそうです。廊下をまっすぐ行って、突き当たりの右側のドアです。よろしく」

私がスイング・ドアを抜けるとき、彼は再びマイクに向かって何かを語っていた。

突き当たりの右側のドアには名札が二つ出ていた。アレッサンドロ署長の名札は木の上に固定されていたが、グリーン巡査部長の名札は着脱可能なパネルにはまっていた。ドアは半分開いていたので、私はノックして中に入った。

デスクの前に座っている人物は、当直の警官と同様、隙のない格好をしていた。彼は拡大鏡を使って一枚のカードを詳しく点検していた。横に置かれたテープレコーダーは、今にも泣き崩れそうな不幸な声で、何かのおぞましい話を語っていた。署長は身長百九十センチに近く、たっぷりとした黒髪を持ち、きれいなオリーブ色の肌をしていた。制帽はデスクの脇に置かれていた。彼は顔を上げ、テープレコーダーのスイッチを切り、拡大鏡をカードの上に置いた。

「お座りなさい、マーロウさん」

私が腰を下ろすと、彼はしばらく何も言わずに私の顔を見ていた。彼の目はいくぶん柔らかな茶色だったが、口もとは柔らかには見えなかった。

「あなたはカーサ・デル・ポニエンテのジャヴォーネン少佐のことをご存じでしょうな」

「彼にはお目にかかりましたよ、署長。親しい友人というわけではありませんが」

彼は儚《はかな》い笑みを浮かべた。「そういうことはまず起こらんでしょう。彼は自分のホテルで私立探偵があれこれ嗅ぎまわることを好みませんから。彼は軍の情報部にいました。だから我々はまだ彼のことを少佐と呼んでいます。ここは私が勤務した中でも、とびっきり礼儀正しい町です。我々もまたできるだけ礼儀正しく振る舞いはしますが、それでもやはり警察であることに変わりはない。さてセフェリノ・チャンの話です」

「それが彼の名前だったのですか？　知らなかった」

「そうなのです。我々は彼のことを知っています。それであなたはエスメラルダでいったい何をしておられるのだろう？」

「私はクライド・アムニーという名前のロサンジェルスの弁護士から依頼を受けました。スーパーチーフ号を待って、そこに乗っている一人の乗客のあとを追い、その人物がどこに落ち着くかを調べるという仕事でした。その理由は教えられなかった。しかしミスタ・アムニーは彼はワシントンの法律事務所の代理人として行動しており、それがどのような理由によるものかは彼自身にもわからないということでした。私はその仕事を引き受けました。人を尾行することは、その相手の行動に干渉しない限り、違法行為にはあたりません。そしてその人物はエスメラルダに落ち着いたというわけです。私はロサンジェルスに戻り、いったいどういう事情があるのか調べようとしました。でもうまくいかなかった。そこで私は報酬として二百五十ドルを受け取りました。私から見ればきわめて妥当な金額です。必要経費は自分で持ちました。ミスタ・アムニーは私のことをあまり快くは思っていなかったようだが」

署長は肯いた。「それはあなたがなぜここにいて、セフェリノ・チャンに関わっているかという説明にはなっていない。そしてもしあなたが現在ミスタ・アムニーの依頼を受けて仕事をしていないのなら、別の弁護士のための仕事をしているのではない限り、秘匿特権は与えられないことになる」

「いいですか、ちょっと待ってください、署長。私が尾行していた人物は、ラリー・ミッチェルという男によって脅迫されていたことがわかったんです。あるいは脅迫の企《くわだ》てがあった。彼はカーサ・デル・ポニエンテに住んでいるか、あるいは住んでいた。それで私は彼とコンタクトをとろうとした。しかし私が手にした情報は、ジャヴォーネンとセフェリノ・チャンから与えられたものだけだった。ジャヴォーネンは彼はもうチェックアウトしたと言った。勘定も済ませたし、一週間ぶんの部屋代も前払いしてあると。チャンが言うには、ミッチェルは朝の七時に九つのスーツケースと共に出て行った。そしてチャンの挙動には今ひとつ腑に落ちないところがあった。だからもう一度彼と話をしてみたいと思ったのです」

「彼の住んでいる場所をどうして知っていたんだね？」

「本人が教えてくれた。彼は不満を抱えた男だった。自分は金持ちの所有する地所に住んでいるのだと言っていた。そしてその環境が劣悪なことに腹を立てているようだった」

「まだ十分じゃないね、マーロウ」

「オーケー、少し話に無理があったかもしれない。彼は大麻をやっていた。それで私は売人のふりをしたんだ。こういう商売をしていると、他人のふりをしなくてはならないこともしばしばあってね」

「それで話は少し通じてきた。しかしまだ何かが欠けている。あなたの依頼人の名前だよ。もしそんな人物がいるとすればだが」

「それは秘密にできるだろうか？」

「場合による。我々は恐喝されている人物の名前を公表はしない。その件が裁判に持ち込まれない限りね。しかしその人物が犯罪を犯していたり、犯罪を犯したと起訴されたり、あるいは訴追を免れるために州境を越えたりした場合には、法の執行人として、彼女の現在の居場所や、彼女が現在使っている名前を報告することが義務となってくる」

「彼女？　ということは、あなたは既に知っているわけだ。じゃあなぜ私に訊くのだろう？　彼女がどうして逃亡しているのか、私はその理由を知らない。彼女は私にそのことを語ろうとしない。私が知っているのは彼女がトラブルに巻き込まれていて、怯えており、そしてミッチェルが何かを握っていて、彼女は彼の言いなりになっているということくらいだ」

彼は片手で滑らかな動作をし、抽斗の中から煙草を一本取り出した。それを口にくわえたが、火はつけなかった。

彼はもう一度私をじっと見た。

「よろしい、マーロウ。今のところはそれでよしとしよう。しかしもし何かを掘り出したら、ちゃんとここに持ってくるんだぞ」

私は立ち上がった。彼も立ち上がり、手を差し出した。

「我々は決して荒っぽくはない。我々にはただ果たすべき仕事があるだけだ。ジャヴォーネンに対して過度の敵愾心《てきがいしん》を持たないようにしてくれ。あのホテルを所有している人物には、我々もなにかと世話になっているものでね」

「ありがとう、署長。できるだけよい子にしていよう。ジャヴォーネンに対してさえね」

私は同じ廊下を戻った。同じ警官が当直のデスクについていた。彼は私に向かって肯き、私は外に出て車に乗り込んだ。私はハンドルを両手で堅く握ったままそこに座っていた。私にも人間として生きる権利があるという姿勢をもって接してくれる警官に会うことに、私はあまり慣れていないのだ。当直の警官がドアから顔を出して、アレッサンドロ署長がもう一度あなたと話をしたいそうだと告げたとき、私はまだそこにじっと座っていた。

アレッサンドロ署長のオフィスに戻ると、彼は電話で話をしているところだった。彼は客用の椅子を顎で示し、私をそこに座らせた。電話の相手の話を聞きながら、素速くメモをとっていた。多くの記者たちが使っている簡略体で書いているらしかった。少しあとで彼は言った。

「どうもありがとう。また連絡するよ」

彼は後ろにもたれかかり、デスクをこつこつと叩き、眉をひそめた。

「エスコンディードの保安官支署から連絡があった。ミッチェルの車が発見された。無人で放置されていたようだ。で、君がそのことを知りたがるんじゃないかと思ってね」

「ありがとう、署長。それはどこですか?」

「ここから三十キロ余り離れたところだ。ハイウェイ三九五に通じる道路だが、三九五に乗ろうとする人間はまずその道は通らない。そこはロス・ペナスキトス渓谷と呼ばれているところでね、露出した地層と、荒れた地面と、涸れた河床の他には何もない。その場所のことはよく知っている。今朝、ゲイツという牧場主が小型トラックでそこを通りかかったんだ。塀を造るための平石を探していたんだよ。そして道ばたに駐車しているツートーンのビュイックの前を通りかかった。彼はその車のことをとくに気には留めなかった。廃車には見えなかったし、誰かがそこに駐車しているんだろうと思っただけだ。

その日もっと遅くなって、四時頃にゲイツはまたそこを通りかかった。平石をもう少し積み込もうと戻ってきたんだ。ビュイックはまだそこに駐まっていた。今度は彼も車を停め、ビュイックの中を覗き込んでみた。キーは差し込まれていなかったが、車はロックされていなかった。傷らしきものは見えない。ゲイツはライセンス・ナンバーを書き留め、登録証にあった名前と住所を書き留めた。そして牧場に戻ると、エスコンディードの保安官支署に電話をかけた。もちろん支署の警官たちはロス・ペナスキトス渓谷の場所を知っていた。一人がそこに行って、車を調べた。不審な点は何もない。警官はトランクをこじ開けてみた。スペア・タイヤといくつかの工具の他には何も入っていない。彼は支署に戻って、ここに連絡を入れた。彼と今そのことを話していたところだ」

私は煙草に火をつけ、一本勧めた。彼は首を振った。

「何か考えつくことはないか、マーロウ？」

「あなたと同じ程度のことしか思いつかない」

「いずれにせよ、聞かせてくれ」

「もしミッチェルにここを逃げ出さなくちゃならない十分な理由があって、車に乗せていってくれるような友人がいたとしたら――ここではまったく素性を知られていない友人だよ――彼は自分の車をどこかのガレージに預けていくことだろう。そうすれば誰も不思議には思わない。ガレージだって不審に思うことは何もない。ただ車を一時的に預かってもらうというだけのことだから。そしてミッチェルのスーツケースは、友だちの車にすべてとっくに移し替えられていることだろう」

「それで？」

「要するに友だちなんていなかった。そしてミッチェルは宙に消えてしまったんだ。九個のスーツケースと共に、ほとんど誰も通りかからないさびれた道路の上でね」

「そこからどうなる？」、彼の声は今では硬くなっていた。そこにはとげのようなものが感じられた。私は立ち上がった。

「そうつっかからないでもらいたい、アレッサンドロ署長。私は道にはずれたことは何もしていない。あなたはこれまでのところ、私に対してとても人間らしく振る舞ってくれた。ミッチェルの失踪について私が何か関わりを持っているという風には考えないでもらいたい。彼が私の依頼人のどんな弱みを摑んでいたか、私は知らなかったし、今でも知らない。私にわかっているのは、彼女が一人ぼっちで怯えていて、不幸な状況にあったということくらいだ。もしそれがどんな状況であるかがわかったら、なんとかそれを探り当てられたら、あなたにそれを教えるかもしれないし、教えないかもしれない。もし教えないとなれば、そのときは私を法律で好きに締め上げればいい。そういうことをこれまでまったく経験しなかったわけではない。私は節《せつ》を曲げない。たとえ相手が良心的な警官であったとしてもね」

「事態がそちらの方向に進んでいかないことを願うよ、マーロウ。切に願っている」

「私も同じように願っていますよ、署長。それから、私をまっとうに扱ってくれたことを感謝します」

私はまた廊下を戻り、当直デスクの警官に会釈し、自分の車に戻った。二十歳くらい年取ったような気がした。

私はしっかり確信していた。アレッサンドロ署長も私と同様、ミッチェルがもう生きてはいないと知っているのだ。そしてまたミッチェルは、自分でその車を運転してロス・ペナスキトス渓谷にやってきたわけではなく、誰かが運転して彼をそこまで連れて行ったのだし、そのとき彼は後部席の床に既に死体となって横たわっていたのだということも。

それ以外に考えようはないのだ。統計的な意味において、書類を通して、テープレコーダーを通して、また証拠の積み重ねによって、事実となるものごとがある。またそれとは別に、事実でなくてはならないからという理由で、そうでなくては話の筋がまったく通らないからという理由で、自動的に事実になってしまうものごとがある。

22

それは真夜中の唐突な鋭い悲鳴のようなものだが、しかしそこには音はない。そういうことはだいたいいつも夜中に起こる。なぜなら暗闇の時刻は危険な時刻だから。とはいえ私は真っ昼間にそれを経験したこともある。そのような不思議に澄み渡った一瞬に、とくにこれという裏づけもなく、何かを突然はっと悟ってしまうことがある。長い歳月と、長い緊張がもたらしたものでなければ、闘牛士たちが「真実の瞬間」と呼ぶ、あの直観がそこにあることを私はただ唐突に確信したのだ。

他に理由はなかった。筋のとおった理由は何ひとつなかった。しかし私はランチョ・デスカンサードの入り口の手前で車を駐めた。ライトを消し、イグニションを切った。それからそのまま五十メートルばかり音を消して坂を下った。そしてぐいとブレーキを引いた。

オフィスまで歩いて上って行った。夜間ベルの上に小さな明かりが灯っていたが、オフィスは閉まっていた。まだ十時半になったばかりなのだが。私は歩いて裏手にまわり、樹木のあいだを歩いて抜けた。車が二台駐まっているのが見えた。一台はハーツのレンタカーで、パーキング・メーターに入っている五セント玉に劣らず無個性な代物だった。かがみ込むとライセンス・ナンバーを読み取ることができた。その隣に駐まっているのはゴーブルの暗い色合いの、おんぼろ小型車だった。少し前にカーサ・デル・ポニエンテの脇に駐めてあったのを目にしたが、今はこちらに移動している。

私はそのまま樹木のあいだを進んで、自分の部屋の下まで行った。真っ暗で、物音はしなかった。とてもゆっくりと入り口の短い階段を上り、ドアに耳をつけた。しばらくのあいだ何も聞こえなかった。それから押し殺されたようなすすり泣きが聞こえた。男のすすり泣きだ。女のではない。やがて厚みのない、低くしゃがれた笑い声が聞こえた。それから強烈な殴打とおぼしき音。そして沈黙。

私は階段を降り、樹木のあいだを抜けて車まで戻った。そしてトランクを開け、タイヤレバーを取り出した。そして前と同じくらい注意深く――いや、前よりも更に足音を殺して――自分の部屋に引き返した。そしてもう一度耳を澄ませた。沈黙。何も聞こえない。夜が静まり返っているだけだ。私はポケットから小型懐中電灯を出し、窓に向けてちかっと明かりをつけた。

そしてドアの前を急いで離れた。それから数分のあいだ何ごとも起こらなかった。それからドアが小さく開いた。

ドアに肩を思い切り打ちつけてから、ぐいと大きく開いた。男は後ろによろめき、それから笑った。淡い光を受けて彼の拳銃が煌めくのが見えた。私はタイヤレバーで彼の手首を思い切り叩いた。男は悲鳴を上げた。私はもう一方の手首も強打した。拳銃が床に落ちる音がした。

背後に手を伸ばして明かりのスイッチを入れた。そして足で蹴ってドアを閉めた。

青白い顔をした赤毛の男で、表情のない目をしていた。その顔は苦痛に歪んでいたが、それでも目にはやはり表情がなかった。痛みを感じてはいるが、まだ強面《こわもて》を保っている。

「あんた、長生きはできないぞ」と彼は言った。

「おまえの方は既に寿命が尽きている。大口を叩くのはよせ」

彼はなんとか笑おうと努めた。

「まだ両脚があるだろう」と私は言った。「床に膝をついて、寝そべるんだ。顔を床につけてな。もし顔をこれからも持っていたければだが」

彼は私に唾を吐きかけようとしたが、喉が詰まっていた。彼は床に膝をつき、両腕を外に広げていた。今ではうめき声を上げていた。そして急にがっくりと崩れ落ちた。この手の連中は、仕組まれたカードを一組手にしているときにはやたらタフになれる。そしてそれ以外のカードを手にしたことがないのだ。

ゴーブルはベッドに横たわっていた。顔中あざと傷だらけだった。鼻は折られていた。意識がなく、首を半分絞められているみたいにぜいぜいと呼吸をしていた。

赤毛の男はまだのびていた。彼の拳銃はそのすぐそばに転がっていた。私は彼のベルトを抜いて、それで両足首を縛った。それから仰向けにして、ポケットを探った。財布には六百七十ドルと運転免許証が入っていた。名前はリチャード・ハーヴェスト、アドレスはサン・ディエゴの小さなホテルになっている。札入れにはおおよそ二十の銀行の、番号が振られた小切手と、一組のクレジット・カードが入っていたが、拳銃の許可証は入っていなかった。

私は彼をそこに転がしたままオフィスに行った。そして夜間ベルを押した。いつまでもそれを押し続けた。少しあとで人が一人暗闇の中をやってきた。バスローブにパジャマ姿のジャックだった。私の手にはまだタイヤレバーがあった。

彼はびっくりしたみたいだった。「何があったんです、マーロウさん？」

「ああ、なんでもない。私の部屋にならず者が一人いて、私を殺そうとしただけだ。そして男が一人、私のベッドで半殺しにされていた。そんなに気にすることでもないよ。このへんじゃ珍しくもないことなのだろう」

「警察を呼びましょう」

「そいつはとてもご親切に、ジャック。ご覧のように私はまだ生きている。この場所をこれからどのようにすればいいかわかるかな？　動物病院にでも改装するんだね」

彼はドアの鍵を開け、オフィスに入っていった。彼が警官と電話で話しているのを聞いてから、部屋に戻った。赤毛はなかなかしぶとかった。彼はなんとか座った格好まで回復し、壁にもたれていた。その目にはやはりまだ表情がなく、口はにやりと笑うように歪んでいた。

私はベッドに行った。ゴーブルは目を開けていた。

「ドジを踏んだ」と彼は囁くように言った。「手順が狂っちまった。おれもヤキがまわったらしい」

「警察がこちらに向かっている。いったい何があったんだ？」

「自ら渦中に足を踏み入れたようなもんだ。文句は言えない。この男は殺し屋だ。おれはまだしも運がよかったのさ。まだ息ができているからな。こいつはここまでおれに運転させてきた。おれを叩きのめして、縛り上げて、それからしばらくどこかに消えていた」

「誰かがこいつを車に乗せてやったんだよ、ゴーブル。君の車の隣にレンタカーがあった。もし彼がカーサに車を置いていたとしたら、そこまで取りに戻れるわけがないだろう」

ゴーブルはゆっくりと顔をこちらに向けて、私の顔を見た。「おれは自分がいっぱしのやり手だと思っていた。しかし思い違いだったらしい。早くカンザス・シティーに戻りたいよ。小物が大物を倒す——そんなことは起こりっこないんだ。どうやらあんたに命を救われたらしいな」

そして警察がやってきた。

最初にパトロール・カーの二人の警官がやってきた。皺ひとつない制服に身を包んだ、見かけのよい、いかにも真面目そうな連中だった。そして例によって鉄板みたいな顔をしている。それから大柄でタフな巡査部長がやってきた。名前はホルツミンダー。彼はその夜のシフトの巡回担当巡査部長だった。彼は赤毛をちらりと見てから、ベッドに行った。

「病院に電話をしろ」と彼は肩越しに手短に言った。

警官の一人が車に戻った。巡査部長はゴーブルの上にかがみ込んだ。「何か話したいか？」

「あの赤毛にぶちのめされた。あいつはおれの金も盗んだ。カーサでおれに銃を突きつけたんだ。そしてここまでおれに運転させた。それからおれを叩きのめしたんだ」

「なんで？」

ゴーブルはため息をつくような音を立て、枕に頭を力なく沈めた。彼は気を失ったか、あるいは失った真似をしているか、そのどちらかだった。巡査部長は背筋を伸ばし、私を見た。

「おたくの言い分は？」

「言い分なんて何もないよ、巡査部長。そのベッドに寝ている男とは今日一緒に夕食をとった。その前に二度ばかり会ったことがある。彼はカンザス・シティーから来た私立探偵だ。彼がここで何をしていたか、まったく見当もつかない」

「そしてこいつは？」、巡査部長はどうでもよさそうに赤毛の男を示した。男はてんかんの発作みたいな不自然な笑みをまだ口もとに浮かべていた。

「初めて見る顔だ。この人物のことは何ひとつ知らない。銃を手に私をここで待ち受けていたという以外には」

「そのタイヤレバーはあなたのか？」

「そうだよ、部長刑事」

もう一人の警官が部屋に入ってきて、巡査部長に向かって肯いた。「救急車はこちらに向かっています」

「それであなたはタイヤレバーを手にしていた」と巡査部長は冷たい声で言った。「どうしてまた？」

「まあ早い話、誰かがここで待ち伏せしているんじゃないかという直感みたいなものがあったんだよ」

「早い話、あなたには直感なんてなかったんじゃないかな。ただ前もってわかっていただけだ。そしてあなたはもっと多くの事情を知っている。そうじゃないか？」

「おいおい、いろんなことがはっきりする前に、私のことを嘘つき呼ばわりするのはよろしくないね。肩に線を何本か余分につけているからといって、タフぶるのもよろしくない。それだけじゃない。この男はやくざ者かもしれないが、両方の手首をしっかり折られてしまっている。それが何を意味するかはわかるだろう、巡査部長。こいつはもう二度と拳銃は扱えないってことだよ」

「となると、傷害罪であなたを刑事告発することになる」

「すればいいさ、巡査部長」

そして救急車がやってきた。最初にゴーブルが運ばれていった。それからインターンが赤毛の折れた両手首に間に合わせの副《そ》え木をあてた。そして足首を縛ったベルトを解いた。男は私の顔を見て声を出して笑った。

「次の時は何かもうちっと趣向を思いつくよ。しかしおたくはよくやったぜ。素人ばなれしてる」

男は出て行った。救急車のドアがばたんと音を立てて閉じられた。そしてサイレンの音が遠ざかっていった。巡査部長は帽子を取り、椅子に腰掛けた。そして額の汗を拭った。

「もう一回やりなおそうや」と彼は抑揚を欠いた声で言った。「最初からな。お互いに対して不快感は抱いておらず、理解しあうべく努めているあたりからだ。できるかね？」

「いいよ、巡査部長。試してみよう。そういうチャンスがもらえて何よりだ」

23

結局警察署に逆戻りすることになった。アレッサンドロ署長はもういなくなっていた。ホルツミンダー巡査部長が調書を作成し、私はそれに署名をした。

「タイヤレバーときたか」と彼は考え深げに言った。「しかしちっとばかり危険な試みだったんじゃないかね。そいつを振りかざしているあいだに、四発は弾丸をくらいかねないだろう」

「そうは思わないよ、巡査部長。私は相当激しくドアに体当たりしたし、タイヤレバーをそれほど大きく振りかざしもしなかった。それに相手は、私を撃てとまでは言われていなかったんじゃないかな。たぶん誰かに頼まれて仕事をしていただけだろう」

おおよそそんなところで、彼らは私を解放してくれた。時刻はもう遅く、あとはベッドに入って寝るしかなかった。誰かと話をするような時間もない。しかしそれでもなお私は電話局に行って、二つ並んだ小綺麗な屋外電話ボックスのひとつに入り、カーサ・デル・ポニエンテの番号を回した。

「ミス・メイフィールドをお願いしたい。ミス・ベティー・メイフィールドだ。部屋は1224」

「この時刻には電話はおつなぎできません」

「どうして？　君は両手首でも折ったのか？」、私はその夜、とことん気がささくれていた。

「緊急の要件でもなければ、こっちだってこんな時刻に電話をかけるものか」

彼は電話を部屋に接続し、彼女は眠そうな声で受話器を取った。

「こちらはマーロウだ。まずいことになった。私がそちらに行こうか？　それとも君がこちらに来るか？」

「なんですって？　どんなまずいことなの？」

「とにかく今回だけは、黙って私の言うとおりにしてくれ。そちらの駐車場で君をピックアップする。それでいいね？」

「着替えをしなくちゃならないから、少し時間をちょうだい」

私は外に出て、車を運転してカーサまで行った。私は待っているあいだに煙草を三本吸い、一杯酒が飲めればなと考えていた。やがて彼女が音もなく素速くやってきて、車に乗り込んだ。

「まったくわけがわからないわ、これは――」と彼女は言いかけたが、私がそれを遮った。

「おいおい、わけがわかっているのは君一人しかいないんだ。そして今夜こそはそのわけを教えてもらおう。ぶち切れたりしないでほしいね。今度はもうその手は効かないからな」

私は荒っぽく車を始動させ、スピードを上げてひっそりとした道路を走り抜けた。それから坂道を下り、ランチョ・デスカンサードに入り、樹木の下に車を駐めた。彼女は無言のまま車を降りた。私はドアを解錠し、部屋の明かりをつけた。

「飲み物は?」

「いただくわ」

「薬は飲んでいるのか?」

「睡眠薬のことを言っているのなら、今夜は飲んでない。ただしクラークと外出して、しこたまシャンパンを飲んだわ。そうするといつも眠くなっちゃうの」

私は二人ぶんの飲み物を作り、ひとつを彼女に手渡した。私は腰を下ろして、首を後ろにもたせかけた。

「悪いけれど、少し疲れていてね」と私は言った。「私だって、二日か三日に一度くらいはどこかにちょっと腰を下ろす必要があるんだ。なんとかそういう弱みは克服しなくちゃとは思うんだが、もう昔のように若くはないものでね。ところでミッチェルは死んだぜ」

彼女は喉の奥で息を詰まらせた。そして手が震えた。顔も真っ青になったかもしれない。はっきりしたことは言えないが。

「死んだですって？」と彼女は囁くように言った。「死んだっていうの？」

「ああ、よしてくれよ。リンカーン大統領も言っているだろう。君はすべての探偵を限られた期間、騙しておくことはできる。また限られた数の探偵を、長いあいだ騙しておくことはできる。しかし——」

「もうやめて！　くだらないことは言わないで！　いったい自分をなんだと思っているの、あなたは？」

「君のためになることをできる場所にどうやったらたどり着けるだろうかと、切々と試しているだけの男だよ。君が何らかの面倒に巻き込まれているらしいとわかる程度の経験を積み、理解力を身につけた男だよ。君をそこから救い出したいと求めつつ、君からの助力をまったくもらえないでいる男だよ」

「ミッチェルが死んだ？」、彼女は低い息を殺した声で言った。「ごめんなさい。ひどいことを言うつもりはなかったの。それで、どこで死んだの？」

「彼の車が無人で発見された。君が名前も聞いたことがないような場所でね。三十キロばかり内陸の、ほとんど交通がない道路にそれは打ち捨てられていた。ロス・ペナスキトス渓谷というところだ。死んだような土地だよ。車の中には何もなかった。スーツケースひとつ。誰も通りかからない道路の脇に、空っぽの車が駐められていた」

彼女は飲み物を見下ろし、それを大きく一口飲んだ。「彼は死んだとあなたは言ったのよ」

「もう何週間も前のことのように思えるが、君がここにやってきて、もしミッチェルの死体をうまく片づけてくれれば、リオでの豪勢な生活を約束するともちかけたのは、時間単位で数えられるくらい最近のことなんだぜ」

「でもそこには——なかったでしょ？　だからつまり、私は夢でも見ていたんだわ、きっと——」

「いいかい、君は夜中の三時に真っ青になってここに飛んできたんだ。彼が今どこにいて、君の部屋の小さなポーチの寝椅子の上に彼がどんな風に転がっているか、仔細に描写してくれた。だから私は君と一緒にホテルまで戻って、非常階段を上まで昇ったんじゃないか。私の職業には欠かせない究極の注意深さをもってね。ところがミッチェルの姿はそこにはなく、君は小さなベッドに潜り込んで、睡眠薬に抱かれてすやすや眠ってしまった」

「好きなだけ話を茶化していればいい」と彼女はぴしゃりと言った。「そういうのがお得意なんでしょう。どうしてあなたが私と添い寝しなかったわけ？　そうすれば睡眠薬なんて必要なかったんじゃないかしら。違う？」

「もしよかったら、とりあえず話題を一点に絞ろうじゃないか。まず肝心なのは、君がここに来たとき、君はそっくり真実を語っていたということだ。ミッチェルは本当にポーチで死んでいたんだ。しかし君がここに来て、私をうまく利用しようと画策しているあいだに、誰か他の人間がその死体を始末してしまったんだ。その誰かはミッチェルの死体を下まで運んで行って、彼の車に入れた。それから荷造りをして、九個のスーツケースを車に積み込んだ。それだけやるには時間がかかった。時間がかかるというだけじゃない。そんなことをするにはよほどの理由が必要だ。さて、いったいどこの誰がわざわざそんなことをするだろう？　自分の部屋のポーチで人がひとり死んでいることを、警察に連絡しなくてはならないという程度のほどほどの恥辱から、君を解放するだけのために？」

「ああ、しつこいわね！」、彼女はグラスの酒を飲み干し、それを脇にどかせた。「疲れたわ。あなたのベッドに横になったらいやかしら？」

「服を脱いでくれればかまわないよ」

「いいわよ。服を脱ぎましょう。結局のところ、それがあなたの望みだったのね。違う？」

「君はそのベッドを好まないかもしれない。そこで今夜、ゴーブルが半殺しの目にあわされたんだ。リチャード・ハーヴェストという雇われやくざに叩きのめされてね。ずいぶんひどい傷を負っていた。君はゴーブルを覚えているよな？　このあいだの夜、暗い色の小型車に乗って、山の上まで我々をつけてきた太っちょだよ」

「ゴーブルなんて名前の人は知らない。リチャード・ハーヴェストなんて名前の人も知らない。どうしてそんなことをあなたがすべて知っているのかしら？　そしてなぜ彼らはここにいたの？　あなたの部屋の中に？」

「その雇われたやくざは、私の帰りをここで待っていたんだ。ミッチェルの車の話を耳にしたあとで、私は虫の知らせを感じたんだ。将軍たちやら、他のいろんな偉い人たちだって、みんな虫の知らせを感じる。私が感じて何がいけない？　問題はいつそれを真剣に取り上げるかということだ。私は今夜、運が良かったと思う。あるいは昨夜というべきかな。私は虫の知らせに従って行動した。彼は拳銃を手にしており、私はタイヤレバーを手にしていた」

「なんという天下無敵、難攻不落の人でしょう」と彼女は皮肉っぽく言った。「ベッドのことは気にしないわ。今、服を脱いでいいのかしら？」

私は彼女のところに行って、その身体を摑んで立たせ、揺すった。「もうくだらないことを言うのはよせ、ベティー。もし君のその素敵な白い身体がほしくなったとしたら、それは君が私の依頼人ではないときのことだ。君が何を恐れているのか、私はそれが知りたい。それがわからなければ、どうやって君を助ければいいか、私にわかるわけがないんだ。私を助けられる人間は君しかいない」

彼女は私の両腕の中ですすり泣き始めた。

女性が自らの身を護るための方法は限られている。しかし彼女たちは何と巧妙にそれらの方法を用いることだろう。実に驚嘆するしかない。

私は彼女をしっかりと抱き寄せた。「好きなだけ泣けばいい。好きなだけ声を上げればいい。いいぜ、ベティー。私は我慢強い人間だから。もしそうじゃなかったら――そうだな、つまりもしそうじゃなかったら――」

私にはそこまでしか言えなかった。彼女は震えながら私にぴたりと身体をくっつけていた。そして顔を上げ、私の頭を引っ張り下ろし、我々の唇が触れるようにした。

「ほかに女の人がいるの?」と彼女は私の口の中に向かってそっと尋ねた。

「かつてはね」

「でも特別なひとだったのね?」

「ほんのひとときのことだった。それも、ずいぶん昔のことになるが」

「あなたのものにして。私はそっくり――何から何まであなたのものになるわ。奪って」

24

誰かがドアを強くノックする音で目を覚ました。私は間の抜けた頭で目を開いた。彼女はしっかりと私に抱きついていたので、私はほとんど体を動かすこともできなかった。彼女の両腕を優しくほどいて、それでようやく自由になれた。彼女はまだ深く眠っていた。

私はベッドを出て、バスローブを身にまとい、戸口に行った。でもドアは開けなかった。

「いったい何だね？　眠っていたんだが」

「アレッサンドロ署長があなたにお会いしたいということです。署で、今すぐに。ドアを開けてください」

「悪いがそれはできない。シャワーに入らなくてはならないし、髭も剃らなくてはならない。他にもいろいろ」

「ドアを開けるんだ。私はグリーン巡査部長だ」

「すまないな、巡査部長。ドアは開けられない。しかしできるだけ急いで支度をするようにはするよ」

「女が一緒なんだろう」

「巡査部長、そういう質問は不要にして不適切だ。準備が整い次第、早急にそちらにうかがうよ」

彼の足音がポーチを降りていった。誰かの笑い声が聞こえた。誰かがこう言う声が聞こえた。

「この男はなかなか隅に置けないな。仕事の合間に何をしているかわかりゃしないぜ」

警察の車が去っていく音が聞こえた。私はシャワーに入り、髭を剃り、服を着た。ベティーはまだ枕に顔をしっかり埋めていた。私はメモを書いて、私の枕の上に置いておいた。「警察に呼ばれた。行かなくてはならない。私の車がどこにあるかはわかっているはずだ。ここにキーがある」

私は足音を忍ばせて外に出て、ハーツのレンタカーを見つけた。キーが車の中にあることはわかっていた。リチャード・ハーヴェストのような運転者は、キーのことなど気にも掛けない。どうせどんな車にでも合う鍵束を持ち歩いているのだから。

アレッサンドロ署長の見かけは昨日と寸分違わなかった。いつだってこういうなりをしているのだろう。他にもう一人の男がいた。石のように冷ややかな顔をした年配の男で、目つきには何かいやなものがあった。

アレッサンドロ署長は前のときと同じ椅子を顎で示した。制服の警官がやってきて、私の前にコーヒーを置いた。彼は出て行くときに、含みのある笑みをちらりと私に投げかけた。

「こちらはミスタ・ヘンリー・カンバーランド。カロライナのウェストフィールドからお越しになった。ノース・カロライナだよ、マーロウ。どのようにしてあとを辿られたのかはわからないが、とにかくここまで来られた。彼の息子さんがベティー・メイフィールドによって殺害されたとおっしゃっている」

私は何も言わなかった。口にすべきことは何ひとつなかった。私はコーヒーをすすった。少し熱すぎたが、それ以外に文句はなかった。

「何かもう少し情報をいただけるのでしょうか、カンバーランドさん？」

「この男は誰だ？」。彼の声は顔と同じくらい鋭かった。

「フィリップ・マーロウという私立探偵です。ロサンジェルスを本拠地としています。彼がここにいるのは、ベティー・メイフィールドが彼の依頼人であるからです。あなたは彼女に関して、彼よりはずっと熾烈《しれつ》な見解を持ち合わせておられると推察するのですが」

「私は彼女に関して、どのような見解も持ち合わせてはいませんよ、署長」と私は言った。

「ときどき彼女を締め上げるのが好きなだけです。そうすると気分がよくなるから」

「君は殺人犯に気分よくしてもらうのが好きなのか？」とカンバーランドは私に向かって吠えた。

「そう言われても、私は彼女が殺人犯だとは知らなかったものですから、カンバーランドさん。まさに寝耳に水というところです。説明していただけますか？」

「ベティー・メイフィールドと名乗っている女は――それは彼女の結婚前の姓なのだが――私の息子の嫁だった。息子の名前はリー・カンバーランド。私はその結婚を認めなかったがね。戦時によく見られた愚かしい結婚のひとつだ。息子は戦争で首の骨を折り、脊柱を保護するための矯正器具をいつもつけていなくてはならなかった。ある夜、彼女はそれを息子の身体からはずし、彼を罵倒して自分に殴りかかるようにし向けた。不幸なことに、息子は帰郷してからかなり深酒をするようになっていたのだ。そして口論が絶えなかった。息子は足を滑らせ、ベッドの上に倒れ伏していた。私が部屋に入ったとき、彼女は矯正器具を首に戻そうとしているところだった。息子は既に死んでいたよ」

私はアレッサンドロ署長を見た。「この会話は録音されているのですか、署長？」

彼は肯いた。「そっくり全部」

「わかりました、カンバーランドさん。きっと話はそれだけでは終わらないのでしょうね」

「もちろんだ。私はウェストフィールドでは大いに力を持っている。銀行を所有し、代表的な新聞を所有し、産業の多くを所有している。ウェストフィールドの人々はみんな私の友人だ。息子の嫁は逮捕され、殺人罪で裁判にかけられ、陪審員によって有罪判決を受けた」

「陪審員は全員ウェストフィールドの市民だったのですね、カンバーランドさん？」

「そうだ。それが何かいけないのかね？」

「よくわかりません。しかし話をうかがっていると、どうやらあなたがすべてを牛耳っている町のようですね」

「私に向かって生意気な口をきくんじゃない、若いの」

「申し訳ありません。話を続けていただけますか？」

「我が州にはいささか奇妙な法律がある。あるいは他のいくつかの場所にもあるかもしれないが。通常、被告側弁護人は自動的に判事指示評決による無罪を請求し、その請求はやはり自動的に却下されることになっている。我が州においては、判事は評決のあとまで裁定を保留することができる。その判事は老いぼれだった。彼は裁定を保留していた。陪審員が有罪という評決を持ってきたとき、彼は長いスピーチをおこない、私の息子が酔っぱらって頭に血が上り、妻を脅すために自ら矯正器具をはずしたかもしれないという可能性を考慮することを、陪審員は怠っていると言った。あまりに多くの恨みつらみが積み重なっていて、何ごとが起こっても不思議はなかったと彼は言った。そして嫁は、彼女がそうしていたと主張しているとおりのことをしていただけかもしれない。つまり私の息子の首に矯正器具を戻そうとしていただけかもしれない、と。彼は評決を無効とし、被告人を釈放した。

私は彼女に言った。おまえは私の息子を殺したのだ。だからこの地球上のどこに逃げても居場所がみつけられないようにとことん追い詰めてやる、と。それが私がここにやってきた理由だ」

私は署長を見た。彼は何も見ていなかった。私は言った。「カンバーランドさん、あなたの個人的なご意見がどうであれ、ミセス・リー・カンバーランドは——私がベティー・メイフィールドとして知っている女性は——裁判にかけられ、そこで無罪判決を受けたのです。ですから、あなたは彼女を殺人犯と呼ぶことはできません。それは名誉毀損になります。百万ドルの慰謝料を請求しますよ」

彼は笑った。かなりグロテスクな笑い方だった。「どこの馬の骨ともしれないやつが」と彼は言った。それはほとんど金切り声に近いものだった。「うちの町にくれば、おまえなんか浮浪者として檻に放り込まれてしまうぞ」

「合わせて百二十五万ドルにしておきましょう」と私は言った。「私にはあなたの息子のお嫁さんほどの値打ちはありませんから」

カンバーランドはアレッサンドロ署長の方を向いた。「いったいここはどうなっているんだ？」と彼は吠えた。「おまえらはみんな悪党の集まりか？」

「あなたが話している相手は警察署長なのですよ、カンバーランドさん」

「おまえが誰であろうが関係ない」とカンバーランドは怒り狂って言った。「腐った警察なんて珍しくもない」

「ものごとの真偽を確かめるというのは大事なことですよ。人々をあっさり悪党と呼んだりする前にね」とアレッサンドロ署長は言った。彼の声にはほとんど愉しささえ感じられた。それから彼は煙草に火をつけ、煙を吐き、煙越しに微笑んだ。

「落ち着いてください、カンバーランドさん。あなたは心臓を患っているでしょう。予後の経過もよくなさそうだ。興奮するのは身体にいけない。私はかつて医学を学んでいました。しかしあれこれあって、こうして警官になりました。戦争のおかげで志が遂げられなかったということです」

カンバーランドは立ち上がった。顎に唾がかかっていた。彼は喉の奥で、首を絞められたような音を立てた。「いつかきっちりと片をつけてやるからな」と彼は唸るように言った。

アレッサンドロは肯いた。「警察の仕事でひとつ興味深いのは、どんなことでもきっちりと片がつくことなんてないということです。いつだってものごとには、数え切れないほどの綻《ほころ》びがあります。あなたは私に何をしてもらいたいのですか？　裁判で無罪判決を受けた人間を逮捕しろというのですか？　あなたがカロライナのウェストフィールドの有力者であるという、それだけの理由で？」

「どこに逃げても逃げ切れないようにしてやると、私はあの女に言った」とカンバーランドは怒気を含んだ声で言った。「地の果てまでも追いかけてやるとな。そしてあの女の正体をみんなに暴いてやるのだ」

「そして彼女の正体とはどんなものなのですか、カンバーランドさん？」

「私の息子を殺した殺人犯だ。なのに愚かな判事のおかげで罪を免れることになった。それがあの女の正体だ！」

アレッサンドロ署長は立ち上がった。百九十センチに近い長身だ。「ここからとっとと消えちまってくれ」と彼は言った。「実にむかむかする。仕事柄ありとあらゆる半端な連中と顔を合わせてきた。おおかたは知恵の足りない、落ちこぼれの貧乏なガキどもだった。あんたのような地位もある立派な大人が、そのへんの十五歳の不良少年に負けず劣らず愚かで残忍になれるというのは、初めて目にしたことだ。おそらくあんたはノース・カロライナ州ウェストフィールドを牛耳っているのだろう。あるいは牛耳っていると思い込んでいるのだろう。しかし私の町では、あんたは葉巻の吸い殻ひとつ自由にはできない。とっととここから消え失せてくれ。

警官が公務を執行することを妨げた罪で、ぶち込まれたりしないうちにな」

カンバーランドはよろめくように戸口に向かい、ドアノブを探した。ドアは初めから大きく開いていたのだが。アレッサンドロは彼の後ろ姿を目で追っていた。それからゆっくりと腰を下ろした。

「なかなか言うじゃないか、署長」

「まったく辟易するね。私の言ったことで、彼が自分というものを見直してくれるといいのだが――まったくの話」

「ああいうタイプにそんなことを望むのは、望むだけ無駄というものだ。私はもう引き上げていいのだろう？」

「ああ。ゴーブルは告訴しないということだ。今日のうちにカンザス・シティーに戻るらしい。リチャード・ハーヴェストについてはいちおう洗ってみるつもりだが、まあどうせ詮無いことだ。しばらくのあいだ刑務所に放り込んでおくことはできる。しかしあの手の連中は、それこそ一山いくらで雇えるからね」

「ベティー・メイフィールドについては、どのように手を打てばいいんだろう？」

「漠然とした私見に過ぎないが、君は既に手を打ったんじゃないのか」と彼は表情も変えずに言った。

「ミッチェルに何が起こったか知れるまでは、まだ話は終わっていない」。私も彼と同じような表情を欠いた顔でそう言った。

「私にわかっているのは、彼はどこかに消えてしまったということだ。それだけでは警察の出番はない」

私は立ち上がった。我々は含みのある目で互いを見つめ合った。それから私は退出した。

25

彼女はまだ眠っていた。私が戻っても目を覚まさなかった。小さな子供のように音も立てず、深く寝入っていた。顔はどこまでも平和そうだった。私はしばらく彼女を眺めてから、煙草に火をつけ、キッチンに行った。ホテルが用意した、どこかの安物ストアで買ってきたような、見かけばかりのぺらぺらのアルミニウムのパーコレーターにコーヒーをセットしてから、寝室に戻ってベッドに腰掛けた。私が残したメモは、車のキーと一緒にまだ枕の上にあった。

私は彼女を揺すって起こした。彼女は目を開け、おぼつかなく瞬きをした。

「今は何時?」と彼女は尋ねた。そしてむき出しの腕を精一杯伸ばした。「まったくもう、ぐっすり眠ってしまったわ」

「そろそろ服を着替える時刻だ。コーヒーを沸かしておいた。さっきまで警察署にいたんだ。

呼びつけられてね。君の義理の父上がこの街にいるよ、ミセス・カンバーランド」

彼女はさっと身を起こし、息を止めてまっすぐ私の顔を見た。

「彼はアレッサンドロ署長に体よく追い払われたよ。あの男には君を傷つけることはできない。それが君がずっと恐れていたことなのか？」

「彼は話したの？　ウェストフィールドで起こった事件の顚末《てんまつ》を？」

「彼はそれを言うためにここまでやってきたんだ。でも頭に血が上りすぎて、それで墓穴を掘ったようなものだ。で、実際はどうなんだい？　君はそんなことはしなかったのだろう？　彼らが言うようなことをやったのかい？」

「やってないわ」、彼女の目はらんらんと私を睨んでいた。

「もしやっていたとしても、それは問題じゃない。今となってはね。しかし昨夜のことに関して言えば、もしそうであったなら、私はあまり幸福な気持ちにはなれないだろう。ミッチェルはどうやってその件を嗅ぎつけたんだ？」

「彼はたまたまそこか、あるいはその近辺にいたのよ。やれやれ、新聞は何週間もその事件でもちきりだったわ。だから私を見分けるのは、彼にとってむずかしいことではなかった。こっちの新聞には載らなかったのかしら？」

「報道はしたはずだ。あまり尋常とは言えない審理の経緯を取り上げるだけでもね。しかしもし報道されていたとしても、私は見逃していた。もうコーヒーができていると思う。クリームと砂糖は？」

「ブラックでもらうわ。砂糖はいらない」

「よかった。ここにはクリームも砂糖もないものでね。どうしてエレノア・キングと名乗ったんだね？　いや、答えなくていい。聞くだけ野暮だった。カンバーランドの親父さんは君の結婚前の名前を知っていたからね」

私はキッチンに行って、パーコレーターの蓋を取った。そして二つのカップにコーヒーを注いだ。カップを彼女のところに持っていった。私は自分のカップを持って自分の椅子に座った。我々は目を合わせ、もう一度他人同士になった。

彼女はカップを脇にどかせた。「おいしいわ。服を着替えるあいだ、ちょっと脇を向いていてもらえない？」

「もちろん」。私はテーブルの上のペーパーバックを取り上げ、それを読むふりをした。それは私立探偵を主人公にした小説だった。その男が考えるホットなシーンとは、拷問を受けたあとのある裸の女が、シャワーのレールから吊り下げられて死んでいるところだった。ベティーが浴室に入る頃には、私はそのペーパーバックを部屋のくずかごに放り込んでいた。残飯用のゴミ箱があればいちばんよかったのだが、生憎《あいにく》近くには見当たらなかった。それから私は思った。愛を交わすことのできる女には二種類ある。ひとつは自分をあまりに完璧に与え、すべてを放棄してしまうので、自分の身体のことなんてそっくり忘れてしまうような女だ。もうひとつは自意識が強く、常に何かを少しだけ隠しているような女だ。アナトール・フランスの小説の中に、ストッキングをどうしても脱ぐと言い張る娘が出てくる。ストッキングをつけたままだと、娼婦になったような気がするからだ。彼女は正しい。

浴室から出てきたベティーは開いたばかりの薔薇の花のように見えた。化粧は完璧で、瞳は輝いており、髪はあるべき位置にぴたりと収まっていた。

「ホテルに連れて帰ってくれる？　クラークに話があるの」

「彼に恋しているのか？」

「私はあなたに恋していたつもりだったんだけど」

「そいつは夜の求めの声だったのさ」と私は言った。「ただそれだけのことにしておこうじゃないか。キッチンにはもっとコーヒーがあるよ」

「いいえ、もうけっこうよ。朝食まではね。あなたはこれまでに恋したことってある？　私の言うのは、その人と毎日、毎月、毎年ずっと一緒にいたいと思うくらいってことだけど」

「さあ、もう行こう」

「これほど厳しい心を持った人が、どうしてこれほど優しくなれるのかしら？」、彼女は感心したように尋ねた。

「厳しい心を持たずに生きのびてはいけない。優しくなれないようなら、生きるに値しない」

私は彼女にコートを着せかけてやり、我々は車のあるところまで歩いた。ホテルに戻る途中、彼女は一言も口をきかなかった。ホテルに着くと、私はいつもお馴染みの駐車スペースに車を駐めた。私は折り畳んだ五枚の旅行小切手を取り出し、彼女に差し出した。

「この小切手をもらったり返したりするのは、願わくばこれを最後にしたいものだ」と私は言った。「そうしないと、今に擦り切れてしまう」

彼女は小切手に目をやったが、受け取りはしなかった。「それはあなたの料金じゃなかったの」と彼女は言った。その声には僅かに鋭いものがあった。

「黙って受け取るんだ、ベティー。君から金をもらうわけにはいかない。それは君にもわかっているはずだ」

「昨夜のことがあったから？」

「それは関係ない。私はただそれを受け取るわけにはいかないんだ。それだけさ。私は君のために何もしちゃいないんだ。これからどうするつもりなんだ？　どこに行くつもりなんだ？　もう今では君の身の安全が脅かされることはない」

「何も考えていないの。これから何かを考えるわ」

「ブランドンに惚れているのか？」

「そうなるかもしれない」

「彼はかつてはその筋の人間だった。邪魔なゴーブルを追い払うためにガンマンを雇った。そのガンマンは必要とあらば、あっさり私を殺しただろう。君はそういう男を本当に愛せるのか？」

「女は男を愛するのよ。その人となりを愛するわけじゃない。それに彼は本気じゃなかったかもしれない」

「さよなら、ベティー。私は自分の持っているものを君に与えた。でもそいつは君には十分じゃなかった」

彼女はゆっくりと手を伸ばして、小切手を取った。「あなたは頭がどうかしていると思う。これまで会った中で、あなたくらい頭のおかしな人はいない」。彼女は車から降りて、素速い歩調で歩き去った。いつもと同じように。

26

彼女がロビーを横切り、部屋に着くまでの時間を与えた。それから私はロビーに行って、館内電話でクラーク・ブランドンの部屋につないでもらった。ジャヴォーネンが通りかかって、嫌な目で私を見た。しかし何も言わなかった。

男の声が電話口に出た。彼の声に間違いなかった。

「ブランドンさん、あなたはおそらく私のことをご存じないと思います。先日の朝、一緒のエレベーターに乗り合わせたことはありますが。私の名前はフィリップ・マーロウ、ロサンジェルスで私立探偵をやっているものです。そしてミス・ベティー・メイフィールドの友人でもあります。もしお時間をいただければ、少しばかりお話をしたいのですが」

「君のことは少しばかり耳に挟んだことがあると思うよ、マーロウ。しかし今ちょうど外出するところでね。今日の夕方、六時くらいに会って、一杯やるというのはいかがかな?」

「私はできれば早いうちにロサンジェルスに帰りたいのです、ブランドンさん。お時間はとらせませんよ」

「わかった」と彼はいささか苦々しげに言った。「上がってきたまえ」

彼は自分でドアを開けた。大柄で長身、たくましい男だった。まさに男盛りというところだ。強面でもないし、やわでもない。彼は手を差し出さなかった。彼は脇に寄り、私は部屋に入った。

「あなたは一人でここに住んでいるのですか、ブランドンさん?」

「そうだよ。それが何か?」

「これから口にしなくてはならないことを、ほかの誰かに聞かれたくないものですから」

「じゃあ、さっさとそれを言ってしまってくれ」

彼は椅子に座り、両足を足置き《オットマン》に載せた。金の吸い口のついたシガレットに、金のライターで火をつけた。ゴージャスだ。

「私が最初にここに来たのは、ロサンジェルスの弁護士から指示を受けたからでした。ミス・メイフィールドのあとをつけて、落ち着き先を確かめ、それを報告しろという指示でした。その理由は聞かされなかったし、弁護士もその理由は知りませんでした。彼はワシントンにある高名な弁護士事務所の代理人として行動しているのだということでした。ワシントンDCの方です」

「それで君は彼女を尾行した。それで?」

「そして彼女はラリー・ミッチェルと接触を持ちました。あるいは彼が彼女に近づいた。そして彼は彼女の弱みにつけこんだ」

「あの男は女性の弱みにつけこむのが得意だ」とブランドンは冷ややかな声で言った。「それが彼の専門だからね」

「彼にはもうそれもできない。そうですね?」

彼は冷たくうつろな目でじっと私を見た。「どういう意味だろう?」

「彼にはもはやそういうこともできない。もはや存在してもいない」

「彼はホテルを引き払い、車で去っていったという話を耳にしたよ。それが何か私と関係あるのかな?」

「彼がもう存在していないことがどうしてわかるのかと、あなたは私に尋ねもしなかった」

「いいかい、マーロウ」と彼はいかにも馬鹿にしたような動作で煙草の灰を落として言った。「なんでそんなことに、私がいちいち興味を持たなくちゃならんのだ? 何か私に関わりがあることを話してくれ。さもなくば帰ってくれ」

「私はここでまた別のことにも巻き込まれています。巻き込まれるというのが適切な言葉かどうか、よくわからないけれど。ゴーブルというカンザス・シティーからやってきた私立探偵だという男がいまして、とにかく彼の名刺にはそう書いてあるのですが、この男にはずいぶん悩まされました。この男は私をあちこちつけまわしていた。そしてミッチェルについて喋り続けていた。彼が何を追っているのか、私には見当がつかなかった。そしてある日、あなたはカウンターで差出人の名前のない手紙を受け取った。あなたがそれを何度も読み直すのを私は見ていた。あなたはその手紙を残していったのがどんな男かと、フロント係に尋ねていた。フロント係は知らなかった。あなたは空の封筒をくずかごから拾い上げさえした。そしてエレベーターに乗り込むとき、あなたの顔は決して晴れやかではなかった」

ブランドンの顔にはもうそれほどの余裕はうかがえなかった。彼の声には鋭い角があった。

「君はいささか嗅ぎまわりすぎるんじゃないかね、探偵さん。そうは思わないか？」

「そいつは意味のない質問だな。なにしろ嗅ぎまわることが私の商売でね」

「自分の足で歩けるうちにここから出ていった方がいいぜ」

私は笑い飛ばし、彼はそれで頭に血が上ったようだった。さっと椅子から立ち上がり、私の座っているところまで大股でやってきた。

「いいか、よく聞け。私はこの街ではかなりの大物だ。おまえみたいな安物の探偵にこづき回される覚えはない。出ていけ！」

「話の続きを聞きたくないのかね？」

「出ていけと言ったんだ！」

私は立ち上がった。「そいつは残念だ。君と差しの話し合いでものごとを穏便に収めようと思ったんだがね。私はゴーブルのように、君からいくらかかすめ取ろうなんて考えてもいないよ。私はそういう真似はやらないんだ。しかしもしこちらの話をまともに聞かずに、ここから放り出すつもりでいるなら、私はこれからアレッサンドロ署長のところに行くよ。彼なら私の話を聞いてくれるはずだ」

ブランドンはそこに立って長いあいだ渋い顔をしていた。やがて奇妙な種類の笑みが彼の顔に広がった。

「署長はおまえの話を聞く。それでどうなる？　私は電話一本で彼をどこかに飛ばすこともできる」

「いやいや、アレッサンドロ署長はそう簡単には引き下がらないよ。彼は今朝、ヘンリー・カンバーランドを相手に、一歩も引かなかった。そしてヘンリー・カンバーランドはそれがどこであれ、いつであれ、相手にこづき回されてそのまま黙って引き下がるような男じゃない。署長はいくつかの嘲りの言葉を口にするだけで、カンバーランドをほとんどまっぷたつにしてしまいそうだった。あの男をあっさりクビにできると本当に思っているのか？　いや、そう簡単にはいくまい」

「ジーザス」と彼はまだ笑みを浮かべたまま言った。「昔、おまえのような男を知っていたよ。私はこの街にあまりに長く住みすぎたかもしれない。おかげでどうやら忘れてしまっていたようだ。世間はいまだに、おまえみたいな人間を作り続けているんだということをな。わかったよ。話を聞こう」

彼は自分の椅子に戻り、ケースからまた金の吸い口のシガレットを取り出し、火をつけた。

「一本どうだ？」

「けっこうだ。あのリチャード・ハーヴェストというカス野郎は、どう見ても間違いだったね。この仕事をするには能力が足りない」

「足りないどころじゃない、マーロウ。ぜんぜんだめだ。ただの安っぽいサディストだ。私もどうもヤキがまわったみたいだ。判断がおかしくなっている。ゴーブルなんてやつは、指一本触れなくても縮み上がらせられるんだ。あいつをわざわざ君のところに連れて行くなんて、実にお笑いじゃないか。まったくアマチュアのやることだ！　そして今のやつを見てみろ。もう何の役にも立ちやしない。鉛筆でも売るしかない。酒はいらないか？」

「私と君とはそこまで親しくはなれないんだよ、ブランドン。話を最後までさせてくれ。その日の真夜中に――私がベティー・メイフィールドとコンタクトしたその夜に、また君がミッチェルを『グラス・ルーム』から追い払った夜に――君はそれをとてもうまくやってのけたと言わざるを得ないわけだが――ベティーはランチョ・デスカンサードの私の部屋にやってきた。ランチョ・デスカンサードはたしか、君が所有するホテルだ。ミッチェルが彼女の部屋のポーチの、寝椅子の上で死んでいると彼女は言った。それをうまく片づけてくれたら、相当な額の金を払うと彼女は持ちかけてきた。私は彼女と一緒にここに戻ってきたが、ポーチには死体はなかった。翌朝、ガレージの夜間駐車係は私に、ミッチェルは九個のスーツケースと共に車で出ていったと教えてくれた。ミッチェルはそれまでの宿賃を精算し、その部屋を確保しておくために一週間ぶんの前払いをしていったということだった。そしてその同じ日に、ロス・ペナスキトス渓谷で、乗り捨てられた彼の車が発見された。スーツケースもなく、ミッチェルの姿もなかった」

ブランドンは厳しい目で私を見ていた。しかし何も言わなかった。

「なぜベティー・メイフィールドは、自分が何を恐れているかを私に告げることを恐れたのか？　なぜなら彼女はノース・カロライナ州ウェストフィールドで、殺人罪で有罪評決を受けていたからだ。しかしその陪審評決は判事の一存で覆された。その州では判事はそういうことができる権限を持っていて、その判事はそれを行使した。しかし彼女が殺したとされている、彼女の夫の父親であるヘンリー・カンバーランドは、彼女に向かって言った。おまえがどこに行こうとあとを追いかけていって、どこにも落ち着いて住めないようにしてやるからな、と。そして彼女は今、ポーチに男の死体を見つけた。警察が取り調べをすれば、彼女の素性はばれてしまう。彼女は怯え、混乱を来《きた》してしまう。幸運は二度は訪れないだろうと彼女は思う。なにしろ現実に、陪審は彼女に有罪評決を下したのだから」

ブランドンは柔らかな声で言った。「彼の首の骨が折れていた。テラスの端っこから転落したんだよ。彼女にはあの男の首の骨を折ることなんてできない。こちらに来たまえ。見せてやろう」

我々は日当たりの良い広いポーチに出た。ブランドンはテラスの端の仕切り壁のところに歩いて行った。私がそこから身を乗り出して見下ろすと、ベティー・メイフィールドのポーチの寝椅子が真下に見えた。

「この壁はそんなに高くはない」と私は言った。「安全を保証するほど高くはない」

「そのとおりだ」とブランドンは静かな声で言った。「さて、ミッチェルがこんな風に立っていたとしよう」——彼は背中を仕切り壁に向けて立っていた。壁のてっぺんはせいぜい彼の腿の真ん中あたりまでしかなかった。そしてミッチェルも同じくらい背の高い男だ——「そして彼はベティーを脅して、自分の近くにこさせた。彼女を摑めるようにな。彼女は彼をどんと突き飛ばし、彼はそのまま仕切り壁を越えてしまった。まったくの事故で、たまたまそこから落ちてしまったんだよ。そして首の骨を折った。それは彼女のご主人が亡くなったのとまったく同じ死に方だった。彼女がパニックを起こしても無理はないと思わないか？」

「誰かを責めているわけではないよ、ブランドン。君のことさえね」

彼は仕切り壁から離れ、海の方を見た。そしてしばし黙っていた。それから向き直った。

「責めるべきことも何もない」と私は言った。「ミッチェルの死体をうまく処分したという以外にはね」

「ほう、どうやって私にそんなことができたというんだ？」

「君は名うての釣り好きだ。このアパートメントには強くて長い糸が置いてあるはずだ。そして人並み以上の体力もある。君はベティーの部屋のポーチまで降りていって、ミッチェルの脇の下に糸を巻き、その身体を地上の茂みの背後まで下ろしたんだ。君にはそれくらいの力があるはずだ。それからミッチェルのポケットから抜き取った鍵を使って彼の部屋に入り、部屋の中の荷物をバッグに詰め、ガレージまで運び下ろした。エレベーターを使うか、あるいは非常階段を使うかしてね。三往復は必要だったはずだ。しかし君にとって、それくらい大したことではない。それからミッチェルの車をガレージから出した。そこの夜間の係員が麻薬常用者であることを、君はきっと知っていたのだろう。そして君にそのことを知られているからには、彼は余計なことは口にしないはずだ。まだ夜明け前の時刻だ。言うまでもなくガレージの係は時刻に関しては嘘をついた。それから君は、ミッチェルの死体のある場所からできるだけ近いところに車を駐めた。そして死体を車に積み込んで、ロス・ペナスキトス渓谷まで運んだ」

ブランドンは苦笑いをした。「そうして私はロス・ペナスキトス渓谷まで、死体と九個のスーツケースを載せた車を運転していった。そのあと、どうやってそこから帰ってくればいいんだ？」

「ヘリコプター」

「誰がそれを操縦する？」

「君がするんだ。ヘリコプターはまだあまり目をつけられていない。でももうじき厳しくチェックされるようになるよ。あまりにも数が増え続けているからね。君は前もって手配をして、一機をロス・ペナスキトス渓谷まで届けさせることができたはずだ。そして誰かを寄越して、パイロットをピックアップさせることもできたはずだ。君ほどの地位にある人ならほとんど何だってできるはずだよ、ブランドン」

「そしてそれから？」

「君はミッチェルの死体と彼の九個のスーツケースをヘリコプターに積み込み、海の上に出て、ヘリコプターを水面近くでホバリングさせ、死体とスーツケースを海に放り出し、どこだかは知らないがヘリコプターがやって来たところに戻ったんだ。とても手際が良いやり方だ」

ブランドンは大きな笑い声を上げげた。しかしそれはいささか大きすぎた。その笑いにはわざとらしい響きがあった。

「君は私のことを、出会ったばかりの娘のために、わざわざそんな危ない橋を渡るような間抜けだと、本当に思っているのかね？」

「そこだよ、ブランドン。もう一度よく考えてみるんだね。君はそれを自分のためにやったのさ。君はゴーブルのことを忘れている。カンザス・シティーからやってきたゴーブルのことだよ。君もそこから来たんじゃなかったのか？」

「もしそうだったら、どうだというんだ？」

「何もないよ。そこで話は終わる。しかしゴーブルは何もここに観光旅行に来たわけじゃない。そして彼はミッチェルを既に知っていた。だからこそ彼を捜しまわっていたのだ。彼らは二人して金鉱を見つけたと思っていたんだよ。そして金鉱というのはつまり、君のことだ。しかしミッチェルは途中で死んでしまって、ゴーブルは仕方ないから自分一人で計画を進めようと思った。虎に立ち向かう鼠のようなものさ。しかしミッチェルが君の部屋のテラスから転落した経緯を、君は警察にいちいち説明したいと思うだろうか？　過去の事情を詮索されることを好むだろうか？　警察は当然のことながら、君がミッチェルを突き落としたと考えるのではあるまいか？　そしてもし警察がそれを証明できなかったとしても、エスメラルダにはこの先、君の居場所はなくなってしまうのではないだろうか？」

　彼はゆっくりとテラスの反対側の端まで歩いていった。それから戻ってきて、私の前に立った。彼の顔からは表情が消えていた。

「君を殺させることもできたんだよ、マーロウ。しかし私はここに長く住んでいるうちに、なぜだかはわからんが妙なことに、もうそういうことができる人間ではなくなってしまったようだ。君にはまさに完敗したよ。私には自分を護る術《すべ》がない。誰かに君を殺させる以外にはね。ミッチェルは最低の人間だった。女を脅して金を奪う男だ。君の言ったことはおおむね正しいかもしれない。しかしもしそうだとしても、私は自分のやったことを後悔しないだろう。そしてまた、私がベティー・メイフィールドのためにあえて薄氷を踏んだという可能性だって、いいかい、あくまでひとつの可能性としてあるかもしれない。君がそんな言い分を信じてくれるとは思わん。しかしそういう可能性だってあるんだぜ。そこで相談だ。いくらほしい？」

「いくらって、何のことだ？」

「君を警察に行かなくさせる金だよ」

「そのことは既に言った。無料だ。私はただ何が起こったかを知りたかっただけだ。だいたいのところは合っていたかな？」

「まさに図星だよ、マーロウ。寸分違わずな。いつか警察にも真相がわかってしまうかもな」

「あるいは。私はもう君の邪魔はしないことにするよ。さっきも言ったように、私は早くロサンジェルスに戻りたいんだ。誰かがまたケチな仕事を持ち込んでくるかもしれない。私も生きていかなくちゃならない。違うか？」

「握手をしてくれないか」

「だめだ。君は殺し屋を雇った。私はそういうクラスの人間とは握手をしないことにしている。もしあのとき第六感が働かなかったら、私は今頃生きていなかったかもしれないんだぜ」

「誰かを殺させるつもりはなかった」

「でも君は彼を雇ったんだ。それでは」

27

エレベーターから降りると、ジャヴォーネンがそこにいた。まるで私を待っていたみたいに。

「バーに来いよ」と彼は言った。「あんたと話をしたい」

我々はバーに行った。その時刻にはバーはとてもしんとしていた。我々は角のテーブルに座った。ジャヴォーネンは静かに言った。「あんたは私のことを嫌なやつだと思っているだろう。違うか？」

「いや、そんなことはない。君には自分の仕事がある。私にも自分の仕事がある。私の仕事は君を苛立たせた。君は私のことを信用しなかった。だからといって君が嫌なやつになるわけじゃない」

「私はホテルを護ろうとしている。あんたは誰を護ろうとしているのだ？」

「さあ、わからないね。誰を護ろうとしているかちゃんとわかっているときもあるが、そのときには往々にして護り方がわからない。しょっちゅうへまをするし、人にもうるさがられる。往々にして力が足りないと感じさせられる」

「そのように聞いたよ。アレッサンドロ署長からね。もしよければ、そういう仕事でどれくらい稼ぐのか、教えてもらえないか？」

「それがね、これはいつもの仕事とはちょっと成り立ちが違うんだよ、少佐。正直な話、この件は一セントの収入にもならないんだ」

「ホテルはあんたに五千ドル支払うつもりがある。利益を護るためにね」

「ホテルというのは、要するにミスタ・ブランドンのことだろうか？」

「おそらくは。なにしろ彼がここのボスだからな」

「五千ドルというのは素敵な響きだな。とても心地よく耳に響く。ロサンジェルスまでの道中、その響きを楽しませてもらおう」、私は立ち上がった。

「どこに小切手を送ればいい、マーロウ？」

「警官福祉基金はその小切手を喜ぶだろうね。警官の収入はそんなに多くないからな。警官は金に困ったとき、その基金から金を借りなくちゃならない。そうだな、警官福祉基金は君たちに深く感謝すると思うよ」

「しかしあんたはいらないのか？」

「君は軍の情報部で少佐を務めていた。金をかすめ取る機会は山ほどあったはずだ。しかしいまだにこうして額に汗して働いている。そろそろ失礼するよ」

「なあ、マーロウ、あんたはとても愚かしいことをしようとしている。ひとつ言いたいのだが――」

「そいつは自分に言っておくんだな、ジャヴォーネン。自分にならいつでもいくらでも好きなことが言えるじゃないか。じゃあ達者でな」

私はバーを出て、自分の車に乗り込んだ。デスカンサードまで行って荷物をまとめ、オフィスに寄って勘定を済ませた。ジャックとルシールはいつもの位置についていた。ルシールは私に微笑みかけた。

ジャックは言った。「お勘定はけっこうです、マーロウさん。そのように言われています。昨夜のことは申し訳ありませんでした。でもまあ、大したことはなかったんですよね？」

「勘定はいくらなんだ？」

「大した額じゃありません。たぶん十二ドル五十セントくらいかな」

私はその金をカウンターに置いた。ジャックは眉をひそめてそれを見た。「お勘定はけっこうですと申し上げたんですが、マーロウさん」

「なぜ？　私はここに宿泊したんだぜ」

「ブランドンさんが――」

「いくら言ってもわからないやつが世間にはいるってことだな。君たち二人に会えてよかったよ。部屋代の領収書がほしい。経費で落とせるからね」

28

ロサンジェルスまで時速百四十五キロ以上は出さないように心がけた。ときどき数秒間くらいは百六十キロを出したかもしれないが。ユッカ・アヴェニューの家に着くと、ガレージにオールズモビルを入れ、郵便受けを探った。いつものように何も入っていない。赤杉の長い階段を上り、ドアの鍵を開けた。すべてがいつもどおりだった。部屋は堅苦しくて面白みがなく、人間味を欠いていた。いつもと同じように。窓を二つばかり開け、台所でミックス・ドリンクをつくった。ソファに座って壁を眺めた。どこに行って何をしたところで、結局はここに帰り着くことになる。意味のない家の、意味のない部屋の、空っぽの壁だ。

私はグラスの酒に口をつけることもなく、サイド・テーブルに置いた。アルコールはこいつの治癒にはならない。誰も求めない、何も求めないという硬い心を持つほかに、治癒らしきものはない。

電話のベルが鳴り出した。私は受話器を取り、身のない声で言った。「マーロウです」

「フィリップ・マーロウさんですか?」

「そうです」

「パリからあなたあてに電話がかかってきています、マーロウさん。少しあとでかけ直します」

私はゆっくりと受話器を置いた。私の手は微かに震えているようだった。車を飛ばしすぎたせいかもしれない。寝不足のせいかもしれない。

十五分後に電話はかかってきた。「この方はパリから電話をかけておられます。もし何か具合が悪ければ、交換手に合図をしてください」

「リンダよ。リンダ・ローリング。私のことは覚えてくれているわよね、ダーリン」

「忘れるわけはない」

「お元気かしら?」

「疲れているよ――いつもどおり。骨の折れる事件を片づけたばかりだ。君は元気なのか?」

「淋しいわ。あなたがいなくて淋しい。あなたのことを忘れようとしたのよ。でも忘れられなかった。私たちの愛はとても美しいものだったから」

「一年半前のことだよ。そして一晩だけのことだった。いったいどう言えばいいんだろう？」

「私はあなたに節をまもってきたわよ。どうしてだかはわからないけれど。世界は男で溢れているっていうのに、あなたの他には目もくれなかった」

「私の方は節をまもっていたとは言えないよ、リンダ。もう君に会うことはないと思っていた。君が私に節をまもっていてほしいと望んでいるとも思わなかった」

「そんなことは望んでいなかったし、今でも望んでいない。私はあなたに、あなたのことを愛していると言いたかっただけよ。私はあなたに結婚を申し込んでいるのよ。そんなものは半年ともたないだろうとあなたは言った。でも試してみる価値はあるんじゃないかしら？　あるいはそれは永遠に続くかもしれない。そんなことは誰にもわからないじゃない。私はあなたにお願いしているのよ。求める男を手に入れるために、女はいったいどれほどのことをしなくちゃならないのかしら？」

「私にはわからないよ。彼女が本当にその男を求めているとわかっているのかどうかさえ、私にはわからない。我々は違う世界に生きているんだ。君は金持ちの女性だ。ちやほやされることに慣れている。私はくたびれた雑役用の駄馬で、将来性なんてものは皆無に近い。そして君の父上は、私のそんな僅かな将来さえあとかたもなく始末してしまうだろう」

「あなたは父のことを恐れてはいない。誰のことも恐れてはいない。あなたはただ結婚を恐れているだけよ。うちの父には男を見る目は具わっているのよ。お願い、お願い。私は今リッツに泊まっているの。すぐにでも航空チケットを送るから」

私は声を出して笑った。「君が私に航空チケットを送ってくれるって？　おいおい、君は私をどんな男だと思っているんだ？　私が君に航空チケットを送るよ。そうすれば、君にも考え直す時間ができるだろう」

「でも、ダーリン、あなたに航空チケットを送ってもらう必要なんて私にはないのよ。だって私には――」

「そうさ。君には航空チケットを五百枚くらい買えるだけの金がある。でもこれは私の航空チケットなんだ。だから受け取ってくれ。さもなくば来ないでほしい」

「行くわよ、ダーリン。ちゃんと行く。あなたの腕に抱かれたい。しっかりと抱きしめてほしい。あなたを自分一人のものにしたいとは思わない。そんなことは誰にもできないもの。私はただあなたを愛したいだけ」

「ここにくればいい。ずっと私は君のものだ」

「抱きしめてちょうだい」

かちゃんという音がして電話が切れ、あとはうなりだけになった。それからまったく音がしなくなった。

私は酒に手を伸ばした。私は空っぽの部屋を見渡した。それはもう空っぽではなくなっていた。そこには声が聞こえ、ほっそりとした長身の美しい女がいた。寝室の枕の上には一本の黒髪が残っていた。ぴったりと身体を密着させてくる女の、あの優しい香水の匂いがあった。女の唇は柔らかく、言うがままになる。その目はもうほとんど何も見ていない。

電話が再び鳴った。私は「もしもし」と言った。

「弁護士のクライド・アムニーだが、君から満足のいく報告書をいまだ受け取っていないみたいだ。私は君に楽しい思いをさせるために料金を支払っているわけではない。正確にして遺漏のない、調査行動の報告を今すぐ送ってもらいたい。君がエスメラルダに戻ってからとった行動について、細部まで逐一知らなくてはならない」

「少しばかりひそやかなお楽しみに耽っていたのですよ。費用は自分もちで」

彼の声は鋭くしゃがれた。「即刻、完全な報告書を提出するんだ。さもなくば、君の免許が取り消されるように計らうぞ」

「ひとつ提案があります、ミスタ・アムニー。自分のへそでも舐めていたらいかがですか？」

こちらから電話を切ったが、まるで首でも絞められたような怒りの叫びが、受話器からこぼれ聞こえた。間を置かずにまた電話のベルが鳴り出した。

でもそんなものは私の耳にまず届かなかった。部屋の空気は音楽で満ちていた。

訳者あとがき

僕がレイモンド・チャンドラーの『プレイバック』を翻訳しているというと、大抵の人は同じ質問をした。「それで、あの部分はどう訳すんですか?」と。まるでそれ以外に、この小説に関する話題は存在しないかのように……。

「あの部分」というのは、もちろんあの決めの文句のことだ。

「タフでなければ生きていけない。優しくなければ生きている資格がない」

この訳は生島治郎さんの訳するところの「タフじゃなくては生きていけない。やさしくなくては、生きている資格はない」(『傷痕の街』講談社、一九六四年三月・あとがき)がもとになっているみたいだ。

清水俊二さんのもともとの訳は「しっかりしていなかったら、生きていられない。やさしくなれなかったら、生きている資格がない」となっている。わりにあっさりしている。

矢作俊彦さんは「ハードでなければ生きてはいけない。ジェントルでなければ生きて行く気にもなれない」と訳している（『複雑な彼女と単純な場所』新潮文庫、一九九〇年十二月）。

ちなみに原文は「If I wasn't hard, I wouldn't be alive. If I couldn't ever be gentle, I wouldn't deserve to be alive」。

どなたの訳もそれぞれの思いがあるわけで、さあ、僕はどう訳せばいいんだろうと腕組みしてしまうことになる。なにしろ絵に描いたような仮定法の文章で、そのへんを英文和訳的にごく正確にストレートに翻訳すれば、

「冷徹な心なくしては生きてこられなかっただろう。（しかし時に応じて）優しくなれないようなら、生きるには値しない」

となるわけだが、これではちょっと長すぎて、「決めの台詞」（アメリカ風に言えば「パンチライン」）、あるいはキャッチコピーにはなりにくい。「タフでなければ生きていけない。優しくなければ生きている資格はない」みたいなシンプルなインパクトにはまずかなわない。僕

の翻訳観からすれば、hard と tough とではいささかニュアンスが異なるし、I would't be alive は「こうして生きてはなかっただろう」というのがより正確な解釈だろうし、「優しくなければ」という訳には could のニュアンスが欠けているということになるけれど、そこまでいちいちうるさく言わなくてもいいだろう……ということはもちろんある（これは翻訳に人が何を求めるかという大きな命題にかかわってくるわけで、たとえば映画字幕翻訳と文芸翻訳の違いを考えていただけるとわかりやすいかもしれない）。

さて、僕がどう訳したか……これはどうか本文を読んでみてください。第二十五章に出てきます。あまり自信はないけど、「まあ、これくらいが妥当ではないか」というあたりで僕なりになんとかまとめてみました。キャッチコピーにはなりにくいかもしれないけれど、小説全体を俯瞰して、あくまでその一部として翻訳すると、だいたいこういうところに落ち着いてしまう。

言い訳をするのではないが、僕は「決めの台詞」というのがいささか苦手だ。ある小説（あるいは映画）の中の決めの台詞ばかりが一人歩きするようになると、その部分から作品の「風化」「陳腐化」が始まる例が少なくないからだ。この「優しくなければ……」の台詞も一九七〇年代に、角川映画の宣伝コピーに大々的に使われて「人口に膾炙《かいしゃ》」し、一時は陳腐化に近い憂き目にあうことになった。僕も「フタがなければやっていけない。底がなければ瓶である資格はない」みたいな意味のない冗談を言いながらクールにビールを飲んでいた記憶がある。

もちろんそのような「人口膾炙」によって、チャンドラーの『プレイバック』という作品そのものが陳腐化したわけではないけれど、それでも正直に言って、この作品がそれ自体として取り上げられて、正面から論じられる機会はそれほど多くはないようだ。フィリップ・マーロウのシリーズの中でも、かなり「地味な」扱いを受けている一冊だと言っていいかもしれない。幸か不幸か、作品そのものよりはこの「決めの台詞」の方がずっと有名になってしまっている。

この台詞は相手の女性（ベティー・メイフィールド）がマーロウに向かって「あなたみたいなハードな人がどうしてそんなに優しくなれるのかしら？」と質問し、それに対してマーロウが返す言葉であるわけだが、そのやりとりの設定が小説全体の流れの中で「ちょっと浮いているかも」という感は否めない。その会話を半ば無理やりそこにはめ込んだ……みたいな雰囲気もなくはない。もともとがシナリオとして書かれた作品だけに、映画的な効果を意識してつくられた台詞なのかもしれない。ハンフリー・ボガートあたりが、コートの襟を立ててもそもそと口にするとすごく似合いそうだ。

でも今回翻訳してみて思ったのだが（読み返すのはずいぶん久しぶりだった）、この小説、ミステリー小説としての出来はぜんぜん悪くない。その前に書かれた『ロング・グッドバイ』が実に出色の出来なので、その影に隠れてしまったという事情はあるだろうが、『ロング・グッドバイ』のことはとりあえず忘れて、単体のマーロウもの長篇小説として虚心坦懐に読めば、見どころがけっこうたくさん見つけられる作品である。話の流れを追っているだけですらすらと楽しく読めるし、相変わらず多彩な人物が次々に登場し（チャンドラーの小説を読んでいると、カリフォルニア州には本当にたくさんの変てこな人が住んでいるんだなあと感じ入ってしまう）、交わされる会話もいつもどおり（おおむね）洒脱だ。あの「決めの台詞」だけではなく、チャンドラーが最後に書いた長篇作品として、少しでも多くのミステリー・ファンに手にとって読んでいただきたい一冊だ。プロットにいささか弱い部分があることは否めないが、こいいなれたチャンドラー・ファンであれば、プロットの弱さをいちいち騒ぎ立てるような野暮な真似は（おそらく）なさらないはずだ。

チャンドラーが『プレイバック』の原案となるストーリーを書き始めたのは一九四七年のことである。これは『リトル・シスター』（一九四九）『ロング・グッドバイ』（一九五三）よりも前になる。彼はそのストーリー（あらすじ）をユニヴァーサル映画に一万ドルで売った（ストーリーの主人公はフィリップ・マーロウではなく別名の刑事、舞台もカリフォルニアではなくバンクーヴァーになっている）。そしてその脚本を書くために、彼は映画会社に雇われた。通勤する必要はなく、ラ・ホヤの自宅で一人で好きなように仕事をすればいい、週給として四千ドルを支払うという破格の好条件だった。チャンドラーがミステリー作家として既にそれなりの名声を確立しており、脚本家として二度にわたってアカデミー賞にノミネートされたということも、彼にとっては追い風になっていた。映画会社にしてみれば「実績のあるチャンドラーに任せておけば、きっと素晴らしい脚本ができるに違いない」という大きな期待があったわけだ。ところがチャンドラーはそう簡単に計算の成り立つ作家ではない。もともとが気むずかしい上に、様々な個人的（精神的）問題を抱えている。いろんなものごとを「ああでもない、こうでもない」とややこしくいじくり回すタイプの性格だ。おまけにかなり酒を飲む。

案の定、ほどなく彼は壁（ライターズ・ブロック）に突き当たり、にっちもさっちもいかなくなってしまった。作業が進まないことに苛立ちを覚え、そのフラストレーションがますます作業の進展を阻害することになった。悪循環だ。おおよそ半年をかけて彼はその脚本を義務的に仕上げたが、その出来は映画会社の気に入らず、書き直しを命じられた。チャンドラーは書き直し作業にまったく気が乗らず、映画会社の側にも様々な事情があって、結局その脚本は映画化されることなく、お蔵入りすることになった。それまでにその企画に対してユニヴァーサルがチャンドラーに支払った多額の給与は、そっくり無駄になってしまった。チャンドラーは映画会社に雇われることによってまとまった収入を得て、生活を安定させることができたが、長い目で見れば作家としての彼にとって、映画に関係した仕事は神経と時間の消耗以外の何ものでもなかった。もともと共同作業に向いた人ではなかったし（周りの人々との衝突は日常茶飯事だった）、締め切りのある仕事を律儀にこなすようにはできていなかったからだ。同じく映画会社に雇われたスコット・フィッツジェラルドの場合と同じように、映画産業に関連したいくつかのマテリアルを仕入れて、作品に盛り込むことはできたけれど、それよりはむしろマイナスの要素の方が大きかった。

チャンドラーがその放棄されたシナリオ『プレイバック』（タイトルは同じ）を再び取り上げ、フィリップ・マーロウものとして小説化しようと試みたのは一九五三年のことだった。妻のシシーはそのとき死の床にあった。しかしその試みも、半分ばかり書き上げたところで中断してしまった。並行して書き進めていた『ロング・グッドバイ』が佳境に入ってきたこともあり、旧作の再生作業にすっかり興味を失ってしまったのだ。長い中断のあとで、一九五七年に彼はもう一度その作業にとりかかる。過去に書いたものを拾い上げて再生するのも、チャンドラーのお馴染みのやり方だ。そしてそこにはやはり（いつものように）古い家屋に新しい棟を付け足したような、どことなくいびつな気配がつきまとうことになる。

しかしチャンドラーは愛妻シシーの死後、寄りかかるべき精神的支柱を失ったように感じ、マーロウものを書き続けることに疲弊感を覚えるようになっていた。彼はエージェントにあてた手紙にこのように書いている。

「私は何度、マーロウものの（書きかけの）話を手に取ってそれを眺め、ため息と共にまたもとあったところに戻したことでしょう。私にはよくわかっているのです。マーロウという人間のエッセンスである活気や、鼻っ柱の強さの雰囲気を文章に捉えるには、今の私の心はあまりに悲しみに満ちているのだということが」

どうやらチャンドラーは妻の死後、いくぶん鬱の状態に陥っていたようだ。深酒に溺れ、精神的に不安定な状態に陥った。この時期に彼は拳銃自殺をはかったと言われている（本人は事故であると主張した）。しかし文芸エージェントである才媛ヘルガ・グリーンの助けもあって、彼は最終的になんとかエネルギーを取り戻し、小説を仕上げることができた。

「朝の六時に目覚め、食事抜きで十時間仕事をしました。コーヒーとスコッチ・ウィスキーを飲むだけで。そうすることでマーロウの本（『プレイバック』）を書き上げたのです」と彼は出版社に手紙を送っている。「まだすっかり完成とはいきませんが、十分にできあがっています」

ちなみにこの『プレイバック』は彼が昼間から酒を飲みながら書いた唯一の小説になっている。彼はその生涯においてアルコールの害に悩まされたが、小説を書いているときには酒を断った（あるいはずいぶん抑制した）ものだった。そう言われてみれば、この小説の中には酒を飲むシーンがやたらたくさん出てくる。

この小説の舞台になっているエスメラルダはもちろん架空の町だが、モデルにされているのは明らかに、チャンドラー自身が長く居を構えていたラ・ホヤだ。サン・ディエゴ市の一部で、ロサンジェルスの南方百六十キロのところにあり、美しい海岸に面している。金持ちが数多く住む豊かな町で（小説の中でも描かれているように排他的な傾向もある）、カリフォルニア大学のサン・ディエゴ校がある。土地の値段はベヴァリー・ヒルズ以上だとも言われている。しかしこの地におけるマーロウは『ロング・グッドバイ』においてそうであったようには、特権階級に対して批判的・挑戦的ではない。警察に対してもむしろ協力的だ。そのへんがややわじゃないかと感じられる読者も、あるいはおられるかもしれない。

『プレイバック』は一九五八年七月に英国のハミッシュ・ハミルトン社から出版され、同年の十月にアメリカのホートン・ミフリン社から出版された。小説の評判は今ひとつ芳しくなかった。「一級の作家の書いた二級の作品」という評価が大半だった。チャンドラーもやはり老いたか……という印象を多くの人々は抱くことになった（この本が出版されたときチャンドラーは七十歳を迎えていた）。単行本の売り上げもアメリカではたった九千部に留まった。

ユニヴァーサルは自社が権利を所有する映画シナリオを、同じ『プレイバック』というタイトルをつけた小説のかたちでチャンドラーが勝手に出版したことに不快感を持ち、訴訟をおこすといきまいたが、結局訴訟はされないままに終わった。

マーロウという私立探偵の活躍する物語を書くには、この時期のチャンドラーの気力は弱まりすぎていたということは、ある程度間違いないだろう（それが一時的なものであったにせよ、そうではなかったにせよ）。そしてまたチャンドラーが「マーロウもの」に既に飽《あ》いていたということもあるかもしれない。小説家はもちろん年齢を重ねていくし、青年期と壮年期と老年期とでは、小説観も文体も、取り上げたい題材も当然ながら変化してくる。老年期に入ってから、青年期と同じものを書けと言われても、それは多くの場合作家にとって、苦痛以外の何ものでもないだろう。しかしチャンドラーの読者の大半は言うまでもなく「マーロウもの」の新作を求めている。シリーズものを書く作家にとっての宿命とでもいうべきものだが、それはチャンドラーにとって少なからぬフラストレーションになったはずだ。もしできることなら、マーロウもの以外の小説を彼は書いてみたかったはずだ（実際に ***English Summer***『英国の夏』という非ミステリーの文芸小説を書こうと試みてもいる。完成はしなかったが）。それでもいったん集中して新しい「マーロウもの」である『プレイバック』の執筆を始めると、チャンドラーの筆は次第に往年の闊達《かったつ》さを取り戻していく。最後の気力を振り絞って……と言っても差し支えあるまい。あるいは逆に、マーロウものの世界に今一度立ち戻ることによって、彼はそこからかつてのエネルギーを回収し、気力を奮い立たせていたのかもしれない。

この小説は、ロサンジェルスに戻ってきたマーロウが、パリにいるリンダ・ローリング（『ロング・グッドバイ』の登場人物）と電話で会話するところで終わっているが、次作の『プードル・スプリングス物語』では彼はリンダと結婚している。彼は大金持ちの女性の夫となりながらも、まだ相変わらず金にならない探偵稼業を続けている。しかしチャンドラーはどうもこの物語の執筆に気分が乗らなかったようだ。最初の四章を書いたところで作業は中断し、結局は彼の死によってその本は完成しないまま終わってしまった（ロバート・B・パーカーがその続きを書いて、一九八九年に出版した）。

そんなわけで、この『プレイバック』はレイモンド・チャンドラーの実質的な遺作になっている。

ただ僕は昔から疑問に思っていたのだが、なぜこの小説のタイトルが『プレイバック』なのだろう。英語のplaybackは普通に考えれば、録音や画像を「再生」して聞き返したり見返したりすることだ。しかしこの小説のいったいどこにplayback的な要素があるのか、今ひとつぴんとこなかった。勘ぐれば、マーロウが「またまた同じようなことを繰り返してやらなくちゃならないのか」と嘆きつつ探偵稼業に励む、ということになるのかもしれないが、まさかそんな自虐的なタイトルをチャンドラーがわざわざつけるようなこともあるまい。おそらくそれは、ベティー・メイフィールドが「過去に経験したのと同じような犯罪に、またもや巻き込まれてしまう」ことを意味しているのだろう。「再演」という感じで。でももしそうだとしたら、長篇小説のタイトルとしてはいささか求心力に欠けている、ということになりはしまいか？　オリジナル・シナリオのタイトルをそのまま小説に流用しているところを見ると、作者自身はそれなりにこのタイトルに納得していたのだろうが、僕としてはもっと気の利いた、話の筋にぴったりしたタイトルがいくらでもつけられたはずなのにと思わないわけにはいかない。

　もうひとつの疑問は、これまではタフでストイックだったマーロウが、二人の登場人物の女性たちとわりにあっさり性的な関係を持ってしまうことだ。もちろんそれが悪いというわけではないが、小説の流れからして、とくに彼女たちとセックスをする必要も必然性も見当たらない部分なので（と僕は感じる）、これもやはり少なからず首をひねってしまうことになる。僕の感覚からすれば、これらのシーンはなかった方が、話としてむしろすっきりしている。長年連れ添った妻のシシーの死が、彼の性的抑制のたがのようなものを外してしまったのかもしれない。ただチャンドラーはセックスに関しては、もともとかなりややこしい屈託《くったく》を抱えていた人であり、このへんの経緯には本人でなくてはわかりづらいものがあるかもしれない。ちなみに彼の作品のあちこちに見受けられる同性愛者に対するわりに激しい嫌悪感にも、読者はあるいは驚かされることになるかもしれない。

もうひとつの疑問は、この小説がもともとは映画のシナリオとして書かれた作品であるにもかかわらず、ただの一度も映画化されていないということだ。あるいは物語の展開が基本的に地味で、映像的に派手なアクション・シーンを欠いているからかもしれない。最大の見せ場は……そう、（また最初の話題に戻るわけだが）例のあの台詞ということになるかもしれない。
ただ不思議なのは（これが最後の疑問になるわけだが）、チャンドラーに関する英米の書籍を読んでいても、この台詞に関する記述がまるで出てこないことだ。何冊かある伝記の『プレイバック』を論じた箇所でも、この台詞への言及はまったくと言っていいほど見当たらない。どうやら日本人の読者がこの「優しくなければ……」に夢中になっているほどには、英米人の一般読者や研究者はこの一言にとくに注目しているわけではないようだ。僕の知り合いのアメリカ人に訊いてみたのだが、誰もそんな台詞のことは知らなかった。どうしてそこまで差が生じるのか、その理由まではよくわからないけれど。

監督ビリー・ワイルダーはハリウッドでレイモンド・チャンドラーと共に仕事をしたことのある人だが、彼は後に述懐している。「ぼくはずいぶんたくさんの有名人と組んで仕事をしたけれど、いちばんよく質問されるのがマリリン・モンローとレイモンド・チャンドラーについてだ」と。

レイモンド・チャンドラーの作品群は時の試練を経て確実に生き残っている。時代時代で評価の多少の浮き沈みはあるかもしれないが、彼の作品は絶えることなく新しい世代によって読み継がれているようだ。「チャンドラーが好きだ」「チャンドラーに影響を受けた」と公言する現役作家を僕は何人も知っている（その多くはなぜかミステリーを専門としない作家たちだ）。

この遺作『プレイバック』は、「いちばん弱いマーロウもの」というあまり好ましくない世評を背負って、苦難の道を歩み続けているようだが、チャンドラーのいうなれば「白鳥の歌」として、今一度新しい光を当てられてもいいのではないかと思う。こうしてあらためて読んでみると、あの台詞だけではなく、いくつもの見どころ（興味深い寄り道をも含めて）をちりばめた面白い物語じゃないかと、今回翻訳をしながら実感した。すべてのモーツァルトの音楽がモーツァルトの響きを有しているように、この『プレイバック』もやはりチャンドラーの響きに満ちている。そして最後の気力を振り絞って、老境の孤独のうちに「マーロウもの」を書き続けたチャンドラーの姿を思い浮かべると、僕としてはやはりこの小説を個人的に少しでも応援したいという気持ちになってしまうのだ。

チャンドラーの翻訳をするのは相変わらず、僕にとっては楽しいことだった。これでチャンドラーの残した、フィリップ・マーロウを主人公とする七冊の長篇小説のうち、六冊を翻訳したことになる。残るは『湖の中の女（*The Lady in the Lake*）』だけになった。最後の楽しみをゆっくりと心ゆくまで味わいたいと思う。おつきあいいただければ嬉しい。

二〇一六年十月

村上春樹

本書の翻訳は米ランダムハウス、ヴィンテージ版を底本とした。

訳者略歴　1949年生まれ，早稲田大学第一文学部卒，小説家・英米文学翻訳家　著書『風の歌を聴け』『ノルウェイの森』『1Q84』他多数。訳書　レイモンド・チャンドラー『ロング・グッドバイ』『さよなら、愛しい人』『リトル・シスター』『大いなる眠り』『高い窓』（以上早川書房刊），レイモンド・カーヴァー『大聖堂』，J・D・サリンジャー『キャッチャー・イン・ザ・ライ』他多数

プレイバック

2016年12月10日　初版印刷
2016年12月15日　初版発行

著者　レイモンド・チャンドラー
訳者　村上春樹《むらかみはるき》
発行者　早川　浩
発行所　株式会社早川書房
東京都千代田区神田多町2-2
電話　03-3252-3111（大代表）
振替　00160-3-47799
http://www.hayakawa-online.co.jp

印刷所　中央精版印刷株式会社
製本所　中央精版印刷株式会社
Printed and bound in Japan
ISBN978-4-15-209656-2　C0097
乱丁・落丁本は小社制作部宛お送り下さい。
送料小社負担にてお取りかえいたします。

本書のコピー、スキャン、デジタル化等の無断複製は著作権法上の例外を除き禁じられています。